KB010793

Johann Wolfgang von Goethe

Die Leiden des jungen Werther

젊은 베르터의 괴로움

1판 1쇄 발행 2019년 1월 29일

지은이 | 요한 볼프강 폰 괴테
옮긴이 | 안삼환
발행인 | 신현부

발행처 | 부북스
주소 | 04601 서울시 중구 동호로17길 256—15 (신당동)
전화 | 02—2235—6041
팩스 | 02—2253—6042
이메일 | boobooks@naver.com

ISBN 979-11-86998-73-1

이 도서의 국립중앙도서관 출판예정도서목록(CIP)은 서지정보유통지원시스템 홈페이지(http://seoji.nl.go.kr)와 국가자료종합목록시스템(http://www.nl.go.kr/kolisnet)에서 이용하실 수 있습니다. (CIP제어번호 : CIP2019001192)

부클래식

001

젊은 베르터의 괴로움

요한 볼프강 폰 괴테

안삼환 옮김

차례

역자의 말

괴테의 불후의 명작《젊은 베르터의 괴로움》(Die Leiden des jungen Werther, 1774)은 국내에 이미 수많은 번역판이 나와 있다. 해방 전후에는 일본어나 영어에서 중역을 한 번역서들이 많이 나돌아 다녔고, 그 뒤에는 잡다한 번역서들이 수도 없이 많이 쏟아져 나와서, 일일이 매거할 수도 없을 정도다.

그 사이에 한국 독어독문학의 발전과 더불어 실력 있는 독문학자들이 훌륭한 번역서를 내어놓았다. 예컨대, 서울대 임홍배 교수가 옮긴《젊은 베르터의 고뇌》(창비, 2012)와 연세대 김용민 교수가 옮긴《젊은 베르터의 고뇌》(시공사, 2014)가 그런 수준 높은 번역서들이다.

괴테의 이 작품이 교양인 필독의 고전이기는 하지만 노경에 접어든 독문학자가 설령 시간이 남아돈다 치더라도 기존 번역서들에다가 또 한 권의 책을 덧보탤 필요성까지는 없어 보인다.

그럼에도 불구하고 내가 가로 늦게 이 작품을 우리말로 옮겨 이제 또 한 권의 번역서로 펴내게 된 것은 피할 수 없던 어떤 인연들의 고리 때문이다.

2018년 초여름의 어느 날 저녁, 나는 G로부터 전화를 받고 광화문 네거리의 어느 식당으로 불려나갔다. G와 나는 처음에는 Y대학에서의 학연 때문에 만난 사이지만, 요즈음에 들어와 우리는 함께 늙어가며 친구처럼 서로 마음을 터놓고 지내는 사이로 변전하였다. 근자에 그는 불교의 가르침을 증득하여 그것을 실생활 속에서 여유롭게 실천하는 드물고도 귀한 모습을 보임으로써 이따금 나를 감동시켜 왔다. G는 혼자가 아니었으며, P라는 분과 저녁 식사를 하다가 문득 P에게 나를 소개해 드리고 싶었다고 했다.

P는 소규모 독일어 학습반을 이끌고 계신 분인데, 강사도 없이, 각자가 자습해 와서 서로 토론을 통해 독어 텍스트를 공동으로 해독해 가는 방식으로 이미 니체의 《차라투스트라는 이렇게 말했다》를 공동 독파한 바 있으시다는 것이었다.

이 대목에서 나는 갑자기 감동한 나머지 문득 눈시울이 뜨거워 옴을 느꼈다. 아는 사람은 다 알다시피 내가 전공해 온 독어독문학은 부당하게도 교육부 당국의 표적이 되어 오랫동안 대학 개혁의 일차적 대상으로 지목되곤 하였다. 그 결과 현재 이 나라 고등학교에서는 중국어와 일어가 제2외국어를 분점하게 되고 독일어와 프랑스어 등 서구어들이 거의 궤멸 상태에 빠져 있다. 이런 사태가 서구 문화의 본원으로서의 유럽 정신에의 접근을 어렵게 만들 것임이 명백했고 또 이것이 앞으로 우리 한국 문화의 발전에 바람직하지 못할 것이라는 확신 때문에, 나는 고등학교에서의 서양 제2외국어의 궤멸을 어떻게든 막아 보고자 지난 2003년 한국독어독문학회장으로서 다른 제2외국어 관련 학회장님 및 교사회장님들과 연대하여 '한국 제2외국어교육 정상화 추진위원회'를 결성하고 미력을 다해 분투했으나 아무런 효과도 거두지 못한 채 정년퇴임을 해서 지금은 모두 잊고 조용히 만년을 보내고 있다.

"지통재심 일모도원"(至痛在心 日暮途遠)이란 말이 있던가? 퇴임해서 낙산 꼭대기에 은거하면서 이른바 안빈낙도의 길에 간신히 진입해 있다고 스스로 믿어오던 나의 속마음에 아직도 그 어떤 '지극한 아픔'이 남아 있었을까? 그날 저녁 나는 그 독일어 스터디그룹의 무보수 강사로 자원봉사하기로 결심했다.

그래서 텍스트로 정해진 것이 괴테의 《젊은 베르터의 괴로움》이었으며, 이 강의가 단순한 독일어 수업만이 아니라 일종의 인문학 강의가 되어야 하겠다고 생각했기 때문에 나는 매주 공부할 텍스트를 그 분량만큼 미리 번역해서 수강생들에게 배포한 다음, 당일 강의 시간에서는 주요 대목만 독일어 텍스트로 강독하면서 인문학적 코멘트를 곁들였다.

이 책은 이런 강의 과정의 결실로 남게 된 것이어서 나에게는 단순한 번역물 이상의 가치와 소중한 추억을 지니게 되었다.

길담서원의 박성준 원장님과 독어반 수강생 여러분들에게 지난 수개월 동안 함께 보낸 소중한 시간들에 대해 진심으로 고

마음을 표하고 싶다. 이렇게 소중한 인연의 끈을 이어 준 구법모 거사님께도 고마운 마음을 전하고 싶다. 그리고 이 번역물을 귀하게 여기셔서 한 권의 책으로 만들어 주시기로 큰마음을 내신 신현부 부북스 사장님께도 이 자리를 빌려 깊이 감사드린다.

2018년 세모

낙산 도동재(道東齋)에서

안삼환

젊은 베르터의 괴로움

나는 불쌍한 베르터의 이야기에 대해 내가 찾을 수 있었던 것은 무엇이든 부지런히 모아서 여기 여러분들에게 공개한다. 그리고 나는 여러분들이 이런 나의 노력에 대해 감사할 것이라고 믿는다. 여러분들은 그의 정신과 그의 성격에 대해 경탄과 사랑을 불금하게 될 것이며 그의 운명에 대해 눈물을 흘리지 않을 수 없을 것이다.

그리고 그가 느꼈던 그 충동을 지금 느끼고 있는 그대 선량한 영혼이여, 그의 괴로움으로부터 위로를 얻으시라. 그리고 만약 그대가 운명의 탓으로 또는 그대 자신의 잘못으로 곁에 썩 가까운 친구가 없을 경우에는 이 작은 책을 그대의 친구로 삼으시라.

제 1 권

1771년 5월 4일

떠나온 것이 얼마나 기쁜지! 훌륭한 친구여, 인간의 마음이 무엇인지! 내가 사랑하는 자네, 나 자신과 분리할 수 없는 자네를 떠나와 놓고 이렇게 기뻐하다니! 이런 나를 용서해 줄 것으로 믿는다. 자네 말고 나의 다른 인간관계들이란 것은 나와 같은 마음을 가진 사람을 불안하게 만들기 위해 운명이 그야 말로 일부러 골라놓은 것 같지 않은가? 불쌍한 레오노레! 하지만 난 죄가 없었다네! 그녀의 여동생의 독특한 매력이 내게 유쾌한 재미를 선사하는 동안 그 불쌍한 가슴 속에 뜨거운 애정이 싹 튼 것에 대해 난들 어쩔 수 없지 않았겠는가 말이네. 하지만 ― 내가 전혀 죄가 없을까? 내가 그녀의 그런 감정들을 은근히 조장하지는 않았을까? 그녀의 그 순진한 천성은 웃을 이유가 거의 없음에도 불구하고 우리로 하여금 그렇게 자주 웃도록 만들었지. 그런 그녀의 완전히 진실한 그 표정들을 보고 나 자신 은근히 즐기지나 않았는지? 또한 내가…… 아, 자기 자신을 질책할 수 있다니, 인간이란 무엇인가! 친애하는 친구여, 나는 내 처신을 고치겠네, 내 그것을 자네에게 약속한다. 나는 운명이 우리에게 제시하는 약간의 재앙을 지금까지 내가 늘 그래왔던 것처럼 더 이상 곱씹지 않겠다. 나는 현재의 일을 즐기고 과거사를 지나간 일로 돌리겠다. 그래, 좋은 친구여, 확실히 자네 말이 옳아, 사람들이 — 왜 그런지는 하느님만 아시겠지만 — 온갖 상상력을 부지런히 동원하여 지나간 나쁜 일을 되불러 오는 데에 골몰하지 말고 차라리 그 나쁜 일을 담담한 현재로서 견뎌낸다면, 사람들 사이에서 고통이 한결 적어질 거라는 자네의 그 말이 옳다.

어머니가 부탁하신 일을 내가 잘 처리해서 곧 그 소식을 전해 드릴 것이라고 자네가 어머니께 잘 말씀드려줘. 나는 이모님과 이야기를 나누었는데 그녀는 우리집에서 지칭하는 그런 사악한 여자는 전혀 아니었다네. 아주 착한 마음씨를 지닌 쾌활하고 성정이 좀 격한 부인이더라고. 나는 미지급된 유산 지분에 대한 어머니의 불평 사항들을 설명했는데, 그녀는 그렇게 된 근거와 이유, 그리고 모든 것을 양도해줄 수 있는 조건들을 내게 설명해줬다. 우리 측이 요구하는 액수보다 더 많이 줄 수도 있다는 거야 — 요컨대, 거기에 대해서는 난 지금은 더 쓰고 싶지 않다. 어머니께 모든 것이 잘 될 것이라고만 말씀드려 줘. 그리고 친구여, 나는 이 조그만 용무를 처리하는 중에 이 세상에서는 아마도 오해와 태만이 간계와 악의보다도 더 많은 혼란을 야기한다는 사실을 다시 한 번 알게 되었다. 적어도 간계와 악의가 더 드물다는 것은 확실하다.

아무튼 나는 여기서 아주 잘 있다. 이 낙원과도 같은 지역에서는 고독이 내 마음에 소중한 위안이다. 그리고 이 젊음의 계절이 자주 몸서리치는 내 가슴을 따뜻함으로 가득 채워 주고 있다. 나무 한 그루, 생울타리 하나가 모두 활짝 핀 꽃들을 묶어놓은 꽃다발 같다. 그리고 방향(芳香)의 바다에서 이리저리 노닐며 그 속에서 자신이 필요한 모든 자양분을 발견하는 쌍무늬딱정벌레라도 되고 싶은 기분이다.

도시 자체는 유쾌하다 할 수 없지만, 그 대신 도시 주변의 자연은 이루 표현할 수 없이 아름답다. 이 때문에 고(故) M백작은, 서로서로 아주 아름답고 다채롭게 교차하면서 최고로 정다운 골짜기들을 만드는 언덕들 중 하나에, 정원을 하나 만들 착상을 하게 되었다. 이 정원은 단순하다. 정원에 들어서면 금방 느끼게 되는 것은, 학구적인 정원사가 아니라 여기서 스스로 즐기고 싶고 사물을 느낄 줄 아는 마음의 소유자가 이 정원을 설계했다는 사실이다. 그 백작이 좋아했고, 이제는 내가 좋아하는 장소이기도 한 허물어져 가는 오막살이 안에서 나는 고인을 위해 이미 많은 눈물을 흘렸다. 나는 곧 이 정원의 주인이 될 것 같다. 불과 며칠밖에 안 되는데도 그 사이에 정원사가 내게 호감을 갖게 된 듯하다. 그리고 그는 내가 주인처럼 굴어도 기분 나빠 하지 않을 것 같다.

5월 10일

나의 온 영혼은, 내가 온 마음을 기울여 즐기고 있는 이 감미로운 봄날 아침들이 그런 것처럼, 경이로운 청랑성(晴朗性)을 띠게 되었다. 나는 혼자이긴 하지만, 내 영혼과 비슷한 사람들을 위해 창조된 것처럼 보이는 이 지역에서 내 인생을 즐기고 있다. 친구여, 나는 행복하다. 그리고 조용한 현존재의 감정에 아주 침잠해 있기에, 내 예술이 그만 곤경에 처하게 되는군. 지금 난 그림을 그릴 수 없다, 단 한 획도 그리지 못한다. 그래도 나는 지금 이 순간보다 더 위대한 화가가 되어 본 적이 없다.

안개가 내 주위의 정다운 골짜기에서 피어오르고 높이 뜬 태양의 광선은 내가 깃들어 있는 숲의 어둠을 투과하지 못하고 수관(樹冠)들 위에 머물고 있을 뿐, 단지 몇몇 광선들만이 숲의 내밀한 성소(聖所) 안으로까지 슬며시 스며들고 있다. 나는 조그만 폭포수 옆 풀숲에 누워 있는데, 근처 땅에서 자라고 있는 수많은 풀들이 내 눈에 들어오네. 그래서 나는 풀줄기들 사이의 작은 세계에서 꼼지락거리고 있는 수많은 벌레들과 모기들의 헤아릴 수 없이 많고 이루 다 궁구할 수 없는 형체들을 내 가슴에 더욱 가깝게 느낀다. 이때 나는 당신의 형상을 본떠 우리를 창조하셨다는 전능자의 현존을 체감하고, 영원히 기뻐하시는 중에 우리를 유영(遊泳)하게 해 주시고 이런 상태를 지탱하게 해 주시며 우리 모두를 사랑하시는 그분의 숨결을 실감한다. 친구여! 이윽고 내 시야가 어둑어둑해지고 내 주위 세계와 하늘이 어느 사랑하는 여인의 형상처럼 온전히 내 영혼 안에서 쉬고 있는 듯하다. 이럴 때면 나는 자주 그리움에 휩싸이며 생각하게 되지 — 아, 이것을 그림으로 재현할 수 있다면! 내 마음속에 이렇게도 가득 차서 따뜻하게 생동하고 있는 이것을 도화지 위에다 입김으로 훅 불어서 표현해 낼 수 있다면 얼마나 좋을까! 그렇다면 그 그림이 내 영혼의 거울이 되고, 내 영혼은 무한하신 하느님의 거울이 되련만! 친구여! 하지만 나는 이런 현상들의 찬연한 위력에 주눅이 들어 여기서 그만 파멸하고 말 것 같구나.

5월 12일

이 지역 주변에 환각을 불러일으키는 정령들이 떠도는 것인지, 혹은 내 마음속에 따뜻하고 천상적인 환상이 깃들어 있는 것인지 난 모르겠네. 내 주변의 모든 것이 내게는 마치 낙원에 있는 풍경처럼 보이니까 말일세. 바로 마을 앞에 우물이 하나 있는데, 마치 멜루지네[1]가 그녀의 자매들과 함께 반했던 것처럼 내가 마치 마법에 걸리기라도 한 것처럼 이 우물에 그만 홀딱 반해 버렸다. — 조그만 언덕을 내려가노라면 아치 모양의 건축물이 하나 있고 거기서 한 스무 계단쯤 더 내려가면 그 아래 대리석 바위틈에서 맑디맑은 샘물이 솟아나고 있다. 그 우물 위로 테두리가 되

1 (역주) 상체는 여성, 하체는 물고기인 물 요정 혹은 인어.

어 주는 조그만 담장, 우물 주변을 뒤덮고 있는 키 큰 나무들, 그리고 그 장소의 써늘함 — 이 모든 조건들이 그 어떤 매력, 그 어떤 오싹하게 만드는 분위기를 풍기게 하고 있다. 내가 한 시간이라도 거기 앉아 있지 않는 날이 없다. 거기 그렇게 앉아 있노라면 시내로부터 아가씨들이 와서 물을 긷는다. 옛날에는 임금님의 딸들도 해내야 했던 가장 소박하고도 필수불가결한 일이지. 내가 거기 앉아 있으면 내 주위에서 문득 가부장 시대의 관념이 생생하게 되살아나기도 하네. 집안 어른들이 모두 우물가에서 서로 인사를 나누며 혼사를 의논하고 있고 선행을 베푸는 정령들이 우물과 샘을 싸고 떠돌고 있는 것 같단 말일세. 아, 이런 것을 함께 느낄 수 없는 사람이라면, 아마도 그는 여름날에 힘든 산행을 한 뒤에 이 시원한 우물물을 마시고 기운을 차려 본 적이 한 번도 없는 인간임에 틀림없을 거야.

5월 13일

내 책들을 보내줄까 하고 물었나? — 친구여, 제발 부탁인데, 나한테 책 읽힐 생각일랑 말게. 난 더 이상 인도나 격려를 받기도 싫고 고무되기도 원치 않아. 이 내 가슴은 정말이지 그 자체로도 이미 충분히 들끓고 있지 않나 싶으이. 지금 내가 필요한 것은 자장가야. 그리고 자장가라면 난 지금 읽고 있는 호메로스한테서 충분히 발견했다. 내 격앙된 피를 진정시키고자 얼마나 자주 나는 자장가를 흥얼거려야만 하는지 모른다. 자네가 이 내 가슴처럼 평상심이 없고 항심이 없는 가슴을 또 못 보았을 테니까 하는 말이야. 친구여, 하필이면 자네에게 이런 말을 할 필요가 있을까? 자네야 말로 내가 근심에서 방탕으로, 그리고 달콤한 멜랑콜리에서 몹쓸 열정으로 넘어가는 꼴을 너무나 자주 보아내는 고역을 치른 사람 아닌가! 또한 난 이 내 가슴을 마치 병든 아기처럼 안고 있다. 이 아기가 원하는 건 무엇이든 다 들어주고 있다. 이 사실을 다른 사람들에게는 말하지 말아 줘. 나의 이런 행동을 나쁘게 보는 사람들도 있으니 말이야.

5월 15일

이곳의 하층민들은 벌써 나를 알아보고 좋아한다, 특히 아이들이 그렇다. 쓰라린 경험도 거쳐야 했다. 내가 그들에게 처음 다가가서 그들에게 이것저것에 대해 물어보자 몇몇 사람들은 내가 그들을 조롱하고자 하는 줄 알고 나를 거칠게 물리쳐 버리려고 하더군. 나는 그들의 그런 태도를 불쾌하게 받아들이지 않았다. 내가 이미 자주 경험했던 바를 단지 나는 아주 생생하게 다시 느낄 수 있었다. 즉, 어느 정도 신분이 있는 사람들은 항상 서민들과 냉정한 거리를 유지하고자 한다는 사실이야. 마치 그들이 서민들에게 친근하게 접근하면 지는 것이라고 믿는 것 같단 말이지. 또 다른 부류로는 경솔한 인간들과 질이 나쁜 익살꾼들이 있는데, 이들은 자신들을 낮추는 것 같긴 한데, 이를 통해 불쌍한 민중은 결국 그들의 오만함을 그만큼 더 민감하게 받아들이게 된단 말이지.

나는 우리 인간이 동등하지 않으며 또 동등할 수도 없다는 것을 잘 알고 있네. 그러나 나는, 존경을 받으려면 이른바 천민을 멀리할 필요가 있다고 믿는 자는 질 것이 두려워서 적 앞에서 자신을 숨기는 비겁한 인간과 꼭 마찬가지로 비난받아 마땅하다고 생각해.

얼마 전에 나는 우물가로 내려가던 중에 어떤 젊은 하녀를 보게 되었다. 그녀는 물동이를 맨 아래 계단 위에 내려놓은 채 자기를 도와 물동이를 머리 위에 얹어 줄 친구가 왔으면 하고 주위를 둘러보고 있더군. 나는 계단을 내려가서 그녀를 바라보았다. — "아가씨, 도와 드릴까요?" 하고 내가 말했다. — 그녀는 얼굴이 점점 빨갛게 물들어 갔다. — "아, 아니에요, 나리!" 하고 그녀가 말했다. — "여러 말 마시게!" 내가 말했다. — 그녀가 똬리를 바른 자리에 올려놓더군. 그래서 나는 그녀를 도와주었다. 그녀는 고맙다는 말을 하고나서 계단을 올라갔다.

5월 17일

나는 온갖 사람들을 알게 되었지만, 사귈 만한 사람은 아직 발견하지 못했어. 내게 사람들을 끄는 무엇인가가 있는지는 모르겠어. 그렇지만 많은 사람들이 나를 좋아하고 또 내게 의지하고 있어. 그래서 우리가 동행하며 가는 길이 단지 한 마장밖에 안 될 때에는 서운한 생각이 들기도 해. 여기 사람들이 어떠냐고 묻는다면, 나는 그들이 세상 다른 곳 사람들과 다름이 없다고 말하지 않을 수 없네. 인류 전체를 보더라도 동일한 형태의 삶이 아니겠나. 거의 모든 사람들은 자기들 시간의 대부분을 살기 위해서 보내고 있지. 그리고 그들에게 자유 시간으로 남는 얼마 안 되는 시간 때문에 그들은 불안하게 된 나머지 이 시간을 떨쳐버리기 위해 온갖 수단을 다 찾게 된단 말이야. 아, 인간의 숙명이란!

그러나 서민 중에는 정말 선량한 종류의 사람들이 있다. 이따금 나 자신을 잊고, 그들과 함께 인간들에게 아직도 허락되어 있는 이런 기쁨들을 즐긴다. 즉 얌전하게 차려진 식탁 앞에 앉아서 서로 마음을 진정으로 확 털어놓고 이런 저런 농담을 한다든가, 적당한 때에 마차 드라이브나 춤판을 조직한다든가 뭐 그런 짓을 하면 그게 내 기분에 아주 좋은 작용을 해. 단지 이럴 때 내 머리에 떠오르지 말아야 할 생각이 있는데, 내 속에는 아직도 쓸모없이 썩어가고 있는 수많은 다른 능력들이 숨어 있어, 그리고 그런 능력들을 나는 조심스럽게 감추지 않으면 안 된다는 생각이 그런 거야. 아, 이런 생각을 하게 되면 내 온 심장이 답답하게 옥죄어 드는 것 같아. — 하지만 말이야, 어차피 오해 속에서 산다는 것이 우리네 같은 사람의 숙명이 아니겠나.

아, 내 젊은 시절의 여인이 저 세상으로 가다니! 한때 그녀를 잘 알았지! — 나는 차라리 "넌 바보야! 이 세상에서 찾을 수 없는 것만 찾고 있으니!" 하고 외치고 싶다. 하지만 나는 그녀의 마음을 얻었고, 그녀의 심장을 느낄 수 있었다. 그녀의 영혼이 함께 있을 때면, 난 나의 모든 가능태(可能態)로서 존재할 수 있었기 때문에 실제의 나보다 더 나은 존재인 것처럼 생각되었다. 아, 정말이지, 그때 내 영혼 속의 그 어떤 잠재력도 쓰이지 못한 채 방치되었던 게 있었던가? 그녀 앞에서라면 나는 완전하고도 경이로운 감정을 펼쳐낼 수 있지 않았던가! 바로 이 감정으로써 이 내 심장은 자연을 온통 감싸 안을 수 있었던 거야! 우리의 사귐이야말로 지극히 섬세한 느낌, 지극히 명민한 재담의 영원한 교직(交織)이 아니었던가? 여기서 설령 과감하게 변형된 피륙들이 만들어졌다 하더라도 그것들에는 모두 천재의 도장이 찍혀 있지 않았던가! 그런데 이제! 아, 그녀가 나보다 앞서 살았던 그 세월만큼 그녀가 나보다 먼저 무덤으로 인도되었구나! 나는 결코 그녀를 잊지 않을 것이다. 그녀의 그 신실한 품성과 그녀의 하늘같이 큰 관용성을 난 결코 잊지 못할 것이다.

요 며칠 전에 나는 V라는 청년을 만났는데, 얼굴이 아주 잘생기고 솔직한 청년이었다. 그는 이제 막 대학을 졸업했는데, 자신이 현명하다고까지 생각하진 않지만 다른 사람들보다 더 많이 안다고 믿는 것 같아. 여러 모로 관찰해 보니 그는 또한 부지런한 청년이기도 했다. 요컨대 그는 제법 많은 지식을 갖고 있었다. 내가 그림을 많이 그리고 그리스어를 할 줄 안다(이 나라에서는 이 두 가지가 혜성처럼 빛나는 재주 아닌가!)는 말을 듣고서 그가 날 찾아와 바퇴로부터 우드에 이르기까지, 드 필로부터 빈켈

만에 이르기까지 많은 지식을 늘어놓았다. 그리고 내게 확언하기를, 자기는 줄처의 이론 제1부를 완전히 통독했고 고대어문학에 관한 하이네(Heyne)의 원고도 소장하고 있다는 거야. 나는 그가 말하는 것을 그냥 들어주고 있었다.

또 한 사람의 점잖은 남자를 알게 되었는데, 그는 군주의 대행관(代行官)[2]으로서 솔직하고 신실한 분이었다. 사람들의 말에 의하면, 그가 아홉이나 되는 자녀들과 함께 있는 광경을 보면 영혼 속까지 기쁨을 느끼게 된다고들 하네. 특히 사람들은 그의 첫 딸에 관해 칭찬을 많이 하더군. 그는 나를 자기 집에 초대했다. 그래서 나는 최대한 가까운 시일 안에 그를 방문할 생각이다. 그는 여기서 한 시간 반쯤 되는 거리에 있는 군주의 수렵관에서 살고 있는데, 상처를 한 뒤에 그곳으로 이사해도 좋다는 군주의 허락을 받았다는 거야. 여기 이 도시에, 그리고 대행관의 청사에 계속 머문다는 것이 그에게는 너무 괴로웠던 것이지.

이 밖에도 나는 몇몇 비뚤어진 괴짜들을 만나게 되었는데, 그들한테서는 모든 것을 참아낼 수 없을 정도야. 가장 견디기 어려운 것은 이런 작자들이 우정을 표해 오는 것이지.

---

2 (역주) 대행관(Amtmann)이란 중세부터 19세기 중반까지 독일어권 지역에서 널리 사용되던 관직 명칭으로서 군주나 영주를 대신하여 자기가 맡은 지역의 행정과 사법을 관장하였다. 대개는 귀족이나 성직자(추기경 등 고위성직자의 영지를 관할할 경우)가 맡았으며, 18세기 후반 무렵에는 시민계급 출신의 법관들도 차츰 이 직책을 맡게 되었다. 로테의 아버지도 대행관이었으나, 시민계급 출신일 것으로 추측된다.

잘 있게! 이번 편지는 자네 맘에 들겠군. 이번에는 아주 실제로 있었던 일을 서술했으니까 말일세.

5월 22일

인간의 삶이 단지 한 바탕 꿈에 불과하다는 생각은 이미 많은 사람들의 머리에 떠올랐을 것일세. 그런데 나한테도 이런 느낌이 늘 떠나지 않고 맴돌고 있어. 시공에 갇혀있는 인간의 활동력과 연구력의 한계성이 보이고, 인간의 모든 활동이 우리의 가련한 존재를 연장시키려는 목적밖에 모르는 원초적 욕구들을 충족시키는 데로 귀결되는 꼴이 보인다. 그렇게 되면 탐구의 결과로 상당한 성과를 얻었다는 모든 위안도 단지 몽환적인 체념에 지나지 않게 되지. 그건 마치 사람들이 자기들이 갇혀서 앉아 있는 감옥의 벽들에다 다채로운 형상들과 밝은 전망들을 그려놓는 짓과 흡사하지. ― 빌헬름이여, 이 모든 것을 생각하면 나는 말문이 막힌다네. 나는 나 자신 속으로 물러나 칩거하게 되고 거기서 하나의 다른 세계를 발견한다네. 구체적 그림이나 생생한 표현력을 통해서라기보다는 또 다시 예감과 막연한 욕망 속에서 말이야. 거기서는 모든 것이 내 오관(伍官) 앞에서 둥둥 떠다니고, 그러면 나는 아주 꿈속인 것처럼 그 다른 세계를 향해 미소 짓는다네.

어린이들은 무언가를 욕구하는데 그들은 왜 그런지 알지 못한다. 이 사실에 대해서는 모든 학식 높은 선생들과 궁정 초빙 학자들의 의견이 일치하고 있다. 그러나 어른들도 어린이들과 마찬가지로 이 지상에서 이리저리 비틀거리고 있고 어린이들과 마찬가지로 그들이 어디서 와서 어디로 가고 있는지 모르며, 참된 목적에 따라 행동하지 못하고, 어린이들과 똑같이 비스킷이나 케이크나 자작나무 회초리를 통해 지배를 받고 있다. 이런 사실을 아무도 기꺼이 믿고 싶지 않을 거야. 그런데 내 생각으로는 이것은 누구나 느낄 수 있는 명백한 사실이다.

지금 나의 이 말을 듣자 자네가 내게 말하고 싶어 할 것을 난 잘 알아. 그래서 내 자네에게 기꺼이 고백하겠다. 즉, 어린이들과 마찬가지로 하루하루를 맞이하며 살 수 있는 사람들이 가장 행복한 사람들이라는 사실 말이야! 어린이들은 인형들을 이리저리 끌고 다니며 그 옷을 벗겼다가 입혔다가 하고 엄마가 설탕 뿌린 버터 빵을 넣어 둔 서랍 주위를 굉장한 관심을 갖고 맴돌다가 그들이 노리던 것을 마침내 잽싸게 잡아채고서는 뺨이 터지도록 먹고는 "더 줘!"하고 소리친다 — 이것이 행복한 피조물들이야. 자신들의 너절한 생업에다가, 심지어는 자신들이 좋아하는 기벽(奇癖)에도 화려한 명칭을 붙이고 그것이야 말로 인류의 구원과 안녕을 위한 굉장한 개혁 작업이라고 떠드는 그런 인간들도 행복하다. — 그런 짓을 할 수 있는 자에게 행복이 있기를! 그러나 이 모든 세상사가 어디로 귀결되는지를 겸허하게 인식하는 사람도 있다. 그는 다소 여유가 있는 개개 시민들이 얼마나 단정하게 자기의 조그만 정원을 잘 가꾸어 낙원으로 만드는지 관찰할 줄 아는 사람이다. 불행한 자일지라도 짐을 진 채 기침을 해 가면서 자기의 길을 얼마나 꾸준히 가고 있는지를 알고 있으며, 모든 사람들이 똑같이 일 분이라도 더 태양 광선을 향유하기를 원한다는 것을 아는 사람이다. — 그래, 바로 그 사람은 과묵하고, 자기 자신으로부터 자기만의 세계를 만들 줄 알지. 자기도 한 인간이기 때문에 그 역시 행복하다. 그리고 비록 그가 한계성에 갇혀 있음에도 불구하고 그는 자기 심장 속에 늘 자유라는 달콤한 감정을 지니고 있거든. 자신이 원할 때에는 언제든지 이 감옥을 떠날 수 있다는 자유 말이야.

5월 26일

자넨 내가 예전부터 어떤 곳에 자리 잡고 살아가는 방식을 알고 있지 않은가. 그 어떤 안온한 장소에다 오막살이를 짓고 온갖 제약을 견디며 거기서 기거하는 그런 방식 말이다. 여기서도 또 다시 나는 내 마음에 드는 조그만 광장 하나를 발견하게 되었다.

도시로부터 약 한 시간 떨어진 거리에 사람들이 발하임[3] 이라고 부르는 마을이 하나 있다. 어떤 언덕에 자리잡고 있는데 그 위치가 매우 흥미롭다. 그리고 마을로 올라가는 오솔길을 걷

---

3 (원주) 독자는 여기 지칭된 마을을 찾는 수고를 하지 마시기 바란다. 우리는 원래 존재했던 진짜 마을 이름을 변경하지 않을 수 없는 필요성을 인식하게 되었다.
(역주) 발하임(Wahlheim)이란 마을 이름은 독일어로 '선택한 고향집'이란 의미를 지님.

다가 언덕 위에서 바깥으로 나오면 갑자기 골짜기 전체가 훤히 내려다보인다. 나이가 지긋한데도 불구하고 친절하고 쾌활한 성격의 선량한 여주인이 포도주와 맥주, 그리고 커피를 따라 준다. 그런데 제일 좋은 것은 두 그루의 보리수가 교회 앞의 그 조그만 광장을 넓게 뻗친 가지들로 뒤덮어주고 있는 거야. 그리고 농가들, 헛간들 그리고 앞마당들이 그 광장을 빙 둘러싸고 있다. 지금까지 난 이렇게 정겹고 안온한 광장은 쉽게 보지 못했다. 그래서 나는 그 주점에서 식탁과 의자를 내어오도록 부탁하고 거기서 커피를 마시며 호메로스를 읽는 것이다. 어느 아름다운 오후에 내가 우연히 그 보리수 아래로 처음 갔을 때, 조그만 광장은 아주 적막했다. 모두들 들에 나간 것이다. 단지 네 살 정도 돼 보이는 남자 아이 하나가 땅바닥에 앉아서 생후 반년쯤 돼 보이는 다른 아기 하나를 자기 양 다리 사이에 낀 채 아기를 두 팔로 잡고 자기 가슴께에 꼭 끌어안고 있었다. 그래서 그 아이가 아기에게는 마치 일종의 안락의자 역할을 하고 있는 꼴이었다. 그 아이는 새까만 두 눈동자를 좌우로 굴리며 이쪽저쪽을 활발하게 살피면서도 아주 태평스럽게 앉아 있는 거야. 이 광경에 나는 마음이 흐뭇해 졌다. 그래서 나는 그 맞은편에 놓여 있던 쟁기 위에 걸터앉아서 형제가 앉아 있는 그 자세를 무척 즐거워하면서 스케치를 했다. 나는 바로 옆에 있는 생울타리와 헛간으로 들어가는 문, 그리고 부서진 몇 개의 마차 바퀴들을 추가로 그렸는데, 그 모든 것들을 앞뒤로 놓여있는 순서 그대로 그려 넣었다. 그리고 한 시간이 경과한 뒤에 나는, 나 자신의 주관은 조금도 첨가하지 않은 채, 구도가 잘 잡힌 아주 그럴듯한 스케치 하나를 완성해 낸 것을 확인하게 되었다. 이 사실로 인하여 나는 앞으로는 자연 그대로만을 그리겠다는 내 결심을 더욱 굳히게 되었어. 오직 자연만이 무한히 풍요로우며, 오직 자연만이 위대한 예술가를 만들지. 우리는 규칙의 장점에 대해서, 시민 사회를 찬양할 때 우리가 말할 수 있는 것과 대충 비슷한 많은 것을 이야기할 수 있을 것이네. 규칙에 따라 수행해온 사람은 결코 그 어떤 몰취미한 졸작을 만들어내지 않을 것인데, 그것은 마치 법률이나 예의범절을 통해 처신하고 있는 시민이 결코 참아내기 어려운 이웃 사람이 된다거나 눈에 띄는 악한이 될 수 없는 것과 비슷하다. 그렇지만, 그 대신 모든 규칙은, 무슨 규칙이든 간에, 진실한 자연 감정을 파괴하고 자연의 진실한 모습을 망치게 될 것이야! 이에 대해 자네는 '너무 심한 말이군! 규칙은 단지 제약할 뿐이고 웃자라는 넝쿨을 잘라 줄 뿐이야' 등과 같은 반론을 제기하겠지. — 훌륭한 친구, 내 자네에게 한 가지 비유를 들어 볼까? 이건 사랑과도 흡사한 거야. 어떤 젊은이의 마음이 한 아가씨한테 홀딱 빠져서 그의 하루의 모든 시간을 그 아가씨 집에서 보내면서, 그녀에게 자신의 모든 것을 바치고 있음을 매 순간 그녀에게 보여주기 위해 자신의 모든 힘과 자기의 재산을 탕진하고 있다. 그런데 바로 그때 공직에 있는 한 남자, 즉 어떤 속물이 와서 그 청년에게 이렇게 말을 한다고 치세. '훌륭한 젊은이! 사랑한다는 것은 인간적이지. 단지 자네는 인간적으로 사랑해야 할 것 같구먼! 자네의 시간을 일하는 시간과 휴양하는 시간으로 분배하되, 휴양 시간을 자네의 아가씨한테 바치도록 하게. 자네 재산을 계산해 보게. 자네가 꼭 써야 할 비용을 제하고 남는 금액으로 그 아가씨한테 선물을 한다면 내 그건 금지하지 않겠네. 다만 선물도 너무 자주 해선 안 되고, 그녀의 생일이나 수호성인의 날에나 하는 거야' 하는 등의 충고를 한단 말이야. 그 청년이 이 충고를 따른다면 그는 쓸모 있는 청년이 되는 것이다. 나 자신도 모든 군주들에게 그를 관청의 직원으로 쓰도록 권고하고 싶다. 그러나 그의 사랑만은 끝장이 나고, 만약 그가 예술가라면, 그의 예술이 끝장이 나는 것이다. 아, 친구들이여! 왜 천재의 강물이 이다지도 드물게 터져 흐르고, 도도한 홍수가 되어 콸콸 흘러넘치는 것이 왜 이다지도 드물며, 그대들의 영혼들을 뒤흔들어 경탄을 불금하게 하는 일이 왜 이다지도 드문가? — 친애하는 친구들이여, 거기 강변의 양안에 냉정을 잃지 않는 신사들이 살고 있기 때문이다. 그들의 전원주택과 튤립 화단과 채전들이 유실될까 두려워 시의적절하게 제방을 쌓아 물을 막고 수로를 변경하여 물길을 돌림으로써 앞으로 닥칠지 모르는 위험에 대비할 줄 아는 신사들 말이다.

5월 27일

이제야 깨닫고 보니 나는 황홀해 하고 비유와 장광설을 늘어놓는 데에 빠진 바람에 그 후 그 아이들은 어떻게 되었는지 자네에게 끝까지 이야기해 주는 것을 잊고 말았군. 나는, 내 어제 편지가 아주 단편적으로나마 자네에게 설명했지만, 화가로서의 감상에 푹 빠진 채 그 쟁기 위에 아마도 두 시간 정도 앉아 있었던 것 같아. 저녁 무렵에 팔에 바구니를 걸친 젊은 여자 하나가 거기 애들한테로 달려오는 거야. 그 애들은 그동안 꼼짝도 하지 않고 그냥 그 자리에 앉아 있었지. 그녀는 멀리서부터 외쳤어 — "필립스, 너 정말 착하구나!" — 그녀가 내게 인사를 했고 나는 그녀에게 고맙다고 말하고 일어서서 그쪽으로 다가갔네. 그리고는 그녀가 아이들의 어머니인지 물었어. 그녀는 그렇다고 했다. 그리고 큰 아이에게 흰 빵 반쪽을 주고는 작은 애를 받아 안고서 아기에게 엄마로서의 모든 사랑을 담아 키스를 했다. — "필립스한테 애를 봐 달라고 맡기고 저는 맏이와 함께 흰 빵과 설탕, 그리고 죽을 끓이는 질그릇 냄비를 사러 시내로 갔습니다." — 나는 덮개가 땅에 떨어졌기 때문에 바구니 안에서 그 모든 것들을 볼 수 있었네. — "저는 저녁 식사로 한스(이것이 막둥이의 이름이었다)에게 죽을 끓여 줄 거예요. 단정치 못한 녀석인 큰애가 어제 필립스와 죽 누룽지를 두고 다투다가 냄비를 깨어버렸거든요." — 나는 맏아들은 어디 갔느냐고 물었다. 그래서 풀밭 위에서 두세 마리의 거위를 뒤쫓고 있다고 그녀가 채 대답하기도 전에 맏이가 뛰어 오더니 둘째에게 개암나무 가지 하나를 선물로 건네주는 것이었다. 나는 여자와 계속 얘기를 나누었는데, 그녀가 교사의 딸이라는 사실과 그녀의 남편이 사촌형의 유산을 받기 위해 스위스로 여행을 떠났다는 사실을 알게 되었다. — "사람들이 남편을 속여 유산을 가로채고자 했답니다" 하고 그녀가 말했다. "그래서 남편이 편지를 여러 통 내어도 답장이 없었지요. 그래서 그 자신이 스위스로 가게 된 거예요. 남편에게 제발 불행한 일만 일어나지 않았으면 해요. 그에 관한 소식이라곤 아무것도 듣지 못했거든요." — 나는 그 여자를 떠나오는 것이 쉽지 않아서 아이들에게 각각 동전 한 닢씩을 주고 막내 아이를 위해서도 그녀가 시내로 가거든 수프에 넣어줄 흰 빵이라도 하나 사 주라며 한 닢을 주었다. 그런 다음 우리는 서로 헤어졌다.

소중한 친구여, 내 자네에게 말하거니와 내 마음이 더 이상 안정을 찾지 못할 때에는 이런 사람을 보면서 내 혼란스러운 속을 진정시킨다네. 이런 사람은 차분한 행복 속에서 자기 현존재의 협소한 범위 안에 살면서 하루하루를 견뎌내고 나뭇잎이 떨어지는 것을 보면서도 곧 겨울이 온다는 것 말고는 아무 생각도 하지 않으니 말이다.

그때 이래로 난 자주 바깥에서 지낸다. 아이들은 나하고 아주 친해졌다. 내가 커피를 마실 때에는 설탕을 얻어먹고 저녁때에는 나하고 버터 바른 빵과 시큼한 우유를 갈라먹는다. 일요일에는 그들에게 꼭 동전을 주고, 기도 시간이 지나도 내가 거기에 없을 경우에는 내 부탁을 받아 여주인이 동전을 대신 전해 줘야 한다네.

그들은 나와 친밀해 져서 나한테 온갖 얘기를 다한다. 특히 내가 즐기는 것은 마을에서 더 많은 아이들이 모일 경우 아이들이 신이 나서 떠들고 뭐든지 더 가지고자 마구 욕심을 부리는 순진한 모습들이야.

자기 아이들이 "나리에게 폐를 끼치지나 않을까" 하는 걱정을 그 어머니한테서 덜어 주기 위해 나는 많은 애를 써야 했다네.

5월 30일

내가 최근에 그림에 대해 자네에게 말한 것은 틀림없이 문학에도 통용될 걸세. 탁월한 것을 알아차리고 그 인식을 과감하게 표현하기만 하면 되는 것이다. 하기야 이건 불과 몇 마디 말로써 너무 많은 것을 얘기한 것이다. 오늘 나는 어떤 장면 하나를 보았는데, 그 장면을 그대로 베껴 글로 쓰기만 하더라도 이 세상에서 가장 아름다운 전원시가 될 것이다. 하지만 문학이 무엇이며 장면과 전원시가 다 무엇이란 말인가? 우리가 어떤 자연 현상에 관심을 가짐에도 불구하고 굳이 그것이 글로 씌어져 곰곰이 다듬어져야 한단 말인가?

자네가 내 편지의 이런 서두를 보고 아주 고상하고 고귀한 내용을 기대한다면 자네는 또 다시 얄궂게 속은 셈이다. 나로 하여금 이렇게 생생한 관심을 갖도록 감동시킨 것은 한 청년 농부에 다름 아니네. 내가 통상 그런 것처럼 이야기를 잘 못하게 될 거야. 그래서 내 생각에 자네는 평소대로 내가 지나치게 과장한다고 생각할 듯하네. 이 드문 장면들을 현출한 곳은 또 다시 발하임이야. 그래, 늘 발하임이지.

바깥 보리수 그늘 아래에서 커피를 마시는 어떤 모임이 있었다. 그 모임이 내게는 썩 어울리지는 않아서 나는 핑계를 대고 거기서 멀찌감치 물러나 있었다.

한 청년 농부가 어느 이웃집에서 나와서, 내가 최근에 스케치했던 그 쟁기에다 뭔가 수리 작업을 하느라고 열중하고 있었다. 그의 행동거지가 내 마음에 들어서 나는 그에게 말을 걸었고 그의 처지에 대해 물어보았다. 우리는 이내 서로를 알게 되었고, 내가 이런 종류의 사람들과 통상 어울려 지내는 방식대로, 금방 서로 친숙하게 되었다. 청년은 자기가 어떤 과수댁에 머슴으로 일하고 있고 그녀로부터 썩 좋은 대접을 받고 있다고 내게 이야기했다. 그는 그녀에 대해 아주 많은 이야기를 했고 그녀를 아주 칭찬한 까닭에 나는 그의 육체와 영혼이 온통 그녀에게 호감을 갖고 있는 것을 곧 알아챌 수 있었다. 청년의 말에 따르자면 그녀는 더 이상 젊지는 않고, 첫 남편한테 나쁜 대우를 받아서 더 이상 결혼할 의사가 없다는 것이었다. 그의 이야기에서 유별나게 드러나는 것은 그녀가 아름답고 그에게 그녀는 매력적이기 그지없고 그녀가 첫 남편의 잘못에 관한 기억을 지우고 그를 선택해 주기를 애타게 원한다는 사실이었다. 자네에게 이 사람의 순수한 호감, 사랑, 충직한 마음을 눈에 선하게 보여줄 수 있기 위해서는 내가 청년의 말 한마디 한마디를 일일이 반복하지 않으면 안 될 지경이다. 그래, 청년이 표현하는 몸짓, 그 조화로운 목소리, 그의 시선에서 번득이는 은밀한 불꽃을 자네에게 생생하게 서술할 수 있으려면 난 아주 위대한 시인의 재능을 가지고 있지 않으면 안 될 것 같다. 그래, 어떤 말로도 그의 온 성품과 표현 속에 들어있는 연정을 다 형용할 수 없을 것이다. 내가 말로써 재현할 수 있는 모든 것은 다만 진부한 말장난이 될 뿐이지. 특히 나를 감동시킨 것은 그녀와 사귀는 그의 관계가 어울리지 않는다고 내가 생각할까봐, 그리고 내가 그녀의 행실을 의심할까봐, 그 청년이 지레 걱정하고 두려워하는 모습이었다. 그가 그녀의 자태에 관해, 젊음의 매력은 더 이상 없지만 자기를 끌어당기고 매혹시킨 그녀의 육체에 관해 말할 때, 그 모습이 얼마나 매력적인지 난 다만 내 가장 내밀한 영혼 속에서만 나 자신에게 반복해서 말할 수 있을 따름이라네. 내 평생 나는 간절한 욕망과 그리워하는 열렬한 욕구를 이렇게 순수한 모습으로 본 적이 없다네. 그렇다. 정말이지 나는 이렇게 순수한 모습으로는 생각하지도, 꿈꾸지도 못했다고 말할 수 있다. 이 천진무구한 진실성을 상기할 때 내 가장 내밀한 영혼이 발갛게 달아오르고 이 충직한 연정의 이미지가 어디 가든 날 따라오며, 그로 인하여 저절로 불길이 옮아붙은 듯 나 자신도 갈망하고 애타게 그리워하고 있다고 내 자네에게 말하더라도 날 욕하지 말아주게.

이제 나는 빠른 시일 내에 그녀의 모습을 한번 보고 싶네. 아니지, 이 일을 다시 잘 생각해 보니, 차라리 나는 그런 시도를 하지 않는 편이 낫겠다. 그녀의 애인의 눈을 통해 그녀를 보는 편이 낫겠다. 어쩌면 그녀의 실물은 내 눈에는 그녀가 지금 내 앞에 서 있는 그녀의 모습이 아니게 나타날지도 모르니까 말이야. 왜 내가 그 아름다운 이미지를 망쳐 놓아야 하는가?

6월 16일

왜 자네한테 편지를 쓰지 않느냐고? — 그걸 묻고 있는 걸 보니 자넨 역시 책상물림들 중의 하나로군 그래. 내가 잘 지내고 있다고 짐작하면 될 걸세. 실은…… 단도직입적으로 말해서 나는 내 마음에 썩 드는 사람 하나를 알게 되었다. 나는 그 사람을…… 아, 어떻게 말해야 할지 난 모르겠어.

내가 그 사랑스럽기 그지없는 피조물들 중의 한 사람을 사귀게 된 일이 어떻게 일어나게 되었는지 자네에게 조리 있게 이야기한다는 것은 어려울 것 같다. 나는 지금 즐겁고 행복하다. 그러니까 내겐 실제로 일어난 일을 세세히 잘 보고하고 있을 여유가 없다.

천사를 알게 되었어! — 치, 누구나 자기 여인에 관해선 이런 말을 하지, 그렇지 않나? 하지만 난 그녀가 얼마나 완전무결한지, 왜 완전무결한지 자네에게 말할 재주가 없다. 두 말할 필요 없지, 그녀는 내 마음을 온통 사로잡아 버렸다.

그렇게나 많은 분별력을 갖추고 있는데도 그렇게 단순하고, 그렇게나 단호한 결단력을 갖추고 있는데도 또 그렇게 너그럽고, 그리고 진정한 삶과 활동을 영위해 가면서도 영혼의 평정을 유지하고 있는……

그녀에 대해서 내가 지금 자네에게 무슨 말을 하더라도 그것은 모두 역겨운 잡소리일 뿐이고, 그녀 자신의 특색을 하나도 표현하지 못하는 당찮은 추상적 표현에 불과할 뿐이다. 언제 다른 기회에 — 아니, 다른 기회를 엿볼 것 없이 내 지금 당장 자네에게 그걸 얘기해 줄게. 지금 얘기하지 않으면, 그건 결코 할 수 없을 거야. 왜냐하면, 우리끼리 하는 말인데, 내가 편지를 쓰기 시작한 이래로 나는 벌써 펜을 세 번째 내던지고 내 말에 안장을 올리게 한 다음, 말을 타고 바깥으로 달려 나갈 기세였거든. 하지만 오늘 이른 아침에 나는 바깥으로 나가지 않겠다고 나 자신에게 맹세를 했단 말이야. 그런데도 나는 매 순간 창가로 다가 가 아직도 해가 하늘 높이 떠 있는 것을 확인하곤 한다네. — — —

결국 나는 나 자신을 극복하지 못하고 그녀한테로 달려가지 않으면 안 되었다. 이제 다시 집에 왔다. 빌헬름이여, 이제 간단히 버터 바른 빵으로 저녁 식사를 때우고 자네한테 편지를 계속 쓸게. 그녀가 여덟 명의 남매들, 사랑스럽고 활기 찬 아이들에 둘러싸여 있는 광경을 보는 것은 내 영혼에 얼마나 큰 희열을 선사하는지!

내가 이런 식으로 계속 쓰게 된다면 자네는 결국 뭐가 뭔지 아무것도 모르게 될 거야. 나 자신을 강제하여 상세하게 보고하도록 할 테니 어디 한번 들어보게나.

근자에 나는 군주의 대행관 S씨를 알게 되었고 그가 내게 곧 자신의 은둔처, 또는 그의 작은 왕국을 방문해 달라고 청했다는 사실을 자네에게 보낸 편지에다 쓴 적이 있었다. 그 청을 내가 소홀히 다루었다. 그래서 만약 내가 그 조용한 곳에 숨겨져 있던 그 보석 같은 여인을 우연히 발견하지 못했더라면, 아마도 나는 결코 그곳을 방문하지 않을 뻔했다.

우리 젊은 사람들은 시골에서 무도회를 열기로 했고 거기에 나도 기꺼이 참가하기로 했다. 나는 여기에 사는 어떤 착하고 예쁜 아가씨, 말이 났으니 덧붙이자면 큰 의미는 없는 아가씨한테 파트너가 되어 달라고 부탁했어. 그래서 내가 마차 하나를 전세내어 내 파트너 아가씨와 그녀의 친척 언니와 더불어 그 즐거운 춤판이 벌어질 장소를 향해 달려가되, 도중에 샤를로테 S라는 아가씨도 태워가기로 약속이 되었다. — 우리가 간벌(間伐)로 인해 확 트여 보이는 숲을 가로질러 수렵관을 향해 달려가고 있을 때, "당신은 한 아름다운 여성을 알게 될 겁니다" 내 파트너가 말했다. — "조심하세요, 반하시면 안 됩니다" 친척 언니가 되받아 말했다. — "어째서요?" 내가 물었다. — "이미 약혼자가 있거든요" 그녀가 대답했다, "아주 착실한 남자인데, 지금은 여행 중이지요. 부친상이 나서 자기 일을 정리해야 하고, 또 그럴 듯한 일자리도 구해야 하니까요." — 이 소식은 내게는 거의 아무 상관도 없는 것 같았다.

우리를 태운 마차가 수렵관 정문 앞에 멈춰 섰을 때는 해가 아직도 15분 정도 더 서산 위에 머물러 있을 무렵이었다. 날씨가 대단히 후텁지근했다. 그래서 아가씨들은 지평선 부근에 은회색의 습한 구름 모양으로 몰려오는 듯 보이는 비바람 걱정을 했다. 나 자신도 우리의 흥겨운 춤판이 타격을 입게 될 것을 예감하기 시작했음에도 불구하고 나는 알량한 기상학적 지식을 동원해서 그녀들의 두려움을 잠재웠다.

나는 마차에서 내렸다. 문을 향해 걸어 나온 하녀가 우리에게 잠시만 기다려 달라고 청하면서, 로테 아가씨가 곧 나오실 것이라고 말했다. 나는 앞마당을 지나 잘 지은 수렵관 건물을 향해 걸어갔다. 앞에 있는 계단들을 올라가 현관문 안으로 들어섰을 때, 내가 일찌기 본 적이 없는 아주 매혹적인 한 광경이 내 두 눈에 들어왔다. 현관과 거실 사이의 홀에는 두 살부터 열한 살까지의 여섯 명의 아이들이 아름다운 자태의 한 처녀를 둘러싸고 오글거리고 있었는데, 중키의 이 처녀는 팔과 가슴에 분홍색 리본을 단 단순한 흰색 원피스를 입고 있었다. 그녀는 검은 빵을 들고 있었는데 자기 주위에 모인 꼬마들한테 각자 자기 나이와 먹성에 따라 적절한 크기로 한 조각씩 빵을 썰어서는, 그 빵 조각을 각 아이에게 아주 정답게 일일이 건네주는 것이었다. 그러면 아이들은 빵 조각이 채 썰어지기도 전에 고사리 손을 공중에 높이 쳐들면서 조금도 가식이 없이 "고마워요" 하고 외쳤다. 그리고는 이제 자기의 저녁 빵을 즐겁게 챙겨들고 어디론가 달려 나가거나, 또는 좀 더 조용한 성격의 아이는 침착하게 그 자리에서 걸어 나와 낯선 손님들을 보기 위해, 그리고 로테가 타고 갈 마차를 구경하기 위해 대문께로 가는 것이었다. — "귀찮게 여기까지 들어오시게 하고 여자분들을 기다리시게 한 데에 대해 용서를 구합니다" 하고 그녀가 말했다. "옷을 갈아입느라고, 그리고 제가 없는 동안 집안일을 이것저것 미리 처리하느라고 아이들에게 저녁 빵을 주는 것을 깜빡 잊었거든요. 애들은 제가 아니면 다른 사람이 썰어주는 빵은 일체 먹으려 하지 않는답니다." — 나는 그녀에게 대충 인사말을 건네었지만, 나의 온 영혼은 그녀의 자태, 그녀의 목소리, 그녀의 거동에 쏠려 있었다. 그리고 그녀가 장갑과 부채를 가지러 자기 방으로 가고 없는 동안 나는 이 뜻밖의 만남으로부터 간신히 제정신을 바로 차릴 시간을 얻을 수 있었다. 꼬마들은 조금 거리를 두고서 약간 옆에서부터 나를 바라보고 있었다. 그래서 나는 아주 잘 생긴 얼굴을 한 막내둥이한테로 다가갔다. 그 아이는 몸을 뒤로 빼고자 했지만, 바로 그때 로테가 문밖으로 나오면서 말했다. "루이스, 사촌 형한테 악수해!" — 그 아이가 아주 시원시원하게 손을 내밀었다. 그래서 나는 그의 조그만 코에 콧물이 흐르고 있음에도 불구하고 진심으로 키스해 주지 않을 수 없었다. — "사촌이라고요?" 하고 나는 그녀에게 손을 내밀면서 말했다. "당신과 친척이 될 행운을 누릴 자격이 제게 있다고 생각하시는 건가요?" — "아, 우리집에서는 친척 개념의 범위가 좀 넓답니다" 하고 그녀가 가벼운 미소를 머금고 말했다. "그런 사람들 가운데에서 당신이 제일 먼 친척이 되어야 한다면, 제가 섭섭할 것 같아요." — 걸어가면서 그녀는 자기 바로 밑의 제일 큰 동생이며 약 열한 살의 소녀인 소피에게 아이들을 잘 돌보고 아버지가 기마 산책으로부터 귀가하시거든 인사 전해 달라는 부탁을 했다. 그녀는 꼬마들에게도 소피 언니가 마치 자기 자신인 것처럼 생각하고 언니 말을 잘 들어야 한다고 말했는데, 사실 몇몇 꼬마들은 그렇게 하겠다고 분명히 약속하기도 했다. 그러나 약 여섯 살쯤 돼 보이는 금발의 야무진 꼬마 아가씨 하나가 "그래도 소피가 로테 언니는 아니잖아. 우리는 아무래도 로테 언니가 더 좋아!" 하고 말했다. — 제일 나이가 많은 두 소년들은 마차의 뒤에 기어 올라가 있었다. 나의 부탁대로 로테는 그들에게 숲이 나올 때까지만 마차를 타도 좋다고 허락했다. 그 전에 그들은 서로 장난을 치지 않을 것과 마차를 정말 꽉 붙잡고 있겠다고 약속하지 않으면 안 되었다.

우리가 자리를 잡고 앉았고 여자들은 서로 환영의 인사를 나누었으며, 옷에 대해서, 특히 모자에 대해서 서로 의견을 나누었으며, 곧 만날 사람들에 대해서도 적당히 얘기를 나누었다. 그러자 그때 로테가 마부에게 차를 세우게 하고 자기 남동생들을 내리도록 했다. 그 아이들은 다시 한 번 로테의 손에 키스를 하고 싶어 했는데, 큰 아이는 열다섯 살 나이에 어울리게 아주 정답게 키스를 했고 다른 아이는 아주 격렬하고 경솔하게 입을 맞추었다. 그녀는 집에 있는 꼬마들에게 자신의 사랑의 인사를 다시 한 번 전하라고 부탁했다. 그리고 우리는 계속 마차를 타고 갔다.

그 친척 언니라는 여자는 근자에 자기가 로테에게 보내준 책을 다 읽었느냐고 물었다. — "아뇨" 하고 로테가 말했다. "그 책이 제 마음에 들지 않았어요. 그걸 돌려드릴게요. 그 전에 빌려주신 책도 더 나을 게 없었습니다." — 내가 놀라워하면서 그게 어떤 책들이었느냐고 물으니까 그녀가 내게 다음과 같이 대답했다.[4] — 나는 그녀가 말하는 모든 내용에서 그녀의 다양한 개성을 발견하였고 그녀가 하는 말마다에서 새로운 정신적 매력과 새로운 기지의 섬광이 그녀의 얼굴 표정들에서 드러나고 번득이는 것을 보았다. 내가 그녀를 이해해 주고 있다는 것을 그녀가 나한테서 느낄 수 있었기 때문에 그런 매력과 기지가 그녀한테서 점점 더 즐겁게 펼쳐져 나오는 것처럼 보였다.

"제가 어릴 적에는 소설만큼 좋아한 것은 아무것도 없었답니다" 하고 그녀가 말했다. "아, 정말이지, 제가 일요일이면 한구석에 자리를 잡고 앉아서 가슴 졸이며 제니 양[5] 같은 이의 행운과 불운에 큰 관심을 쏟았을 때가 참 좋았던 것 같습니다. 제가 지금도 그런 종류의 책에 다소 매력을 느낀다는 사실을 부정하진 않겠어요. 하지만 제가 어떤 책을 만나는 것이 아주 드물기 때문에 이왕 읽는 책이라면 정말 제 취미에 맞아야 하지요. 그래서 제가 가장 좋아하는 작가는 그의 작품에서 저의 세계를 재발견할 수 있고 저와 비슷한 일상이 벌어지는 그런 작가이지요. 그가 써 내는 이야기가 제 자신의 가정생활처럼 저에게 흥미롭고 저의 심금을 울려야 하지요. 하긴 저 자신의 가정생활이란 것도 낙원은

---

4 (원주) 아무에게도 항의할 수 있는 기회를 주지 않기 위해 편지에서 이 부분을 삭제할 필요가 있다는 생각이다. 사실 근본적으로 볼 때 어떤 작가도 한 개별적 처녀나 줏대가 없는 한 청년의 평가에 큰 관심을 두지는 않을 듯하지만 말이다.

5 (역주) 프랑스의 여류작가 마리잔느 리코보니(Marie-Jeanne Riccoboni)의 소설《제니 글랑빌 양의 이야기》(독일어 번역판이 1764년에 출간됨)의 여주인공 이름.

아니지요. 하지만 전체적으로 볼 때 말할 수 없는 행복감의 원천은 되어야 하겠지요."

나는 이런 그녀의 말에 대한 나의 감동을 숨기려고 노력했다. 물론 그건 오래 갈 수 없었다. 왜냐하면 그녀가 지나가는 화제로 웨이크필드의 시골 목사[6]에 관하여, 그리고 ……에[7] 관하여 아주 진실한 얘기를 하는 것을 듣자 나는 거의 자제력을 잃고 그녀에게 내가 말하지 않을 수 없는 것을 모두 털어놓고 말았기 때문이다. 그러다가 약간 시간이 흐른 후에 로테가 화제를 바꿔서 다른 여자들한테 말을 걸었을 때에야 비로소 나는 그녀들이 그 시간 동안 내내 마치 그녀들이 거기에 있지 않은 것처럼 눈을 뻔히 뜬 채 거기 앉아 있었다는 사실을 인지하게 되었다. 친척 여자는 비웃는 듯이 코를 벌름거리며 여러 번이나 나를 바라보았지만, 나는 그런 것에는 전혀 신경 쓰지 않았다.

화제는 춤의 즐거움에 관한 것으로 넘어갔다. ㅡ "춤을 지나치게 좋아하는 것이 결점일 수도 있겠습니다만" 하고 로테가 말했다, "당신에게 기꺼이 고백하고 싶은 것은 제가 춤보다 더 좋은 것을 모르겠다는 사실입니다. 제가 골치 아픈 일이 있을 때 조율이 잘 안 된 저의 피아노에다 대무곡(對舞曲) 하나를 쳐 보노라

---

6 (역주) 영국 작가 올리버 골드스미스의 소설《웨이크필드의 목사》(1766).

7 (원주) 여기서도 우리 조국의 몇몇 작가들의 이름을 삭제하였다. 로테의 찬탄을 받은 작가는 만약 그가 이 대목을 읽게 된다면 틀림없이 마음속 깊이 반가워할 것이다. 그런데 해당 작가 이외에는 사실 아무도 그 이름을 알 필요가 없는 것이다.

면 기분이 다시 말끔히 좋아지지요."

내가 대화중에 어떻게 그 새까만 두 눈을 들여다보고 있는지, 그 생기 있는 입술과 신선하고 건강해 보이는 두 뺨이 어떻게 나의 온 영혼을 끌어당기는지, 그리고 내가 그녀의 이야기 속에 함축된 그 훌륭한 의미에 푹 빠진 채 그녀가 표현하는 말조차 얼마나 자주 듣지도 않고 있는지, 거기에 대해 자네는 짐작할 수 있을 걸세. 자넨 평소의 나를 잘 알고 있으니까 말이야. 간단히 말해 나는, 우리 일행이 춤판이 벌어질 그 집 앞에 도착했을 때, 마치 꿈꾸는 사람처럼 마차에서 내렸다. 그리고 마치 꿈결인 양 어슴푸레한 세계 속에서 정신을 잃은 결과, 나는 불을 환히 밝혀놓은 무도 홀에서 흘러 내려오는 음악 소리도 듣지 못하였다.

친척 언니와 로테의 춤 파트너였던 두 신사, 즉 아우드란 씨와 아무개 씨(누가 그 모든 사람들의 이름을 다 기억하겠는가!)가 마차 문 앞에서 우리를 맞이했다가는 그들의 숙녀들을 데리고 올라갔고, 나 역시 내 파트너를 위쪽으로 인도했다.

우리는 미뉴에트를 추는 가운데에 서로 몸이 얽히며 빙빙 돌고 있었다. 나는 파트너를 하나씩 바꾸어 가면서 춤을 추었는데, 마음에 들지 않는 여자일수록 한 손을 내밀어 춤을 끝낼 생각을 하려 들지 않았다. 로테와 그녀의 파트너가 영국식 대무(對舞)를 추기 시작했다. 그래서 로테도 우리와 같은 줄에서 춤 동작을 하기 시작했을 때 내가 얼마나 기분이 좋았을 지는 자네도 느낄 수 있을 거야. 춤출 때의 그녀의 모습을 봐야 하는 건데! 자네가 그 모습을 본다면, 그녀가 온 마음을 다하여, 온 영혼을 다하여 춤추고 있음을 알 수 있을 걸세. 그녀의 온 몸은 하나의 완벽한 조화를 이루어서 마치 춤이 모든 것이고 그녀가 그밖에는 아무것도 생각하지도 느끼지도 않는 것처럼 그렇게도 아무 근심 없이, 아무 거리낌 없이 춤을 추는 거야. 이 순간 그녀의 눈앞에는 다른 모든 일이라곤 사라지고 없는 게 틀림없어.

나는 그녀에게 두 번째 대무를 청했는데, 그녀는 내게 세 번째에 함께 추겠다고 말했다. 그러면서 그녀는 이 세상에서 가장 사랑스러운 솔직함을 보이면서 내게 확언하기를, 자기는 진정 독일 춤을 좋아한다는 것이었다. ― "여기서는 독일 춤을 출 때 각 쌍이 짝을 바꾸지 않는 것이 관례랍니다" 하고 그녀가 계속 말을 했다. "제 파트너는 왈츠를 잘 못 춰서 제가 그의 역할을 면하게 해준다면 고마워할 거예요. 당신 파트너도 왈츠를 잘 못 추고 그걸 좋아하지 않을 겁니다. 영국식 대무를 출 때 당신이 왈츠를 잘 추시는 걸 봤어요. 당신이 저와 왈츠를 추시려거든 제 파트너에게 가서 허락을 받으세요. 그러면 저도 당신의 파트너한테 가지요." ― 이에 나는 그녀에게 동의하였으며, 우리는 그녀의 파트너가 그 사이에 내 파트너와 담소하게끔 해 주자고 약속했다.

이제 다시 춤이 시작되었다. 그래서 우리는 한동안 여러 형태로 팔을 휘감는 동작을 하면서 즐겁게 춤을 추었다. 로테가 몸을 움직이는 것이 얼마나 매력적이고 얼마나 경쾌하던지! 이제 우리가 왈츠로 넘어가면서 마치 천구(天球)들처럼 서로 빙빙 돌기 시작하자 그렇게 춤을 출 수 있는 사람들이 극소수였기 때문에 처음에는 물론 춤이 약간 뒤엉키며 혼란스럽게 되었다. 우리 둘은 현명하게 판단해서 그들이 제 멋대로 춤을 추도록 내버려 두었다가 그중 아주 서투른 사람들이 무도장을 떠나고 나자 그 안으로 들어가 아직도 남아 있는 한 쌍, 즉 아우드란과 그의 파트너와 더불어 그 춤을 끝까지 훌륭히 추어냈다. 내가 그토록 가볍게 무도장을 누빈 적은 결코 없었다. 나는 더 이상 이 세상 인간이 아니었다. 사랑스럽기 그지없는 사람을 두 팔에 안고 마치 폭풍처럼 그녀와 더불어 이리저리 날아다니다 보니 모든 주위 세계가 사라지는 것 같았다. 그리고 빌헬름이여, 정직하게 고백하자면, 그 순간 나는 맹세를 했다네. 내가 사랑하고 나의 여인이라고 주장할 수 있는 어떤 아가씨가 생긴다면, 그녀는 나 이외에는 그 어떤 다른 남자와도 왈츠는 못 추게 해야겠다는 맹세 말이네. 그러다가 내가 아주 파멸하고 만다 하더라도 말일세. 자네 내 마음 이해할 수 있을 거야!

우리는 숨을 좀 돌리기 위해 홀 안을 몇 바퀴 거닐었다. 이윽고 그녀가 자리에 앉았다. 내가 옆에 챙겨두었던 오렌지들이 몇 개 안 되지만 지금까지 우리 자리에만 아직 남아있었는데, 그 맛이 기막히게 시원했다. 다만 로테가 염치없는 이웃 여자에게 예의상 오렌지를 한쪽씩 건네줄 때마다 나는 내 심장이 쿡쿡 찔리는 것만 같았다.

세 번째 영국식 춤을 출 때에 로테와 나는 두 번째 쌍이 되었다. 우리는 대열을 누비며 춤을 추었고 나는 그녀의 팔을 잡은 채 아주 솔직하고 지극히 청순한 즐거움을 그지없이 진실하게 가득히 표현하고 있는 그녀의 눈을 바라보고 있었다. 이때 내가 얼마나 기뻤는지는 하느님만이 아실 거야. 그때 우리 둘은 어떤 부인 옆을 지나가게 되었지. 그 부인은 더 이상 아주 젊지는 않은 얼굴 위에 아주 사랑스러운 표정을 하고 있었기 때문에 그 전에 이미 내 눈에 띄었었지. 그녀가 미소를 머금고 로테를 바라보면서 손가락 하나를 경고하는 듯이 쳐들어 보이는 것이었어. 그리고는 지나쳐 가면서 두 번이나 알베르트라는 이름을 의미심장하게 말하는 거야.

"알베르트가 누구지요?" 하고 나는 로테에게 물었다, "주제넘은 질문이 안 된다면 말입니다." — 그녀가 막 대답하려던 참에 우리 둘은 큰 8자 모양을 만들기 위해 서로 떨어지지 않으면 안 되었다. 이윽고 우리 둘이 서로 눈앞에서 스쳐 지나갈 때에 보니 그녀의 이마 위에 약간 숙고하는 기색이 나타나는 것처럼 생각되었다. — "당신에게 뭘 감추겠어요?" 하고 그녀가 산책형 춤동작을 위해 한 손을 내게 내밀면서 말했다. "알베르트는 착실한 사람인데, 저는 그와 약혼한 사이나 다름없답니다." — 지금 그것은 내게는 전혀 새로운 사실이 아니었다(오는 길에 아가씨들이 내게 그 사실을 이미 말해 주었으니까 말이다). 그럼에도 불구하고, 나는 이토록 짧은 시간 안에 내게는 아주 소중하게 된 그녀와의 관계를 염두에 두고 이 정보를 생각해 본 적이 없었기 때문에, 이 정보는 내게는 아주 새로운 것이었다. 아무튼 나는 혼란에 빠졌고 제정신을 잃은 나머지 그만 엉뚱한 조에 끼어들고 말았다. 그래서 모든 것이 뒤죽박죽이 되었는데, 로테가 바짝 정신을 차려 잡아당기고 끌어내어야만 했다네. 그래서 춤판이 곧 다시 질서를 되찾긴 했지.

춤판이 아직 채 끝나지도 않았을 때, 우리가 벌써 오래 전에 지평선에서 번쩍거리는 것을 보았었지만 내가 매번 마른번개일 뿐이라고 눙쳤던 그 번갯불이 훨씬 더 심해지기 시작했다. 그리고 천둥소리가 무도곡을 압도하고 말았다. 세 여성이 대열을 이탈했고 그녀들의 파트너들이 그녀들의 뒤를 따랐다. 전체가 어수선해 지면서 음악도 멈추었다. 우리가 즐거워하는 중에 불시에 어떤 불행이나 무슨 가공할 일이 우리를 덮쳐올 경우 그것이 여느 때보다 우리에게 더 강력한 인상을 주는 것은 자연스러운 노릇이다. 그 일부 원인은 우리의 느낌을 생생하게 만드는 그 대조적 모순 때문이고, 또 다른 더 큰 원인은 우리의 감각들이 감수성에 일단 민감하게 개방되어 있어서 그만큼 더 빨리 외부의 어떤 인상을 받아들이기 때문이다. 몇몇 여자들이 이상하게 얼굴을 찌푸리기 시작하는 것을 보자 나는 이런 현상이 바로 위와 같은 원인들에 기인한다고 여기지 않을 수 없다. 제일 현명한 여자는 등을 창 쪽으로 향한 채 어느 구석에 앉아서는 두 귀를 막고 있었다. 어느 다른 여자가 그녀 앞에 무릎을 꿇고 앉아 그 품 안에 허겁지겁 고개를 틀어박았다. 세 번째 여자 하나는 그 두 여자 사이로 자신의 몸을 비집어 넣고는 마구 눈물을 흘리면서 그녀들을 언니라도 되는 듯이 껴안는 것이었다. 몇몇 여자들은 집으로 가고 싶어 했다. 그리고 자신들의 허둥대는 행동을 미처 제어할 줄 모르는 다른 여자들은 하늘을 향해 올라가는 그 모든 불안한 기도의 어휘들을 불안에 시달리고 있는 아름다운 여성들의 입술로부터 후루룩 빨아먹는 일에 여념이 없는 듯이 보이는 젊은 논다니들의 대담한 짓을 제지할 수 있을 만한 분별력을 갖고 있지 못했다. 남자들 중의 몇몇은 아래로 내려가서 조용한 가운데에 파이프 담배를 피우고 있었으며, 나머지 사람들은 여주인이 덧창과 커텐이 있는 어떤 방으로 안내하겠다는 현명한 아이디어를 내어놓자 그 제안을 거절하지 않았다. 우리가 그 방에 이르자마자 로테가 의자들을 원형으로 빙 둘러 늘어놓는 일을 손수하면서, 사람들이 그녀의 청에 따라 거기 의자들 위에 앉자, 어떤 게임의 요령을 애써 설명하는 것이었다.

나는 많은 사람들이 벌칙으로 달콤한 키스라도 받을 수 있을까 하는 희망에서 벌써 입을 뾰족하게 내밀고 사지를 쭉 뻗는 것을 볼 수 있었다. — "우리 숫자 세기 놀이를 해요!" 하고 로테가 말했다. "자, 잘 들으세요! 제가 오른쪽에서 왼쪽으로 빙 돌면서 걸어가요. 그러면 여러분도 역시 돌아가면서 숫자를 세는 거예요. 각자가 자기 차례에 해당하는 숫자를 말하는 것이지요. 그리고 이건 마치 들불처럼 연이어져야 합니다. 머뭇거리거나 틀리는 숫자를 말하는 사람은 따귀를 한 대씩 맞는 거예요. 그렇게 천까지 숫자를 세어 갑니다." — 이제 로테가 한 팔을 뻗은 채 원을 그리면서 빙 돌아가는 모습을 바라보는 것이 재미있었다. "하나" 하고 첫 번째 사람이 세기 시작했고, 그 옆사람이 "둘"이라고, 그리고 그 다음 사람이 "셋"이라고 말하는 식으로 그렇게 계속되었다. 이윽고 그녀는 더 빨리 걷기 시작했고 점점 더 빨리 걷는 것이었다. 그러자 한 사람이 잘못을 범하여 찰싹! 하고 따귀를 한 대 맞았다. 그러자 크게 웃는 바람에 다음 사람도 역시 찰싹! 하고 맞게 되었다. 그리고 로테는 점점 더 빨리 돌았다. 그래서 나 자신도 따귀를 두 대나 맞았는데, 그녀가 나머지 사람들한테 배당하는 세기보다 나한테 더 세게 따귀를 때린다는 것을 눈치 채고서 나는 속으로 기뻤다. 모두들 크게 웃어젖히고 와글거리는 통에 미처 천을 다 세기도 전에 놀이가 끝났다. 친한 사람들끼리 서로 다시 어울리게 되었고 번개와 천둥은 그쳐 있었다. 그래서 나는 로테를 따라 홀로 갔다. 도중에 그녀가 말했다. "따귀 때문에 사람들이 번개며 천둥을 새까맣게 잊었지 뭐예요!" — 나는 그녀에게 아무 대꾸도 할 수 없었다. — "저야 말로 가장 무서워하는 여자들 중의 하나였지요" 하고 그녀가 말을 계속했다. "그런데 제가 다른 사람들에게 용기를 주기 위해 대담하게 나섰더니 저 자신이 용기를 얻게 되었어요." — 우리는 창문 곁으로 다가갔다. 멀리 떨어진 곳에서 천둥이 치고 있었다. 그리고 근사한 보슬비가 대지 위에 내리고 있었다. 그리고 이루 말할 수 없이 상쾌한 대지의 향기가 따뜻한 바람에 가득 실린 채 우리를 향해 올라오고 있었다. 그녀는 두 팔꿈치에 몸을 의지한 채 서 있었고 그녀의 눈길은 창문의 바깥 지대를 꿰뚫어 보고 있었다. 그녀는 하늘을 쳐다보고 또 내 쪽을 바라보았다. 나는 눈물이 가득히 고인 그녀의 눈을 보았다. 그녀는 자기 손을 내 손 위에 올려놓고는 "클롭슈톡!"이라고 말했다. — 즉각 나는 그녀가 염두에 두고 있는 저 훌륭한 송가[8]를 상기할 수 있었다. 그래서 나는 이 암호 속에서 그녀가 내게 쏟아놓은 온갖 감정의 폭풍 속에 깊이 빠져들었다. 나는 도저히 견뎌내지 못하고 그녀의 손 위로 몸을 숙여 기쁨에 가득 찬 눈물을 흘리며 그 손등에 키스했다. 그리고는 다시 그녀의 눈을 쳐다보았다 — 고귀한 시인이시여! 만약 당신이 이 눈길에서 자신이 신처럼 경배되고 있다는 사실을 보았더라면 좋았을 것입니다! 그리고 이제 나는 뭇사람들의 입에 의해 그렇게도 자주 더럽혀진 당신의 이름이 로테 이외의 입에서 다시 거명되는 것을 결코 듣고 싶지 않습니다!

6월 19일

최근에 내 얘기를 하다가 어디서 그만 그쳤는지 난 더 이상 알지 못하겠군. 내가 잠자리에 들었을 때가 밤 두 시였다는 사실은 알고 있다. 그리고 또 알 수 있는 것은 만약 내가 편지를 쓰는 대신에 자네 앞에서 직접 지껄여댈 수 있었더라면 아마도 내가 자네를 아침녘까지 붙들고 늘어졌었을 것이라는 사실이다.

무도회에서 돌아오는 길에 일어난 일은 내가 아직 이야기하

8 (역주) 클롭슈톡의 송가 〈봄의 축제〉(Die Frühlingsfeier, 1759)를 말한다. 이 송가의 끝에서는 '자비로운 비'가 쏟아져 내림으로써 하늘이 알찬 축복을 내려주고 목말라하던 대지가 새로운 생명력을 얻게 됨을 노래하고 있다.

지 않았는데, 오늘도 그 얘기를 할 날은 아닌 것 같다.

장려하기 짝이 없는 일출 광경이었다. 이슬방울이 주위에 뚝뚝 듣는 숲과 신선한 봄비를 머금은 들판이 펼쳐져 있었지! 동행 여자들은 선잠에 빠져들어 있었다. 로테는 나도 그녀들처럼 한숨 자기를 원하느냐고 물으면서, 자기는 상관 말고 내 편할 대로 하라는 것이었다. ― "당신 두 눈이 뜨여 있는 것을 보고 있는 한" 하고 나는 말하면서 그녀를 똑 바로 응시했다. "그러는 동안에는 내가 잠에 떨어질 염려는 없어요." ― 그래서 우리 둘은 그녀의 집 앞에 이를 때까지 졸음을 참아내었다. 문 앞에서 하녀가 그녀를 위해 살그머니 문을 열어주었고, 로테가 물으니까, 아버님과 꼬마들이 다 잘 있고 모두들 아직 자고 있다고 장담하는 것이었다. 그때 나는 로테를 떠나면서 같은 날 다시 그녀를 보게 해달라는 청을 했는데, 그녀가 내게 그것을 허락했다. 그래서 나는 집으로 돌아왔다. ― 그런데 그 시간 이래로 태양과 달과 별들이 모두 평온히 자기들의 할 일을 계속할 수 있는지는 몰라도 나는 낮인지 밤인지도 모르겠고 내 주위에서 온 세상이 그만 사라지고 없는 것 같기만 하다.

6월 21일

나는 하느님께서 당신의 성자들한테나 남겨놓으실 듯한 그런 행복한 나날을 살고 있다. 그리고 내 앞일에 대해서는 될 대로 되라는 심정이다. 이런 말을 태연히 할 수 있을 정도로 나는 삶의 기쁨을, 그 최고로 순수한 기쁨을 맛보지 못했다고 말해서는 안 될 것 같으이. — 자네는 내 그 발하임이란 마을을 알지? 거기서 나는 완전히 터를 잡은 셈인데, 거기서부터 로테가 있는 곳까지는 불과 반시간 거리다. 거기서 나는 나 자신이 살아있음을 느낄 수 있고 인간에게 주어진 온갖 행복을 다 느낄 수 있다.

발하임을 내 산책의 목적지로 선택했을 때 이것이 천국에 이렇게 가까운 마을인 줄 내가 알았더라면! 먼 산책 길 위에서 나는 내 모든 소망들을 포괄하고 있는 그 수렵관을 때로는 산에서, 때로는 평지에서 강 건너편으로 얼마나 자주 바라보곤 했는지!

친애하는 빌헬름, 난 이것저것 온갖 사색을 해 보았는데, 자신을 확장시키고 새로운 발견들을 해내고 이리저리 돌아다니고 싶어 하는 인간의 욕망에 대해서도 생각해 보았고, 또, 현실적 제약에 순응해서 관습의 궤도를 따라가면서 자신의 오른쪽에도 왼쪽에도 신경을 쓰고 싶어 하지 않는 내적 충동에 대해서도 생각해 보았어.

내가 여기에 와서 언덕에서 아름다운 골짜기 안을 바라보면 주위의 풍경이 내 마음을 끌어당기는 것이 참으로 경이롭네. — 저기에 조그만 숲이 보이네! — 아, 자네가 그 그늘 안으로 들어갈 수 있다면 좋으련만! — 저기 보이는 저 산 꼭대기! — 아, 자네가 거기에서 이 넓은 지대를 조감해 볼 수 있다면! — 서로 연이어진 언덕들과 정다운 골짜기들! — 아, 내 그것들 안에서 그만 흔적도 없이 소실될 수 있으면 좋으련만! — — 나는 그쪽으로 서둘러 갔다가 다시 되돌아와 보지만 내가 기대하던 것을 발견하진 못했어. 아, 먼 곳과 미래는 마찬가지야! 그 어떤 커다랗고 어둑어둑한 전체가 우리의 영혼 앞에 쉬고 있지만, 우리의 눈과 마찬가지로 우리의 감각도 그 속에서 유영(遊泳)하고 있을 뿐, 아, 우리는 우리의 온 존재를 다 바칠 수 있기를, 그리고 우리 자신이 어떤 유일하고 위대하고 찬연한 감정의 모든 희열로써 채워지기를 동경하는 것이다! — 그래서, 아, 우리가 서둘러 달려가 저기가 곧 여기가 되는 순간, 모든 것이 다시 전과 다름이 없고, 우리는 우리의 가련한 상태, 우리의 제한된 조건하에 다시 서 있게 되는 것이다. 그래서 우리는 그새 달아나버린 청량제를 다시 갈구하게 되는 것이다.

그리하여 아무리 불안하게 떠돌던 방랑자라 할지라도 마지막에는 다시금 자신의 나라를 동경하게 되고 자신의 오막살이에서, 자기 아내의 젖가슴에서, 자식들의 곁에서, 그 자식들을 먹여 살리는 일 속에서 희열을 찾게 되는 것이다. 그가 넓은 세계에서 헛되이 찾으려 했던 그 희열 말이다.

아침마다 해가 뜨면 나는 발하임으로 가서 거기 주막 주인의 채전에서 내가 먹을 완두콩을 손수 따서는 어딘가 자리를 잡고 앉아서 콩깍지의 심줄을 뜯어내곤 하며 그러는 사이에 호메로스를 읽곤 한다. 그리고 그 조그만 부엌에서 적당한 냄비 하나를 골라 버터를 조금 떼어 넣고 완두콩이 든 냄비를 불 위에 올려놓고 그 뚜껑을 덮어놓는다. 나는 그 옆에 앉아 이따금 완두콩을 뒤흔들어 준다. 이럴 때면 나는 페넬로페의 거만한 구혼자들이 황소와 돼지를 잡아 그 고기를 토막 내어 불에 굽는 호메로스의 장면[9]을 아주 생생하게 실감하곤 한다. 이런 가부장적 삶의 특징들만큼 고요하고도 진정한 느낌으로 나를 가득 채워주는 것은 없다. 이런 특징들을 나는 다행히도 잘난 척 허세를 부리지 않으면서도 기존의 내 삶의 방식과 조화롭게 잘 엮을 수 있는 것이다.

자신이 기른 조그만 배추 머리 하나를 자신의 식탁 위에 올려놓는 인간의 단순하고도 순진한 희열을 내 가슴이 느낄 수 있다는 것이 내게는 얼마나 기분이 좋은지! 그리고 실은 비단 배추만이 아니라 그가 그것을 심은 그 아름다운 아침과 그가 물을 준 그 유쾌한 저녁들, 그리고 그것이 조금씩 자라나는 과정에 그가 느꼈던 기쁨, 이 모든 것을 단 한순간에 다시금 다 함께 즐기는 것이 아닌가!

6월 29일

그저께 이곳의 의사가 시내에서 대행관에게로 왔다가 내가 로테의 동생들과 어울려 마루 위에서 뒹굴고 있는 것을 보았다. 몇 아이들이 내 어깨 위에 매달려 바동거렸고 다른 아이들은 나를 놀려대는가 하면 또 나도 그들을 간지럽히며 그들과 함께 큰 비명을 지르기도 하는 것을 본 것이었다. 철사에 매달린 인형처럼 대

9 (역주) 《오디세우스》, 제20가(歌) 참조.

단히 독단적인 그 의사는 말을 할 때 소매에 주름이 생기도록 하면서 주름의 올 하나를 자꾸만 잡아당기고 있었는데, 아마도 그는 나의 이러한 행동을 분별 있는 사람의 품위에 어긋난다고 보는 듯했다. 이런 사실을 나는 그의 표정을 보고 알아차릴 수 있었다. 그러나 나는 모르는 척하면서 그가 대단히 이성적인 것을 논하도록 내버려 두고는 아이들이 무너뜨린 카드 집을 다시 지어주었다. 그런 일이 있은 뒤에 그는 시내를 돌아다니면서 대행관의 아이들이 그렇지 않아도 버릇이 없는데 그 베르터라는 청년이 이제 아이들을 완전히 망쳐놓고 있다고 탄식을 늘어놓았다.

친애하는 빌헬름, 정말이지 이 지상에서 아이들이 내 마음에 가장 가깝다네. 아이들을 관찰하면서 나는 그 꼬마들한테서 언젠가 그 자신들이 절실하게 필요로 하게 될 모든 능력과 모든 힘의 싹을 본다. 그 고집에서 미래의 확고하고 굳건한 성격을 볼 수 있고, 그 버릇없는 장난기에서 이 세상의 갖가지 위험을 뛰어넘을 수 있는 훌륭한 유머와 경쾌성을 예견할 수 있다. 모든 것이 전혀 타락하지 않고 고스란히 살아있는 전체로서의 인간을 예견한단 말이야! 이럴 때면 언제나, 언제나 나는 인류의 스승이신 분의 저 금쪽같은 말씀을 반복하게 된다 — "너희가 이들 중 하나와 같이 되지 아니하면!"[10] 그런데, 여보게 친구, 이제 우리와 똑같은 사람들이고 우리의 모범으로 간주해야 할 그들을 우리는 종처럼 취급한단 말이다. 그들한테는 의지(意志)가 없어야 한

10 (역주) 〈마태복음〉, 18장 3절 참조.

다고 생각하는 것이지! — 그럼 우리한테도 의지가 없단 말 아닌가? 그리고 어른의 특권이 어디에 있단 말인가? — 우리가 더 나이가 많고 더 똑똑하기 때문이란다! — 하늘에 계신 아버지시여, 당신의 눈에는 나이든 아이들과 나이 어린 아이들만 보이시지 다른 구별은 전혀 없습니다. 그리고 당신이 어느 쪽에 더 많은 기쁨을 느끼시는지는 당신의 아드님께서 이미 오래 전에 고지하셨습니다. 그러나 사람들은 그분을 믿는다면서도 그분의 말은 듣지 않습니다. — 이것도 이미 오래 된 사실이고, 그들은 자신을 본으로 해서 아이들을 교육하고 있습니다. — 빌헬름이여, 잘 있게! 이에 대해서는 더 이상 허튼소리를 지껄이고 싶지 않네.

7월 1일

로테가 아픈 사람에게 어떤 존재일까 하는 것을 나는 내 자신의 불쌍한 가슴에서 몸소 느낄 수 있다. 이 내 가슴은 병상에 누운 채 고통스럽게 시들어가는 많은 사람들보다 더 심하게 앓고 있기 때문이다. 그녀는 시내의 어느 착실한 부인 집에서 며칠을 보내게 되어 있다. 그 부인은 의사들의 말에 의하면 죽을 날을 기다리고 있는데, 그 마지막 순간에 로테가 자기 곁에 있어주기를 원하고 있는 것이다. 지난주에 나는 로테와 더불어 성(聖) xxx라는 마을의 목사를 방문하였다. 그 작은 마을은 산간 지방에서 옆쪽으로 한 시간 가량 더 들어가는 곳에 있었다. 우리는 4시 경에 거기로 갔다. 로테는 그녀의 둘째 여동생을 대동하고 있었다. 우리 일행이 키 큰 호두나무 두 그루에 의해 그늘이 드리워진 목사관 안으로 들어섰을 때, 그 선량한 노인은 현관문 앞의 벤치에 앉아 있었다. 로테를 보자 그는 새로이 생기를 얻은 것처럼 마디가 많은 나무 지팡이도 잊은 채 그녀를 향해 다가오려고 벌떡 일어섰다. 로테가 그에게 달려가서 그의 옆에 앉으면서 그를 억지로 주저앉혔다. 그리고는 자기 아버지의 안부를 전하고 노인의 늦둥이인 버릇없고 꾀죄죄한 막내아들 녀석을 덥석 안아주었다. 그녀가 노인을 대하는 모습을 자네가 봤어야 하는 건데! 그녀가 반쯤은 먹어버린 그의 귀에 들리도록 자신의 목소리를 높여서 말하고, 젊고 건장하던 사람들이 갑자기 죽는 이야기를 하면서, 카를스바트의 온천욕이 탁월한 효과가 있다며 오는 여름에 그곳으로 가려는 노인의 결심을 칭찬하는 모습 말이야! 지난번에 뵈었을 때보다 노인이 훨씬 더 나으신 것같이 보이고 훨씬 더 생기가 있으신 것 같다는 그녀의 말도 들었어야 하는 건데! — 그 사이에 나는 목사 부인에게 예의를 갖추어 첫인사를 드렸다. 노인은 아주 기분이 좋아졌다. 내가 우리에게 그렇게 시원한 그늘을 선사하고 있는 그 아름다운 호두나무들을 칭찬하지 않을 수 없게 되자 노인은 약간 힘들어 하면서도 그 나무들에 관한 이야기를 들려주기 시작했다. — "저 늙은 호두나무를 누가 심었는지는 우린 몰라요" 하고 그가 말했다. "몇몇 사람들은 아무개 목사님이라 하고 다른 사람들은 또 다른 목사님이라 말하니까요. 하지만 저 뒤에 있는 그중 어린 호두나무는 내 내자와 나이가 같아서 시월에 쉰 살이 되어요. 그녀의 아버지가 아침에 나무를 심었는데, 그날 저녁 무렵에 그녀가 태어났지요. 장인어른께서는 내 선임자이셨고요. 이 나무가 그에게 얼마나 사랑스러웠던가는 이루 말로 표현할 수가 없어요. 이 나무가 나에게도 그분에 못지않게 소중했던 것은 틀림없습니다. 내가 이십 칠년 전에 가난한 대학생으로서 처음 이 마당 안으로 들어섰을 때, 내 아내는 저 나무 아래의 한 발코니에 앉아서 뜨개질을 하고 있었지요." — 로테가 그의 딸에 관해 물었더니, 딸은 일꾼들이 일하고 있는 초원으로 슈미트 군과 함께 나갔다는 대답이 돌아왔다. 그런 다음 노인은 자기 이야기를 계속했다. 그의 선임자가 — 나중에는 그 딸까지도 — 그를 얼마나 좋아했는지, 그리고 그가 처음에는 장인어른의 부목사가 되었다가 나중에 후임자로 된 경과를 이야기했다. 이 이야기가 끝나자 얼마 안 있어 목사 따님 아가씨가 앞서 언급되었던 슈미트 군과 함께 정원을 통해 들어왔다. 그녀는 로테를 진심으로 따뜻하게 환영했다. 그리고 나는 그녀가 내 마음에 꽤 들었다고 말하지 않을 수 없는데, 몸이 튼실하고 언행이 민첩한 갈색 머리의 아가씨로서 시골에서 잠시 더불어 대화를 나눌 만한 여자였다. 그녀의 애인(슈미트 군이라는 사람이 곧 그 사람이라는 사실이 금방 드러났다)은 민감하지만 말수가 적은 사람으로서 로테가 그를 자꾸만 대화에 끌어넣으려 했음에도 불구하고 우리의 말에 끼어들지 않으려 했다. 나는 대단히 서글픈 기분에 젖어들게 되었는데, 그 이유인 즉, 그가 자신에 관해 터놓고 말하는 데에 장애가 되는 것이 분별력이 모자라서라기보다는 실은 아집이 세고 유머 감각이 부족해서라는 사실을 나는 그의 얼굴 표정에서 알아차릴 수 있을 것 같았기 때문이었다. 나중에 이 사실이 유감스럽게도 너무 분명하게 확인되었는데, 산책 중에 프리데리케가 로테와, 그리고 때때로 나와도 함께 나란히 걷게 되자, 그러지 않아도 약간 갈색을 띠고 있는 슈미트의 안색이 아주 눈에 띄게 어두워졌다. 그래서 그때 로테가 내 소맷자락을 잡아당기면서 내가 프리데리케에게 지나치게 친한 태도를 보이고 있다는 신호를 줄 정도였다. 그런데 사람들이 서로에게 괴롭힘을 주고 있는 것보다 더 나를 불쾌하게 만드는 것은 없다. 특히, 모든 기쁨을 향해 마음을 활짝 열 수 있는 꽃다운 청춘 시절에 젊은이들이 며칠 안 되는 좋은 날들을 서로 얼굴을 찌푸린 채 망치고는 그들이 헛되이 낭비해 버린 그 세월을 다시는 보상받을 수 없다는 사실을 너무 늦은 시점에서야 비로소 깨닫게 된다면, 그런 꼴을 보는 것이 내겐 가장 불쾌하다. 나는 이 불쾌한 생각을 떨쳐버리지 못하고 있었는데, 우리가 저녁 무렵에 목사관으로 되돌아와서 탁자에서 우유를 마시면서 세상의 기쁨과 괴로움에 화제가 미치자, 마침내 나는 이야기의 실마리를 잡고 아주 진심으로 심술에 대해 다음과 같이 말하지 않을 수 없었다. — "우리 인간들은 좋은 날들이 너무나 적은 반면 나쁜 날들이 너무 많다고 자주 불평을 늘어놓습니다" 하고 나는 말을 시작했다. "그런데, 제 생각으로는, 이런 불평은 대개는 정당하지 않아요. 만약 우리가 하느님께서 하루하루 우리한테 마련해 주시는 좋은 일을 향유하겠다는 열린 마음만 늘 갖고 있다면, 그렇다면 우리는 나쁜 일이 닥쳐오더라도 그것을 이겨낼 수 있는 힘도 또한 충분히 갖게 될 것입니다." — "그러나 우리가 우리의 마음을 통제할 수는 없잖아요" 하고 목사 부인이 대답했다. "얼마나 많은 일이 신체에 좌우되는지! 사람이 건강하지 못하면 어딜 가더라도 편치 않기 마련이지요." — 나는 그 말이 옳음을 인정했다. — "그러니까 우리는 심술을 일종의 병으로 간주하고" 나는 계속해서 말했다, "거기에 약이 없는지를 물어보아야 하지 않을까요?" — "그럴 듯한 말씀이네요" 하고 로테가 말했다. "적어도 저는 많은 것이 우리가 하기에 달려있다고 믿어요. 제 경험에서 저는 그걸 알 수 있어요. 무슨 일이 생겨 약이 오르고 화가 나려고 하면 저는 발딱 일어나 정원을 이리저리 거닐며 대무곡을 두세 곡 불러요. 그러면 금방 나쁜 기분이 사라져요." — "제가 말씀드리고 싶던 것이 바로 그것입니다" 하고 내가 말을 받았다. "심술이란 게으름과 전적으로 비슷합니다. 왜냐하면 그건 일종의 게으름이니까요. 우리의 본성은 그쪽으로 기울기가 아주 쉽습니다. 하지만, 만약 우리가 단 한번 용기를 낼 힘만 있으면 우리는 다시금 일을 잘하게 될 것입니다. 그리고 우리는 활동 속에서 진정한 즐거움을 발견하게 될 것입니다." — 프리데리케는 매우 주의 깊게 내 말을 듣고 있었다. 그런데 그 젊은 친구가 내게 이의를 제기하기를, 사람은 자기 자신을 통제하기 어렵고 특히 자기감정을 다스리기 어려운 존재라는 것이었다. "여기서 문제가 되는 것은 어떤 불쾌한 감정인데," 하고 나는 대답했다. "누구나 이런 감정에서 빨리 헤어나기를 바라지요. 그런데, 아무도 그가 시도해보기 전까지는 자신의 힘이 어디까지 감당할 수 있을지 모르지요. 물론, 아픈 사람은 모든 의사들을 찾아다니며 물을 터이고, 자기 건강을 회복하기 위해서는 중요한 것들을 체념하는 일이나 쓰디쓴 약을 복용하는 것도 거부하지 않을 것입니다." — 나는 그 정직한 노인이 우리의 담화에 참여하기 위해 귀를 집중하는 것을 알아차리고 목소리를 높이면서 그를 향해 말을 했다. "설교의 대상이 되는 악덕들의 종류가 참으로 많습니다" 하고 나는 말했다. "저는 목회자가 심술을 물리치는 설교[11]를 하셨다는 말은 아직까지 한 번도 들어보지 못했습니다." — "그런 설교는 도시의 목사가 해야 하겠지" 하고 그가 말했다. "농부들은 심술궂은 말을 잘 안 하니까. 하지만 이따금 그런 설교도 해가 될 건 없을 거야. 적어도 목사 자신의 부인에게나 대행관 나리한테는 도움이 될 걸." — 모두들 크게 웃었고 노인도 진심으로 따라 웃다가 기침 발작을 일으켜 우리의 담화가 한동안 중단되었다. 이윽고 그 젊은 친구가 다시 말하기 시작했다. "당신은 심술궂은 말을 일종의 악덕이라 하셨는데, 제 생각으로는 그건 과장된 것 같습니다." — "전혀 그렇지 않습니다" 하고 내가 대답에 나섰다. "자기 자신과 이웃에게 해가 되는 것은 당연히 악덕으로 지칭되어야지요. 우리가 서로를 행복하게 만들 수 없다는 것으로 이미 충분하지 않나요? 게다가 또, 모든 가슴마다 자기 자신에게 이따금 허여할 수

11 (원주) 이제 우리는 이에 대해서는 라파터(Johann Caspar Lavater)의 훌륭한 설교를 갖게 되었는데, 특히 〈요나서(書)〉에 대한 설교를 참조하시기 바란다.

있는 그런 즐거움까지도 서로 빼앗아야 하겠습니까? 그런데 심술이 났는데도 그것을 감추고 자기 주변 사람들의 기쁨을 망치지 않기 위해 그런 심술을 홀로 견뎌내는 그런 사람이 있거든 어디 대어 보십시오! 혹은 그 심술이란 것이 우리 자신의 무가치에 대한 내적 불만이나 우리 자신에 대한 언짢음은 아닐까요? 이런 감정은 늘 어리석은 허영심을 통해 부추겨진 어떤 질투와 연관된 것이기 마련이지요. 우리는 우리 자신이 행복하게 만들 수 없는 그런 행복한 사람들을 보게 되는 것이고, 그게 참을 수 없는 것입니다." 말할 때의 내 제스처를 보고 로테가 나에게 미소를 보냈고, 프리데리케의 눈에 고인 한 방울의 눈물이 나에게 말을 계속하도록 박차를 가하였다. ― "어떤 사람의 마음으로부터 저절로 우러나는 단순한 기쁨들을 빼앗기 위해" 하고 나는 말했다. "그 사람의 마음을 좌우할 수 있는 권력을 쓰는 자들에게 저주가 내리기를! 이 세상의 모든 선물, 그 모든 친절의 표시도 우리 폭군들의 질투심 어린 불편한 마음이 우리 기분을 잡쳐놓은 기쁨의 한순간 자체를 결코 대체할 수는 없지요."

이 순간에 나의 온 가슴은 꽉 차 있었다. 그렇게도 많은 과거사들에 대한 기억이 나의 영혼에 밀어닥쳤다. 그래서 내 두 눈에 눈물이 가득 고였다.

"친구들과 더불어 행복을 함께 즐기기 위해" 하고 나는 힘주어 말했다. "친구들에게 그들의 기쁨을 허여하고 그들의 행복을 증가시키는 것 이외에 네가 친구들에게 해 줄 수 있는 일은 아무것도 없다. ― 이런 말을 매일 자기 자신에게 말할 수 있다면 얼마나 좋을까요 — 친구들의 내적 영혼이 불안한 열정에 괴롭힘을 당하고 근심으로 뒤흔들려 있을 때, 너는 그들에게 한 방울의 진정제를 줄 수 있느냐? - 이렇게 매일 자기 자신에게 물으면 좋을 것입니다.

그리고 제가 한창 시절에 파멸시킨 여성에게 불안하기 이를 데 없는 최후의 병마가 덮쳐서 이제 그녀가 가련하기 그지없는 쇠약 상태로 누워 있으면서 눈은 아무 감정도 없이 하늘을 보고 있고 창백한 이마에는 죽음의 땀방울이 맺혔다가 마르기를 반복하고 있는데, 저는 온갖 힘을 다해도 아무것도 해줄 수 없다는 깊디깊은 감정 속에서 마치 저주 받은 사람처럼 그 침대 앞에 서 있다고 치십시다. 그러면 불안감만이 제 마음속에서 꿈틀거리는 나머지 그 죽어가는 여인에게 한 방울의 원기강화제, 티끌만큼의 용기라도 불어넣어 줄 수 있다면 저는 정말이지 모든 것을 다 바쳐도 좋다고 생각할 것입니다."

이렇게 말하는 도중에 내가 예전에 실제로 겪었던 이러한 어느 장면에 대한 기억이 걷잡을 수 없이 나를 덮쳐왔다. 나는 내 두 눈을 손수건으로 가린 채 그 자리를 피했다. 출발해야 한다며 나를 찾는 로테의 목소리만이 나를 제정신으로 되돌릴 수 있었다. 그리고 돌아오는 길에 그녀는 내가 모든 일에 너무 다감한 관심을 보인다며 나를 얼마나 나무랐던가! 그러다가는 파멸하고 말 것이니 나는 자중자애해야 한다고! — 아, 천사 같은 사람! 당신을 위해서라도 나는 살지 않으면 안 된다!

7월 6일

그녀는 언제나 죽어가는 부인 곁을 지키고 있고, 늘 변치 않는 모습으로 자신을 필요로 하면 늘 금방 대령하는 마음씨 고운 사람이며, 그녀의 시선이 가는 곳이면 어디든 고통이 덜어지고 그녀의 눈길이 닿으면 모두가 행복해진다. 어제 저녁 그녀는 마리아네와 꼬마 말헨을 데리고 산책을 했는데, 내가 그 사실을 알고 중간에 그들을 만났다. 그래서 우리는 다 함께 걸었다. 한 시간 반 길을 걸은 후에 우리는 도시 쪽으로 되돌아와서 내게 그다지도 소중하고 지금은 천 배나 더 소중하게 된 그 우물가에 이르게 되었다. 로테는 성벽 위에 앉았고, 우리는 그녀 앞에 서 있게 되었다. 나는 주위를 휘 둘러보았다. 아, 내 마음이 그다지도 외로웠던 그때가 다시금 내 눈앞에 떠올랐다. ─ "사랑하는 우물이여!" 하고 나는 말했다. "그 이래로 난 가끔 너를 보러 오지 못했구나!" ─ 내가 아래쪽을 내려다보니 말헨이 물 한 컵을 대단히 소중히 받쳐 들고 올라오고 있는 것이 보였다. ─ 나는 로테를 바라보면서 내가 그녀에게 품고 있는 온갖 감정들을 실감할 수 있었다. 그 사이에 말헨이 컵을 갖고 올라왔다. 마리아네가 그 컵을 받으려 했다. "아니!" 하고 그 아이가 귀엽기 짝이 없는 표정으로 외쳤다. "아니! 로테 언니, 로테 언니가 먼저 마셔야 해!" ─ 나는 그 아이가 외치는 그 진실함, 그 다정함에 너무나 감동한 나머지 이런 내 느낌을 달리는 도저히 표현할 수 없었기 때문에 그 아이를 번쩍 안아 올리고는 격렬하게 키스해 주었다. 그 아이는 즉각 고함을 지르고 울기 시작했다. — "안 할 짓을 하셨어요" 하고 로테가 말했다. — 나는 당황했다. — "이리 온, 말헨!" 하고 로테는 말을 계속하면서, 아이의 손을 잡고 계단을 내려갔다. "여기 맑은 샘물로 어서 씻으렴, 어서! 그러면 아무 일도 일어나지 않을 거야." — 나는 거기 멀거니 서서 그 꼬마가 자기의 고사리 손으로 열심히 두 뺨을 문지르고 있는 모습을 바라보았다. 그 아이는 그 기적의 샘물이 모든 부정(不淨)한 것을 씻어내 주고 흉측한 수염이 돋아나는 치욕을 없애 줄 것이라고 굳게 믿는 것 같았다. 그래서 로테가 "이제 그만 됐어!" 하고 말했는데도 아이는 마치 부족하게 하는 것보다는 많이 하는 것이 좋겠다는 듯이 자꾸만 열심히 씻기를 계속하는 것이었다. — 빌헬름이여, 내 자네에게 말하거니와, 나는 지금까지 그 어떤 세례식에도 이보다 더 경건한 마음으로 참례한 적이 없다네. 그리고 로테가 우물가로부터 올라 왔을 때 나는 마치 한 민족의 온갖 죄들을 사해 준 예언자 앞에 그러듯이 그녀 앞에 엎드려 감사하고 싶었다네.

그날 저녁에 나는 내 마음에 넘쳐나는 기쁨을 주체하지 못하고 그 일을 한 남자에게 이야기하지 않고는 배길 수 없었지. 그가 분별심이 있는 것 같았기 때문에 그의 인간 정신을 믿었던 것이었어. 그러나 내가 얻은 반응이 무엇이었던가! 그의 말이 로테가 대단히 잘못했다는 거야. 어린이들한테는 어떠한 것도 속여서 진정으로 믿게 만들어서는 안 된다는 것이었지. 그렇게 잘못 가르쳤다가는 수많은 곡해와 미신의 싹이 될 것이므로 어린이들을 일찍부터 그런 가르침으로부터 보호해야 한다는 거야. — 그

때 내 머리에 그 남자가 일주일 전에 세례를 받은 사실이 떠올랐어. 그 때문에 더 이상 이의를 제기하지 않고 그냥 지나쳐 주었지만 나는 마음속으로는 변치 않고 진실에 충실히 머물렀지. 즉, 우리는 하느님께서 우리를 대하시는 것과 똑같이 어린이들을 대해야 한다는 진실 말이야. 하느님께서 우리로 하여금 정다운 공상 속에서 비틀거리며 걸어가도록 하실 때 우리는 가장 행복한 피조물이 되는 것이거든.

7월 8일

사람은 정말 어린아이와 같아! 힐끗 한번 바라봐주는 눈길을 탐하다니! 난 영락없는 어린아이야! — 우리는 발하임으로 갔다. 여자들이 마차를 타고 바깥바람을 쐬고 싶다고 했던 것이다. 그래서 우리가 산책하는 동안 내가 믿기로는 로테의 검은 두 눈동자 속에서…… 난 바보야! 이런 나를 용서해 주게. 자네도 그걸 봐야 하는데! 그 눈동자 말이야! — 내 문장이 이렇게 불완전한 것은 졸음에 못 이겨 내 두 눈이 자꾸만 감겨서 그렇다. 여자들이 마차에 올라탔는데, 거기 마차 주위에 청년 W와 젤슈타트, 아우드란과 내가 서 있었다. 그러자 여자들이 마차 문을 사이에 두고 남자들과 대화를 나누었는데, 하긴 남자들이 상당히 경쾌하고 촐싹거리는 분위기였어. — 나는 로테의 눈동자를 찾고 있었는데, 아, 그 눈동자들은 이 남자, 저 남자를 향하고 있었어. 그러나

나, 나, 나에게는 향하지 않고 있었다. 아주 전적으로 그것만을 기다리다가 단념하고 풀이 죽어 거기 서 있는 나에게는 향하지 않는 거야! — 내 심장은 그녀에게 작별 인사를 수없이 쏟아내고 있었지만, 그녀는 나를 보고 있지 않았어! 마차가 우리 옆으로 지나갔다. 그리고 내 눈에 눈물이 맺혔다. 나는 그녀의 뒷모습을 바라보다가 그녀의 머리 장식이 마차 문밖으로 삐져나오는 것을 보았다. 아, 나를 바라보기 위해 그녀가 몸을 돌린 것인가? — 여보게! 이런 불확실성 속에서 나는 이리저리 흔들린다네. 내 위안은 아마도 그녀가 내 쪽으로 돌아보았을 것이란 생각이지! 아마도 돌아보았을 거야! — 잘 자게! 오, 난 정말 어린아이라네.

7월 10일

좌중에서 그녀에 관한 얘기가 나올 때 내가 얼마나 멍청하게 구는지! 그 꼴을 자네가 봐야 하는 건데! 그러다가 그녀가 내 마음에 드느냐고 묻는 사람까지 생긴다네. — 마음에 든다! 이 말을 나는 죽도록 싫어해. 자신의 모든 감각들, 모든 감정들을 가득 채워주는 존재로서의 로테를 인식하지 못한 채 로테를 가리켜 자신의 마음에 든다고 말하는 사람은 대체 어떻게 되어 먹은 인간일까?! 최근에 누군가가 나한테 묻더군 — 오시안[12]이 내 마음에 드느냐고!

---

12 (역주) 영웅 오시안을 둘러싼 스코틀랜드의 옛 전설 모티프들을 기초로 에

7월 11일

M부인이 위독하네. 나는 로테와 고통을 함께하기에 부인이 살아나기를 기도한다네. 내가 보기에 로테는 그 댁에는 잘 안 가는 편이지만, 오늘 그녀는 내게 아주 놀라운 에피소드 하나를 얘기해 주었어. — M노인은 인색하고 욕심 많은 구두쇠로서 가정생활에서 자기 부인을 적지 않게 괴롭히고 그녀에게 많은 제약을 가했다. 하지만 부인은 항상 그 어려움을 극복해낼 줄 알았다. 며칠 전 의사가 그녀에게 더는 살기 어렵겠다고 말하자 그녀는 남편을 오게 하고는(그 방에 로테도 있었다), 그에게 이렇게 말했다. "당신에게 한 가지를 고백해야 하겠어요. 제가 죽고 나서 혼란스럽고 번거로운 일을 불러일으킬 수도 있겠다 싶어서요. 지금까지 저는 가능한 한 아주 정상적이고도 검소하게 가계를 꾸려왔

든버러의 젊은 시인 맥퍼슨(James Macpherson)이 창작해 놓고는 켈트어로 되어 있는 고대 전설의 번역물로 발표하였음. 대부분 죽은 자들을 찬양하거나 슬퍼하는 노래들로 되어 있고 감정이 풍부하고 정열적인 언어로 되어 있는 오시안 문학은 고대 전설 및 민속 문학을 중시한 헤르더에 의해 괴테에게 '북방의 호메로스'로 소개되었다. 그리하여 오시안 문학은 1760년, 1770년대의 독일 '경건주의 문학'과 '폭풍우와 돌진의 문학'에 지대한 영향을 끼친다. 괴테는 1771년에 프리데리케 브리온을 위해 오시안의 일부인 〈셀마 성의 노래들〉(The Songs of Selma)을 번역한 바 있다. 그래서 후일 괴테가 베르터로 하여금 로테에게 오시안을 읽어주게 된다. 오시안의 음침하고 비극적인 분위기가 마침 베르터와 로테를 둘러싼 비극적 운명과 잘 어울리게 된다. 아무튼, 기만과 오해, 진실과 가공이 뒤섞여 있는, 문제 많은 오시안 문학은 결과적으로 독일문학사에서 중요한 한 페이지를 차지하게 된다.

어요. 하지만 당신이 제게 용서해 주셔야 할 게 있는데, 제가 지난 30년 동안 당신을 속인 사실이에요. 우리 결혼 생활의 시초에 당신은 부엌살림이나 다른 가사 지출을 감당하라며 소액을 책정하셨어요. 우리 집안살림이 커지고 우리 가업 규모가 더 커지자 나의 주당 지출금을 실정에 맞게 증액시켜 달라고 해도 당신은 듣지 않으셨지요. 요컨대 당신도 아시다시피 가계 지출이 제일 클 때에 제가 한 주일 동안 7굴덴으로 견뎌내어야 한다고 요구하셨지요. 그 금액을 저는 반론 없이 그냥 받았지만, 모자라는 금액을 가게의 판매액에서 매주 가져다가 썼어요. 아무도 안주인이 계산대의 금고를 건드리리라고는 짐작하지 못했지요. 저는 결코 낭비한 적이 없었고, 이런 고백을 하지 않고도 안심하고 저세상으로 갈 수도 있었을 겁니다. 하지만 제가 죽은 뒤에 살림을 맡게 된 여자가 어찌할 방도를 찾지 못할 수도 있겠고, 또 당신도 전처는 그 돈으로 충분히 충당할 수 있었다고 주장할 수도 있겠다 싶어서요."

나는 사람의 감각이라는 것이 믿을 수 없을 정도로 현혹될 수 있다는 데에 관해서 로테와 얘기했다. 비용이 아마도 갑절이나 더 들 경우에 7굴덴으로 충분하다고 할 때에는 그 뒤에 무엇인가 다른 속사정이 숨어 있을 것이라는 의심쯤은 해봐야 정상인데 말이야. 하긴 나 자신도 몇몇 사람들을 알고 있는데, 그들은 예언자 엘리아의 영원한 기름 단지[13]를 조금도 이상하게 생각해

13 (역주) 〈열왕기 상〉, 17장 14절 참조.

보는 법도 없이 그런 단지를 자기 집에 갖고 있다고 믿는 거야.

7월 13일

아니야, 나는 자신을 속이고 있는 것이 아니다! 그녀의 검은 눈동자 속에서 나는 나와 내 운명에 대한 진정한 관심을 읽어낼 수 있어. 그래, 나는 느낄 수 있어. 그리고 이 말에 있어서 나는 내 심장을 믿어도 좋을 듯해. 그녀가 나를 사랑해 — 아, 이 말 속에서 나는 천국을 발견했다고 말해도 될까, 천국을 발견했다고 말할 수 있을까? — 아무튼 그녀가 나를 사랑해!

나를 사랑한다! — 그래서 나는 나 자신에게조차도 얼마나 소중하게 되는지! — 내가 나 자신을…… — 자네한테라면 아마도 이런 말을 해도 좋으리라. 자네는 이런 것을 이해하는 센스가 있으니까! — 그녀가 나를 사랑하게 된 이래로, 내가 나 자신을 얼마나 경배하게 되는지!

이게 오만인가, 혹은 진실한 관계에서 우러난 감정인가? — 누군가가 로테의 마음속에 한 자리를 차지하고 있을까봐 내가 두려움을 느낄 만한 사람은 없다. 그런데 — 그녀가 자기 신랑에 대해 말할 때에는, 온기와 사랑에 가득한 말투로 그에 대해 말할 때에는 — 정말이지 내가 마치 모든 명예와 품위가 박탈되고 대검(帶劍)조차 빼앗긴 것 같은 기분이 든다.

아, 내 손가락 하나가 부지중에 그녀의 손가락과 접촉하거나 우리의 발이 탁자 밑에서 서로 닿으면 내 모든 혈관을 타고 피가 얼마나 끓어오르는지! 나는 마치 불에 댄 것처럼 몸을 움츠리지만, 어떤 비밀스러운 힘이 나를 다시금 앞으로 몰아붙이고 — 나는 모든 감각을 잃고 어지러움을 느낀다. — 아, 천진무구한 그녀는, 그녀의 얽매이지 않은 영혼은 이런 사소한 신체 접촉 때문에 내가 얼마나 괴로움을 당하는지 느끼지 못한다! 그녀가 심지어는 대화중에 내 손 위에 자기 손을 올려놓는다든가 긴밀히 상의하기 위해 내 가까이 다가앉아서 그녀의 입에서 나오는 천사의 숨결이 내 입술까지 도달하게 되면, 나는 마치 번개를 맞은 듯 몸이 아래로 가라앉는 기분이 된다. 그런데, 빌헬름이여, 만약 내가 어느 땐가 이 천사를, 이 천사의 이런 신뢰를 감히 악용한다면! 자네는 날 이해하지? 아니야, 내 심장이 그런 파멸할 짓은 감히 못해! 약해! 약해 빠졌어! — 그런데 바로 이게 파멸이 아닌가!

그녀는 내게 성스러운 존재다. 그녀 앞에서는 모든 욕망이 침묵한다. 그녀 곁에 있으면 나는 나 자신이 어떤 상태에 있는지 전혀 알지 못하는데, 그것은 마치 내 모든 신경 조직 속에서 영혼이 마구 요동을 치는 듯한 기분이다. — 그녀가 좋아하는 멜로디가 있는데, 이것을 그녀는 천사의 힘으로 연주한다. — 아주 단순하고 또 아주 재치 있게! 이것은 그녀가 좋아하는 곡인데, 그녀가 그 첫 소절만 연주해도 나는 벌써 모든 고통, 혼란, 심술궂은 기분으로부터 해방된다.

옛 음악이 마력을 지니고 있다는 말이 지금 나에게는 모두 다 그럴 듯하게 느껴진다. 그 단순한 노래가 얼마나 나를 매료시키는지! 그리고 그녀가 이 노래를 부르는 시점이 얼마나 기가 막히는지, 종종 내 머리에다 내가 한 발을 쏘아버리고 싶은 그런 때이다! 이 노래에 내 영혼의 캄캄한 혼란이 그만 사라지고 나는 다시금 훨씬 더 자유롭게 숨을 쉬게 되는 것이다.

7월 18일

빌헬름이여, 사랑이 없는 세계란 우리의 심장에 무엇이 될까! 빛이 없다면 환등기가 무엇이 될까! 조그만 등불을 집어넣자마자 흰 벽면에 다채롭기 짝이 없는 그림들이 나타난다! 설령 그것이 스쳐가는 환영들에 지나지 않는다 할지라도, 우리가 어린 소년들처럼 그 앞에 서서 그 경이로운 현상들을 보고 환희를 느낀다면 그래도 그것은 우리를 행복하게 해 주지 않는가 싶으이. 오늘 나는 로테에게 갈 수 없었네. 피치 못할 모임이 나를 그녀로부터 멀리 떼어놓는 것이었지. 내가 할 수 있는 일이 무엇이었을까? 나는 단지 오늘 그녀 가까이 있었던 한 인간을 내 주위에서 볼 수 있기 위해서 내 하인을 그녀에게 보냈지. 내가 얼마나 초조한 마음으로 그 소년이 돌아오기를 기다렸던지, 그리고 얼마나 반갑게 그를 다시 보았던지! 부끄러운 생각만 없었더라면 나는 그의 머리를 끌어안고 키스라도 해 주고 싶었지. 사람들은 볼로냐의 중정석(重晶石)에 대한 얘기를 하는데, 햇볕에 놓아두면 그 돌이 태양 광선을 흡수했다가 밤에 한동안 빛을 발한다는 거야. 소년이 내게는 그 중정석과 같았지. 그녀의 두 눈이 그의 얼굴 위에, 그의 두 뺨 위에, 그의 상의 단추들 위에 그리고 그의 외투의 깃 위에 머물렀을 것이라는 느낌 때문에 이 모든 것들이 내게는 아주 성스럽고 아주 귀하게 생각되었어. 이 순간 나는 천 탈러를 준다 해도 그 소년을 절대 내어주지 않았을 거야. 그와 함께 있는 것이 내게는 아주 기분이 좋았거든. — 이 얘기에 자네가 부디 웃지 않기 바라네. 빌헬름이여, 우리 마음을 행복하게 해 주는데도 이것이 환영들이란 말인가?

7월 19일

"그녀를 만날 것이다!" 하고 나는 아침마다 기운을 차리고 아주 청랑한 마음으로 아름다운 태양을 향해 눈길을 줄 때면 외치곤 한다. "그녀를 만날 것이다!" 그리고 내게 온종일 이것 이외에 다른 소망은 없다. 이 전망 속에서 모든 것, 다른 모든 것은 소실되어 버린다.

7월 20일

내가 공사와 함께 ***로 가는 것이 좋겠다는 자네와 내 어머니의 생각은 아직은 내 생각으로까지 되긴 어려워. 내가 누구한테 종속되는 걸 그다지 좋아하지 않는데다가 그 남자가 게다가 또 역겨운 사람이라는 사실은 우리 모두가 다 알고 있잖은가. 자네 말이 내 어머니가 활동하는 나를 보고 싶다 하셨다는데, 그게 나를 껄껄 웃도록 만들었어. 지금 내가 활동적이지 않단 말인가? 그리고 내가 파란 완두콩을 세든지 납작 완두콩을 세든지 근본적으로는 마찬가지가 아닌가? 세상만사가 야비한 짓거리로 귀결되는 것은 뻔한 노릇이지. 그런데 한 인간이 자기 자신이 아주 좋아하는 일, 자기 자신이 꼭 하고 싶은 일도 아닌데 돈 때문이든 명예 때문이든 또는 그 밖의 다른 무엇 때문이든 간에 다른 사람들을 위해서 몸이 닳도록 일한다면, 그는 틀림없이 바보다.

7월 24일

내가 그림 그리는 일을 소홀히 하지 않았으면 하고 마음을 많이 써 주고 있는데, 나는 그 이후로 별로 그림을 그리지 않고 있다고 말하느니 차라리 그 일 전체에 관해서 그냥 넘어가고 싶다.

나는 지금보다 더 행복했던 적이 없고, 자연에 대한 나의 느낌이 — 조그만 돌멩이 하나, 작은 풀 한 포기를 내려다보는 내

감성이 — 지금보다 더 꽉 차고 더 간절해 본 적이 없다. 그런데도 — 이런 내 상황을 어떻게 표현해야 할지 모르겠지만 — 사물을 눈앞에 떠올려 그림으로 재구성하는 내 표현력이 너무 약해서 모든 것이 내 영혼 앞에서 둥둥 떠다니고 이리저리 흔들리는 나머지 나는 그 어떤 윤곽을 딱히 잡아낼 수 없다. 그래도 나는, 찰흙이나 밀랍이 있다면, 이런 것들을 형상으로 만들어 낼 수도 있을 것 같은 망상을 하곤 한다. 이런 상태가 오래 지속되면 찰흙을 소재로 반죽을 한번 해볼 생각이다, 설령 그게 케이크가 돼 버릴지라도!

로테의 초상을 세 번 시도했는데, 세 번 다 창피스럽게 끝이 났다. 얼마 전에 만나서 대단히 행복했던 때였기 때문에 이 실패는 더욱더 나를 화나게 했다. 그러자 나는 그녀의 실루엣 스케치라도 만들었다. 그것으로 일단 만족하는 수밖에 없겠다.

7월 26일

그렇게 할게요, 친애하는 로테! 내가 모든 것을 구해다 놓고 주문도 할게요. 부디 나에게 더 많은 심부름을 더 자주 시켜 주십시오. 한 가지만 부탁합시다 — 나한테 쓰는 쪽지 편지 위에다 모래[14]를 뿌리지는 말아 주십시오. 오늘 나는 그것을 재빨리 입술에

14 (역주) 당시에는 편지를 쓰고 나서 잉크가 번지지 않도록 그 위에다 연한 모

갖다 댔다가, 입 안에 모래가 서걱거렸답니다.

7월 26일

이렇게 자주 그녀를 보지 말자고 나는 이미 여러 번이나 결심을 했다. 그렇다, 그걸 누가 지킬 수 있겠는가! 매일 나는 그 유혹에 굴복하면서도 내일은 한번 안 가고 견디겠다고 천지신명께 맹세하곤 한다. 그런데 그 내일이 오면 나는 또 다시 하나의 불가항력적인 이유를 발견하게 된다. 그리고 나 자신도 모르는 사이에 나는 이미 그녀 곁에 와 있는 것이다. 그 전날 저녁에 "내일도 오실 거지요?" 하고 그녀가 말했다면, 누가 거기 가지 않고 견딜 수 있을까? 혹은 다른 경우에는 그녀가 내게 어떤 부탁을 한다. 그러면 나는 그녀에게 내가 직접 그 해답을 전하는 것이 예의바른 태도라고 생각하는 것이다. 혹은 그 날은 날씨가 너무나 아름다워서 나는 발하임으로 간다. 그래서 내가 일단 거기 있게 되면 그녀한테 가는 데에는 단지 반시간밖에 안 되는 것이다! — 나는 그 분위기에 너무 가까이 있는 것이다. — 휘익! 하고 단숨에 나는 벌써 거기 가 있는 것이다. 내 할머니는 자석(磁石)산에 관한 한 동화[15]를 들려주셨는데, 그 산에 너무 가까이 다가가는 배들은

래 가루를 뿌렸음.

15 (역주)《천일야화》에도 이와 비슷한 동화가 있음.

갑자기 모든 쇠붙이를 빼앗긴다. 그래서 온갖 쇠못들이 자석산을 향해 날아가 버린다. 그 결과 불쌍한 뱃사공들은 무너져 서로 층층이 쌓이는 판때기 사이에 끼여 죽고 만다는 것이다.

7월 30일

알베르트가 도착했다. 그러니 나는 이제 떠나야 한다. 그는 모든 관점에서 볼 때에 내가 그보다 못하다는 사실을 인정할 용의가 있을 만큼 아주 훌륭하고 고귀한 사람임에 틀림없다. 아무리 그렇다 하더라도 그가 내 면전에서 그다지도 많은 완벽성들을 두루 갖춘 그녀를 소유하는 것을 보아내는 것은 참을 수 없을 것 같다. — 소유라! — 여러 말 할 것 없이, 빌헬름이여, 그녀의 신랑이 온 것이네! 누구나 좋게 대하지 않을 수 없는 착실하고도 사랑스러운 남자이다. 다행히도 나는 그를 영접하는 자리에는 없었다. 만약 그 자리에 있었더라면 내 가슴이 찢어졌을 것이다. 또한 그는 대단히 올곧은 사람이어서 내가 있는 자리에서는 아직 한 번도 로테에게 키스한 적은 없다. 하느님께서 그 보상을 그에게 해 주시기를! 그가 약혼녀에게 보여주는 존중심 때문에 나도 그를 좋아하지 않을 수 없다. 그는 내게 호감을 보여 주고 싶어 하는데, 내 짐작에 그건 그 자신의 감정의 소산이라기보다는 로테의 작품인 것 같다. 이런 일에는 여인들이 섬세하게 작용하고 또 바른 생각을 하기 때문이다. 자신을 경배하는 두 사람이 서로 잘 지내도록 유지할 수 있다면 — 이런 일이 성사되는 경우는 대단히 드물기는 하지만 — 득을 보는 것은 언제나 여자 쪽이다.

아무튼 나는 알베르트에게 경의를 표하지 않을 수 없다. 그의 침착한 외양은 내 성격의 숨길 수 없는 불안정성과 아주 두드러진 대조를 이룬다. 그는 감정이 풍부하고 로테한테서 신뢰를 얻고 있는 자신의 장점을 잘 알고 있다. 그는 심술을 거의 갖고 있지 않은 것 같다. 자네도 알다시피 그것은 내가 인간에게서 가장 가증스럽게 생각하고 증오하는 죄악이다.

그는 나를 분별이 있는 사람으로 간주하고 있다. 그래서 내가 로테를 따르고 그녀의 모든 행동에 따뜻한 기쁨을 느낀다는 사실이 그의 승리감을 증대시켜 주고 그는 그 사실로 인하여 그녀를 그만큼 더 사랑하게 되는 것이다. 그가 사소한 질투심으로 이따금 그녀를 괴롭히지나 않을까 하는 문제는 그냥 언급하지 않고 넘어가고 싶지만, 적어도 내가 그의 입장이라면 이 질투라는 귀신을 앞에 두고 완전히 태평스러운 기분으로 지낼 수는 없을 것 같다.

그 친구 사정이야 어떻게 되든지 간에, 로테 곁에 있는 나의 기쁨은 이제 사라졌다. 이것을 내가 멍청이 짓이라 해야 할까 또는 현혹이라 해야 할까? — 뭐라고 개념을 붙이든 무슨 소용이냐? — 일의 상황 자체가 이미 얘기해 주고 있지 않은가! — 나는 지금 내가 알고 있는 이 모든 것을 알베르트가 오기 전에 이미 알고 있었다. 나는 그녀에게 그 어떤 요구도 할 수 없다는 것을 알고 있었고, 사실 아무 요구도 하지 않았다. — 즉, 그렇게 많은 귀여움을 보이는 여성임에도 불구하고 될 수 있는 한 욕망을 자제하려 한 것이었다. — 그런데 이제 그 딴 남자가 정말 와서 자기한테서 여자를 빼앗아 간다고 해서 얼굴을 찌푸리는 이 바보 같은 화상이 두 눈을 휘둥그레 뜨고 놀라는 것이다.

나는 이빨을 꽉 깨물고 내 비참한 상황을 비웃는다. 그리고 내가 체념해야 한다고 말하는 사람들이 있다면 그들을 두 배, 세 배 비웃어 줄 것이다. 이제는 달리 어쩔 수 없기 때문에…… — 이런 말을 지껄이는 허수아비들을 제발 내 근처에서 얼씬도 못하게 물리쳐 다오! — 나는 숲속에서 이리저리 헤매고 다닌다. 그러다가 로테에게 오면 알베르트가 그녀의 집 정원의 나무 그늘 아래에 앉아 있다. 나는 더 이상 어쩔 줄을 몰라서 아주 정신을 놓고 바보처럼 많은 농담, 여러 혼란스러운 짓거리를 시작한다. — "아, 제발!" 하고 오늘 로테가 내게 말했다. "제발 부탁인데, 어제 저녁 같은 그런 장면은 연출하시지 말았으면 해요! 당신이 흥을 내면 끔찍해 진다니까요!" — 우리끼리 말이지만, 나는 그가 할 일이 생길 때를 엿보다가 후닥닥 하고 바깥으로 뛰쳐나오지. 로테가 혼자 있는 것을 볼 때엔 난 언제나 기분이 좋거든.

8월 8일

친애하는 빌헬름이여, 날 믿어 주게. 피치 못할 운명이라면 순종할 것을 요구하는 사람들을 가리켜 참을 수 없는 작자들이라고 내가 욕을 했는데, 그것이 자네를 두고 한 말이 아님은 확실해. 정말이지 나는 자네도 비슷한 의견일 수 있다는 데까지는 미처 생각을 못했다네. 그리고 근본적으로 보자면 자네 말이 옳으이. 친구여, 단지 한 가지만 말해 두고 싶네. 이 세상에서는 어떤 문제가 '이것 아니면 저것' 식의 양자택일로 결말나는 경우는 대단히 드물다는 사실 말이네. 매부리코와 뭉툭코 사이에도 여러 편차들이 있듯이 우리 인간의 느낌들과 행동 방식도 아주 다양한 스펙트럼을 보인다네.

그러니까 내가 자네의 그 모든 논거를 인정하면서도 '이것 아니면 저것' 사이를 살그머니 빠져나오고자 하는 데에 대해 자네가 나를 과히 나쁘게 생각하지 말기 바란다.

자네가 말하는 것은 내가 로테에 대해 희망이 있든지, 아니면 희망이 없다는 것 아닌가! 좋다. 전자일 경우 그녀를 다그쳐서 내 소망을 남김없이 충족시키도록 하고, 후자일 경우에는 용기를 내어 모든 힘을 소모시키고 있는 처참한 감정을 떨쳐버리라는 소리지. — 훌륭한 친구여, 맞는 말이다! 그렇지만 너무 쉽게 한 말이기도 하다.

서서히 진행되는 어떤 병에 걸려 생명이 저지할 수 없이 점차 꺼져가는 어느 불행한 사람에게 자네는 단검으로 그 고통을 단번에 끝내라고 요구할 수 있겠는가? 그리고 환자의 모든 힘을 소모시키고 있는 그 질병은 환자한테서 고통으로부터 스스로를 해방시킬 수 있는 용기마저도 동시에 빼앗아 버리지 않을까?

하기야 자네도 — 주저하고 무서워하면서 자신의 목숨을 거는 것보다 차라리 한쪽 팔을 잘라내는 것을 선호하지 않을 사람 이 누가 있을까, 라는 비슷한 비유를 들이대면서 — 내게 응답할 수 있을 것 같기도 하네. — 난 정말 모르겠네! — 그리고 우리 둘 이 이렇게 비유를 써 가면서 서로 물고 뜯지 말기로 하세. 이것으로 충분해 — 그래, 빌헬름, 나에게도 이따금 벌떡 차고 일어나 이 모든 것을 다 떨쳐버리고 싶은 용기의 순간이 있긴 하다네. 그런데 — 대체 어디로 가야 할지 알기만 한다면 — 내 기꺼이 그리로 갈 텐데!

8월 8일 저녁에

얼마 전부터 내가 소홀히 해 온 내 일기장이 오늘 다시금 내 손에 들려지게 되었는데, 어떻게 내가 알면서도 이 모든 상황 안으로 한 걸음 한 걸음 빠져들어 오게 되었는지를 보고 나는 깜짝 놀랐다. 내 상황을 언제나 아주 훤히 보고 있으면서도 나 자신이 얼마나 어린애처럼 행동해 왔던지! 지금도 나는 이 상황을 뻔히 보고 있지만, 이 상황이 나아질 것 같은 징후는 아직 보이지 않고 있다.

8월 10일

내가 지금 바보만 아니라면, 나는 아주 훌륭하고 아주 행복한 삶을 영위할 수도 있을 것이다. 지금 내가 처해 있는 것처럼 이렇게 아름다운 여건들이 한 인간의 영혼을 기쁘게 해 줄 수 있게끔 잘 조화를 이루고 있기도 쉽지 않은 것이다. 아, 우리의 마음만이 자신의 행복을 스스로 만들어 간다는 것은 틀림없는 말이다. — 이 호의적인 가정의 일원이 되어 있고 노(老) 대행관으로부터 아들처럼 사랑을 받고 있으며 꼬마들한테도 아버지처럼 사랑을 받고 있는 데다 로테의 사랑까지 받고 있다! — 게다가 올곧은 알베르트는 그 어떤 무례한 심술을 보이면서 내 행복을 방해하지 않을 뿐만 아니라, 나를 진심 어린 우정으로써 감싸 주고 있다. 그에게 나는 이 세상에서 로테 다음으로 사랑스러운 존재이다! — 빌헬름이여, 우리가 둘이서 산책하는 도중에 로테에 관해서 서로 이야기를 나누면서 서로의 말을 들어보는 것은 큰 기쁨일세. 이 세상에서 이런 삼각관계를 두고 우스꽝스럽게들 이야기하는데, 이보다 당치 않은 헛소리가 없다는 생각이야. 그럼에도 불구하고 이 관계로 인하여 내 눈에 자주 눈물이 고이곤 한다.

알베르트가 나에게 로테의 성실한 어머니에 대해 이야기해 주었다. 어머니는 임종의 침대 위에서 로테에게 집안살림과 아이들을 맡기고 그에게는 로테를 부탁했다. 그 이래로 마치 전혀 다른 어떤 정령이 로테에게 활기를 불어넣어 주기라도 한 것처럼 그녀는 살림 걱정에서나, 정말 엄마처럼 동생들을 진지하게 돌보는 태도에서나 그녀의 시간 중 단 한순간도 자신의 사랑을 온통 다 기울이는 활동과 수고를 하지 않는 가운데 지나가지 않았으며, 그럼에도 불구하고 이렇게 일하고 수고하는 중에도 그녀의 활발함과 그녀의 경쾌한 마음가짐이 한 번도 그녀를 떠난 적이 없었다. — 나는 이런 얘기를 하는 알베르트의 옆을 나란히 걸어가면서 길섶에서 들꽃을 꺾어서는 아주 세심하게 하나의 꽃다발을 만들었다. 그리고는 그것을 흘러가는 강물에다 던졌다. 그리고는 그 꽃다발이 소리 없이 가라앉는 모습을 바라보았다. — 내가 자네한테 이미 편지로 알렸는지는 모르겠네만, 알베르트는 여기에 머물면서 궁정으로부터 제법 괜찮은 보수를 받는 직책을 하나 받게 되어 있네. 그는 궁정에서도 대단한 총애를 받고 있는 모양이다. 규정에 맞게 열심히 일을 함에 있어서 나는 알베르트만한 사람을 아직 보지 못했다.

8월 12일

틀림없다. 알베르트는 이 하늘 아래에서 가장 훌륭한 사람이다. 어제 나는 그와 더불어 놀라운 쟁론을 벌였다. 나는 그와 작별하고자 그에게로 갔다. 작별이라 함은 내게 문득 말을 타고 산간 지방으로 들어가 보고 싶은 욕구가 일어났거든. 지금 자네에게 이 편지를 쓰고 있는 곳도 바로 거기야. 내가 그의 방 안을 왔다 갔다 거닐고 있는데 그가 전시해 놓은 권총들이 내 눈에 들어오는 거야. — "내 여행을 위해" 하고 내가 말했다. "권총 좀 빌려줘!" — "그렇게 하게나" 하고 그가 말했다. "탄약을 장전하는 수고를 마다하지 않는다면! 저 권총들을 나는 그냥 모양으로 걸어놓고 있거든." — 내가 권총 하나를 내려놓는데, 그가 말을 계속했다. "내 조심성 때문에 불상사를 겪게 된 이래로 나는 저 물건과 더 이상 엮이고 싶지 않다네." — 나는 그 이야기를 더 알고 싶은 호기심이 생겼다. — "아마 한 3개월 시골 친구 집에서 지낸 적이 있었는데, 나는 두세 정의 소형 권총을 장전하지 않은 채 옆에 놓고 조용히 잠자곤 했지. 한번은 비가 추적추적 내리는 오후였는데 하릴없이 앉아 있으려니 어떻게 그런 착상이 났는지는 모르겠으나 우리가 습격을 받을 수도 있겠다, 그렇게 되면 이 권총들이 필요하게 될지도 모르겠다, 그러면 우리가…… 이런 생각들이 꼬리에 꼬리를 물고 일어나는 거야. — 자네도 이게 어떤 기분인지 아마도 짐작할 수 있을 거야. — 나는 그 권총들을 하인에게 줘서 그것을 닦고 장전하도록 했어. 그러나 그 녀석이 하녀들과 허튼 장난을 치며 그들을 놀라게 해 주려다가 어떻게 됐는지는 몰라도 아직 장전용 밀대가 총대에 꽂혀 있는 채 총이 발사되고 만 거지. 그래서 밀대가 한 하녀의 오른손 엄지손가락 근육 부위로 꽂히고 그녀의 엄지손가락을 으깨 버렸지. 그래서 난 그 징징대는 꼴을 봐야 했고 게다가 치료비까지 물어주어야 했어. 그 이래로 난 모든 총기를 장전하지 않은 채 그냥 놓아둔다네. 소중한 친구여, 하지만 조심한다고 뭐가 되겠나? 위험은 결코 완전히 예방할 수 없지! 하기야……" — 자, 여기서 자네는 내가 이 사람을 대단히 좋아하지만 그의 이 '하기야'라는 소리는 예외라는 사실을 이해할 수 있겠지? 왜냐하면 모든 일반적 원칙에는 예외라는 것이 부득이 따라다니는 것은 자명하지 않은가 말이네. 그러나 이 사람은 꼭 이런 식으로 정당화를 해야 하는 거야. 만약에 그가 무엇인가 속단을 한 것, 일반적인 사항, 반쯤 진실인 것을 말했다고 생각하면, 그는 상대방에게 그 말을 제한하고 그 말을 수정하거나 가감하는 것을 그칠 줄 모른다. 그래서 마지막에는 결국 그 진술로부터 더 이상 아무것도 남아 있지 않게 되고 만다. 이번 참에도 그는 자기 생각에 아주 깊이 빠져들고 있었기 때문에 나는 마침내 그의 말을 계속 듣기를 그만두고 나 혼자만의 엉뚱한 생각들에 빠져들었다. 그러다가 나는 성급한 동작으로 권총의 총구를 내 오른쪽 눈 위쪽의 이마에다 갖다댔다. — "원, 이런!" 하고 알베르트가 나한테서 권총을 빼앗으며 말했다. "이게 무슨 짓인가?" — "장전되어 있지 않은 총이잖아" 하고 나는 말했다. — "그래도 그렇지, 왜 이런 짓을?" 하고 그가 초조하게 말을 받았다. "나는 어떻게 한 인간이 권총 자살을 할 만큼 그렇게도 어리석을 수 있는지 상상이 가지 않아. 그런 생각만 해도 나는 혐오감을 느껴."

"어떤 일에 관해 말할 때에" 하고 내가 외쳤다. "사람들은 금방 '그건 어리석다, 그건 현명하다, 그건 좋다, 그건 나쁘다!' 하고 말해야 속이 시원하지. 그런데 그 모든 말이 무엇을 의미한단 말인가? 자네들은 그런 말을 하기 전에 어떤 행동이 나오게 된 속사정을 연구라도 했단 말인가? 자네들은 왜 그런 행동이 나왔고 왜 그런 행동이 나오지 않을 수 없었던가 하고 그 원인들을 확실하게 펼쳐 보일 수 있는가? 만약 그것을 알고 있다면 자네들은 판단을 그렇게 성급하게 내릴 수 없을 거야."

"행동이 어떤 동기에서 나왔든 간에" 하고 알베르트가 말했다. "어떤 행동은 근본적으로 죄악일 수밖에 없다는 사실은 자네도 인정하리라 믿네."

나는 두 어깨를 으쓱해 보였고 그에게 그 사실을 인정했다. — "하지만, 여보게 친구!" 하고 나는 계속해서 말했다. "여기서도 몇몇 예외들이 발견되네. 절도가 죄악이라는 것은 맞아. 그러나 굶주림 끝에 당장 죽게 된 마당에 자신과 가족들의 목숨을 구하기 위해 강도짓을 하고자 나선 인간은 동정을 받아야 할까, 혹은 벌을 받아야 할까? 정당한 분노 때문에 자신의 부정한 아내와 그녀의 비열한 유혹자를 죽인 남편을 누가 먼저 돌로 칠 수 있을까? 희열에 가득 찬 시간에 제어할 수 없는 사랑의 기쁨에 몸을 내맡긴 처녀를 누가 먼저 돌로 칠 수 있을까? 우리 나라의 법률 자체도, 그 냉혹하고 현학적인 법관들까지도, 감동을 받아서 처벌을 삼가게 될 거야."

"그건 전혀 다른 얘기야" 하고 알베르트가 대꾸했다. "격정에 사로잡힌 사람은 모든 분별력을 잃어서 술 취한 사람이나 정신 나간 사람으로 간주되니까 말이야."

"아, 자네들 이성적인 사람들!" 하고 나는 미소를 띠면서 외쳤다. "격정! 취기! 정신착란! 자네들은 냉담하게, 아무런 공감도 없이 거기 서 있을 따름이지. 자네들 도덕적인 사람들은 술 취한 사람을 욕하고 미친 사람을 혐오하면서 성직자들처럼 그 옆을 스쳐 지나가면서[16] 하느님께서 자네들을 이런 인간들의 하나로 만들지 않으신 데 대해 바리새인처럼[17] 하느님께 감사드리겠지. 나는 여러 번이나 술에 취한 적이 있으며 내 격정은 정신착란과 결코 크게 다르지 않았다. 하지만 이 두 가지 때문에 나는 후회하지는 않는다. 왜냐하면 무엇인가 위대한 일, 불가능한 것으로 보이는 일을 해낸 모든 비상한 인물들은 옛날부터 술 취한 자나 정신 나간 자라는 소리를 듣지 않으면 안 되었다는 사실을 나는 내 나름대로 알게 되었기 때문일세.

그러나 어느 정도 자유롭고 고귀하고 예기치 못한 행동을 하는 사람은 영락없이 '저 사람 취했어. 바보로군!'하는 뒷소리를 듣게 되는데, 보통 평범한 삶 속에서도 심심찮게 이런 흉을 듣게 되는 것은 참을 수 없는 일이네. 자네들 냉철한 사람들, 부끄러운 줄 알아야 할 거야! 자네들 현명한 사람들, 부끄러운 줄을 알아야지!"

"이제 또 자네의 그 망상이 나오는군" 하고 알베르트가 말했다. "자네는 모든 것을 지나치게 과장하는데, 적어도 여기서는 분명 옳지 않네. 지금 주제가 되고 있는 자살 문제를 자넨 위대한 행동들과 비교하고 있으니 말이네. 이건 아무래도 일종의 나약함으로밖에는 볼 수 없는 짓 아닌가 말이네. 하긴 고통스러운 삶을 꿋꿋하게 참아내는 것보다 죽는 것이 더 쉽긴 하거든."

---

16 (역주) 〈루가복음〉, 제10장 31절 참조.

17 (역주) 〈루가복음〉, 제18장 11절 참조.

나는 여기서 그만 대화를 중단할 참이었다. 왜냐하면 나는 온 마음을 다해 얘기하고 있는데 상대방은 별로 의미도 없는 상투적인 말을 인용하고 나오면, 그런 논박보다 나를 더 열나게 하는 게 없기 때문이다. 하지만 벌써 자주 그런 말을 들어 왔고 또한 더 자주 그런 논거에 대해 열을 내어 왔기 때문에 나는 마음을 가다듬고 약간 격하게 그에게 대꾸했다. "자넨 그걸 나약함이라 일컫는군? 제발 부탁인데, 겉만 보고 잘못 판단하지 말게. 한 폭군의 참을 수 없는 굴레 아래에서 신음하던 백성들이 마침내 분연히 일어나서 자기들을 옭아매고 있는 사슬을 끊는 것을 자네는 나약함이라 불러도 좋을까? 화마가 자기 집을 덮친 데에 놀라서 젖 먹던 힘까지 다 내어 그가 평소 제정신일 때에는 도저히 움직일 수 없는 짐을 거뜬히 바깥으로 나르는 한 인간이라든지, 모욕을 당한 분노 때문에 여섯 명을 상대로 싸워 그들을 제압하는 어떤 사람을 자넨 나약하다고 일컫겠는가? 그리고, 좋은 친구여, 안간힘을 써서 애를 쓰는 것이 강점이라면, 지나친 긴장이 왜 그 반대여야 할까?" — 알베르트는 나를 쳐다보았다. 그리고 말했다. "나쁘게 생각하지 말게. 자네가 대는 예들은 이 경우에는 전혀 맞지 않는 것 같네." — "그럴지도 모르지" 하고 내가 말했다. "내가 논거를 조합하는 방식이 이따금 허튼소리에 가깝다는 비난을 벌써 자주 들어왔거든. 평소에 편안하게 견뎌오던 삶의 짐을 내던지기로 결심하는 사람의 기분이 어떠할까 하고 우리 한번 다른 상상력을 발휘해 볼 것을 제안하네. 왜냐하면 우리가 어떤 사물에 대해 공감하는 한에 있어서만 우리는 그것에 관해 말할 수 있는 명예를 지니게 될 것이기 때문이네.

인간의 본성은 한계선들을 지니고 있네" 하고 나는 말을 계속했다. "기쁨, 괴로움, 고통도 그 어느 정도까지만 참을 수 있고, 그 정도가 초과되자마자 파멸하고 마는 것이지. 그러니까 이 경우에는 어떤 사람이 나약하냐 강하냐가 문제가 아니라, 그가, 도덕적인 괴로움이든 신체적인 괴로움이든 간에, 자신의 괴로움을 견뎌낼 수 있느냐 없느냐가 문제이지. 그래서 나는 스스로 목숨을 끊는 사람을 비겁하다고 말하는 것은 이상하다고 생각해. 어떤 고약한 열병을 앓다가 죽는 사람을 비겁자로 일컫는 것이 부적절한 것과 꼭 마찬가지지."

"궤변이군! 논리가 전혀 성립하지 않아!" 하고 알베르트가 외쳤다. — "자네가 생각하는 것처럼 그렇게 심한 궤변은 아니야" 하고 내가 말을 받았다. "인간의 본성이 너무나 침해를 당하여 그 사람의 체력이 일부는 소진되고 또 일부는 힘을 쓸 수 없게 되었네. 그래서 그의 체력이 다시 북돋우어 주기가 어렵고 그 어떤 획기적 개선을 통해서도 삶의 평상적 순환을 재생시킬 수 없게 되었다 치세. 이것을 죽음에 이르는 병이라 칭하는 데에는 자네도 동의하겠지.

자, 친구여, 이것을 정신에다 적용해 보세. 자신의 한계에 부딪힌 이 환자를 바라봐. 외부에서 들어오는 모든 인상들이 그에게 어떻게 작용하고 있으며 아이디어들이 그의 뇌리에서 어떻게 굳어지는지를 보란 말이야. 그 결과 마침내 그는 점차 커지는 격정 때문에 자신의 모든 안정적인 사고력을 잃게 되고 결국 격정 때문에 파멸하게 되는 것이지.

침착하고 이성적인 인간이 이 불행한 환자의 상태를 훤히 다 내려다볼 수 있다고 해도 아무 소용없고, 그가 그 환자를 설득하려 해도 아무 소용도 없지! 한 건강한 사람이 환자의 병상 곁에서서 자신의 기력을 환자에게 불어넣어 주려고 해도 전혀 불가능한 것과 꼭 마찬가지지."

알베르트는 이것을 너무 일반적인 말로 여겼다. 나는 그에게 요 얼마 전에 익사체로 발견된 한 처녀를 상기시키면서 그에게 그녀의 사연을 되풀이해서 이야기했다. — "집안일과 매주 정해져 있는 일의 좁은 테두리 안에서 자라난 선량하고 젊은 아가씨였는데, 여가를 즐길 만한 전망이 별로 없었다. 기껏해야 일요일에 평소 한 점씩 사서 마련해 놓은 나들이옷을 차려입고 또래의 여자 친구들과 함께 도시 주변으로 산책을 나간다거나 큰 축제때마다 한번 춤을 추어 보는 정도였다. 또는 어떤 말다툼이나 고약한 험담이라도 전해 들으면 아주 큰 관심을 보이고 아주 열을 내면서 이웃 여자와 몇 시간이고 수다를 떠는 것이 고작이었다. 그러다가 이제 마침내 정열적인 성격의 이 아가씨가 보다 내적인 욕구들을 느끼게 되는데, 남자들이 추켜세우는 말을 해대는 바람에 이 욕구들이 더욱 커지기도 했다. 그래서 이전의 즐거운 소일거리에서 그녀는 차츰차츰 재미를 잃게 되었다. 그러다가 마침내 그녀는 한 남자를 만나게 되었는데, 어떤 낯선 감정이 거역할 수 없이 그녀를 사로잡게 되어 그녀는 자신의 모든 희망을 그에게 걸게 되었다. 그녀는 자신의 주위 세계를 잊었고 아무것도 듣지 못하고 아무것도 보지 못했으며 그 남자, 그 유일한 사람 이외에는 아무것도 느끼지 못하고 단지 그 남자, 그 유일한 사람만을 그리워하게 되었다. 그녀의 욕구는 무상한 허영에 들뜬 공허한 향락들을 통해 타락하는 법 없이 목표를 향해 올곧게 직진했다. 그녀는 그의 여자가 되고자 했고 영원한 결합을 통해 자신에게 부족한 모든 행복을 붙잡고자 했으며 그녀가 동경하는 모든 기쁨들의 총합을 즐기고자 했다. 남자가 그녀에게 모든 희망의 확실성을 확인시켜주는 약속을 되풀이하고 그녀의 욕망을 증대시키는 대담한 애무를 해 주자 이것이 그녀의 영혼을 완전히 에워싸고 말았다. 그녀는 희미한 의식 속에서, 곧 온갖 기쁨을 만끽하리라는 예감 속에서 둥둥 떠다니는 기분이었고 극도로 긴장되어 있었다. 그래서 그녀는 자신의 모든 소망을 품어 안기 위해 드디어 그녀의 두 팔을 내뻗었다. — 그런데 그녀의 애인이 그녀를 버렸다. — 마비된 채, 모든 감각을 잃은 채 그녀는 한 심연 앞에 서 있다. 그녀의 주위에는 모든 것이 칠흑 같은 어둠뿐, 아무런 전망도 그 어떤 위로도, 그 어떤 예감도 없다. 왜냐하면 그녀가 오직 그에게서만 자신의 현존재를 실감할 수 있었던 바로 그 남자가 이제 그녀를 떠나갔기 때문이다. 그녀에게는 자신의 앞에 놓여 있는 넓은 세계가 보이지 않고, 그녀에게 그 상실을 보충해 줄 수 있을 많은 세계들이 그녀에게는 보이지 않는다. — 그래서 주위를 에워싸고 있는 죽음 속에다 자신의 모든 고통을 처 넣어 질식시켜 버리고자 그녀는 자신의 가슴의 무서운 곤경에 의해 좁은 협곡으로 짓눌리며, 맹목적으로 물속으로 뛰어드는 것이다. — 여보게, 알베르트, 이것은 아주 많은 사람들의 이야기일세. 그러니 어디 한번 말해 보게, 이것이 질병의 경우가 아닐까? 결국 인간 본성은 착종되고 모순된 여러 힘들의 미궁으로부터 빠져나올 수 있는 탈출구를 발견하지 못하네. 그래서 그 인간은 죽지 않으면 안 되네.

이를 구경하면서, '어리석은 여인 같으니! 기다렸더라면, 시간이란 약효를 볼 수 있었을 거야. 벌써 절망이 똬리를 틀고 있었다 하더라도, 틀림없이 어떤 딴 남자가 그녀를 위로하기 위해 나타났을 텐데' 라고 말할 수 있는 사람은 저주를 받아 마땅해. — 이것이야 말로 어떤 사람이 다음과 같이 말하는 것과 똑같은 거야 — '바보! 열병으로 죽어? 기다렸더라면, 기력이 회복되고 여러 체액들이 개선됨으로써 들끓는 혈액의 요동이 잦아들 때까지 기다렸더라면, 모든 것이 호전되었을 텐데! 그래서 그가 오늘까지도 살고 있을 텐데!'"

이 비유가 아직도 훤하게 납득되지 않은 알베르트가 아직도 몇 가지 이의를 제기했는데, 그 중 일례를 들자면, 내가 한 단순한 처녀에 관해서만 이야기를 했다며, 그렇게 제한되어 있지 않고 상황을 더 잘 조감할 수 있는 한 분별 있는 인간이었더라면, 그는 과연 자살을 어떻게 변명할 수 있을지 그게 자기는 이해가 안 된다는 것이었지. — "친구여!" 하고 나는 외쳤다. "인간은 인간일 뿐이야. 한 인간이 지닐 수 있는 그 까짓 한 줌의 오성은 — 격정이 요동치고 인간의 한계선들이 그 인간을 핍박해 대면 — 거의 힘을 쓰지 못하고 제대로 작동도 못할 걸세. 오히려…… 이에 대해서는 다른 기회에……" 하고 말하며 나는 내 모자를 손에 쥐었다. 아, 내 가슴은 터질 것만 같았다 — 그래서 우리는 서로를 이해하지 못한 채 헤어졌다. 정말이지 이 세상에서 한 사람이 다른 사람을 이해하기는 쉽지 않은 일이다.

8월 15일

이 세상에서 사랑만큼 인간을 필요 불가결하게 만드는 것이 아무것도 없다는 것은 정말 틀림없는 사실이네. 이 사실을 나는 로테한테서 느낄 수 있다네. 그녀가 나를 잃기 싫어하는 듯하니 말일세. 그리고 아이들은 내가 늘 내일 다시 올 것이라는 생각 이외의 다른 생각은 아예 갖고 있지도 않아. 오늘 나는 로테의 피아노 조율을 위해 나갔었지만, 나는 그 일에 착수조차 할 수가 없었네. 꼬마들이 동화를 하나 들려달라고 졸라댔거든. 이윽고 로테 자신도 내가 그들의 소원을 들어주는 것이 좋겠다고 말했다. 나는 꼬마들을 위해 저녁 빵을 잘라 주었다. 이제 그들은 그 빵을 로테한테서 받는 것과 똑같이 나로부터도 그렇게 기꺼이 받는다. 나는 천정에서 내려오는 손들의 도움을 받는 공주 이야기[18] 중 주

---

18 (역주) 돌느와(Marie-Catherinne d'Aulnoy) 부인의 동화집 《요정들의 이야기》(Les contes des F`ees, 1697)에 실린 동화 〈흰 고양이〉(La chatte blance)에 나오는 모티프로서, 갇혀서 굶주리는 공주에게 천정에서 여러 손들이 내려와 먹을 것을 준다.

요 부분을 아이들한테 이야기해 주었다. 그러는 중에 나는 많은 것을 배우고 있다. 정말 그렇다. 내 이야기에 아이들이 얼마나 큰 영향을 받는지 나는 많이 놀라게 된다. 두 번째 이야기할 때에는 부차적인 대목을 잊어먹었기 때문에 이따금 내가 새로 지어서 얘기하게 되는데, 그러면 아이들은 전번에는 그게 달랐던 것 같다고 금방 지적을 하거든. 그래서 지금 나는 이 이야기를 조금도 변경하지 않고 노래하는 어조로 유창하게 낭송하는 연습을 하고 있다. 여기서 내가 배운 것은 작가가 자기 이야기의 개정판을 내면, 설령 그것이 문학적으로 개선되었다 할지라도, 자신의 책을 어쩔 수 없이 손상시키게 된다는 사실이다. 우리에게는 첫 인상이 호의적으로 남아있기 마련이다. 인간이란 아주 기상천외한 내용이라도 그것에 설득당할 준비가 되어 있는 존재이다. 그리고 이렇게 일단 설득된 내용은 금방 단단하게 굳어진다. 일단 한 번 쓴 내용을 다시 긁어낸다든가 없애고자 하는 사람은 낭패를 보리라!

8월 18일

대체 왜 이래야만 되는가? 인간에게 행복감을 선사하는 바로 그것이 그의 곤경의 원천이 되다니!

생동하는 자연을 보고 내 심장이 느끼는 충만하고 따뜻한 감정은 그다지도 많은 희열을 내게 쏟아 부어 주었고 내 주위 세계를 낙원으로 만들어 주었다. 그런데 바로 이 감정이 지금은 내가 가려는 모든 길 위에서 나를 따라오면서 나를 괴롭히는 한없이 성가신 존재, 도저히 대적할 수 없는 악령으로 된다. 평소에 나는 바위로부터 강물을 거쳐 저 언덕에 이르기까지 생산 활동 중인 골짜기를 내려다보곤 했으며 내 주위에 있는 모든 것이 싹을 틔우고 물을 내뿜는 것을 바라보곤 하였다. 그리고 기슭에서부터 정상에 이르기까지 높이, 그리고 빽빽하게 자란 수목들로 뒤덮여 있는 저 산들을 보았고, 정답기 그지없는 숲에 의해 그늘이 드리워지고 다양한 굴곡을 보여주는 저 골짜기들을 내려다보았다. 또한 유유히 흐르는 강물은 사각거리는 갈대들 사이로 미끄러져 가면서, 온화한 저녁 바람이 하늘에 몰고 온 정다운 구름들을 반사하고 있었다. 그 다음에는 내 주위에서 숲의 활기를 북돋우기 위해 새들이 지저귀는 소리가 들렸고, 수백만의 모기떼가 석양의 마지막 붉은 광선을 받으며 활기차게 춤을 추었으며, 마지막으로 번쩍 비치는 저녁햇살을 받고서 딱정벌레가 풀 속으로부터 잉잉거리며 날아올랐다. 내 주위에서 온갖 것들이 날개 소리를 내면서 서로 왔다 갔다 하는 통에 나는 땅 위를 유심히 바라보게 되었는데, 내가 좋아하는 딱딱한 바위에서 영양을 섭취하고 있는 이끼도 보았고, 메마른 모래언덕 아래의 비탈에서 자라고 있는 관목도 보았다. 이 관목은 자연의 내부에서 영위되고 있는 치열하고도 성스러운 삶에 대해 나의 눈을 뜨게 해 주었다. 아, 나는 이 모든 것을 내 따뜻한 가슴 안으로 품어 들였던 것이다! 이때 나는 마치 신이라도 된 듯 철철 넘치는 충일감을 느꼈다. 그때 내 영혼 안에서는 무한한 세계의 장려한 형상들이 작동하면서 만물에 활기를 불어넣어 주고 있었다. 거대한 산들이 나를 에워싸고 있었고, 심연들이 내 앞에 가로놓여 있었으며, 폭우로 갑자기 생긴 여울물이 쏟아져 내리고 강물들은 내 아래에서 콸콸 흘러가고 숲과 산맥이 그 소리를 받아 메아리쳤다. 그래서 나는 도저히 그 정체를 탐구할 수 없는 그 모든 힘들이 땅속 깊은 곳에서 서로 상호작용을 하고 서로 생명을 만들어 가는 광경을 보게 되었다. 그리하여 이제 땅 위에서, 그리고 하늘 아래에서 다양한 피조물들의 종(種)들이 우글거리며 살아가고 있는 것이다. 수많은 형태를 띠고 분포해 있는 모든 것, 즉 만물이 바로 이들이다. 그래서 우리 인간들도 조그만 집 안에서 다 함께 안전을 도모하면서 둥지를 틀고 넓은 세상을 지배한다고 믿는 것이다. 가련한 바보! 자신이 왜소하기 때문에 모든 것을 대수롭잖게 여기다니! — 사람이 들어갈 수 없는 산악 지대로부터 전인미답의 황무지를 거쳐 미지의 대양 끝까지 영원히 창조하는 자의 정신이 공중을 감돌며 자신의 말을 듣고 자신의 존재를 인식한다면 비록 티끌이라 해도 반겨주는 것이다. — 아, 그 당시 나는 내 위를 나는 한 마리 학의 날개로써 무한한 바다의 끝에까지 가기를 얼마나 자주 원했던가! 그리하여 무한한 자의 거품 가득한 잔으로부터 저 넘쳐나는 삶의 환희를 마시며 내 가슴의 제한된 힘 속에서나마 단 한순간이라도, 당신 속에 있는 만물을 당신을 통해 생산해 내시는 그분의 저 지복한 한 방울을 맛보기를 얼마나 자주 동경했던가!

형제여, 이런 시간들을 추억할 때만 나는 편안한 마음이 된다. 이루 말로 표현할 수 없는 그 감정들을 다시 불러오고 다시 표현해 보려는 이런 노력조차도 내 영혼을 고양시켜 주지만, 이윽고 나는 현재 나를 에워싸고 있는 이 불안한 상황을 갑절로 더 불안하게 느끼게 될 뿐이다.

내 영혼 앞에서 마치 어떤 장막이 확 걷혀지는 듯했다. 그리고 무한한 삶의 무대가 내 눈앞에서 영원히 열려 있는 무덤과도 같은 심연으로 뒤바뀌고 있다. 모든 것이 찰나에 스쳐 지나가고 있는 판에, '이것이 존재한다'라고 말할 수 있을까? 모든 것이 번개처럼 빨리 굴러가는 판에! 모든 현존재의 온전한 힘이 지속되는 경우가 지극히 드물 뿐만 아니라, 아, 강물에 휩쓸리고 물에 잠겼다가는 바위들에 부딪혀 박살이 나는데! 너와 너를 둘러싼 사람들을 갉아먹지 않는 순간은 한순간도 없고, 매 순간 너는 파괴자이며, 파괴자가 아닐 수도 없는 것이다. 아무런 악의도 없이 나간 산책길까지도 수많은 불쌍한 벌레의 생명을 앗아가고, 발걸음 하나가 애써 지어놓은 개미들의 집을 엉망으로 만들고 하나의 작은 세계를 짓밟아 치욕적인 무덤으로 만들어 버린다. 아, 내 마음을 떨게 만드는 것은 그대들의 마을을 휩쓸어가는 홍수나 그대들의 도시를 집어삼키는 지진 같은 이 세상의 희귀한 대재앙이 아니다. 내 가슴을 후벼 파듯 아프게 하는 것은 전체 자연 속에 숨겨져 있는 파괴력이다. 이 파괴력이 창조한 만물은 또한 어김없이 자신의 이웃과 자기 자신도 파괴하는 것이다. 그래서 나는 이렇게 불안해하며 비틀거리고 있다. 하늘과 땅, 그리고 내 주위에서 운명의 피륙을 짜고 있는 그들의 여러 작용력 — 정말이지 내 눈에 보이는 것은 영원히 집어삼키고 영원히 되새김질하는 하나의 거대한 괴물 이외의 아무것도 아니다.

8월 21일

괴로운 꿈으로부터 희미하게 정신을 차리는 아침마다 나는 헛되이 그녀를 향해 두 팔을 뻗는다. 밤마다 침대 위에서도 나는 그녀를 찾아보지만 허사다. 행복하고도 순진무구한 꿈에 속아서 나는 초원 위에서 그녀 곁에 앉아 그녀의 손을 잡고 그녀에게 수많은 키스를 퍼붓고 있는 것으로 느꼈던 것이다. 아, 그런 다음 아직도 잠이 덜 깬 도취경 속에서 나는 그녀를 향해 손을 더듬는다. 그러다가 잠이 깨면 — 내 짓눌린 가슴으로부터 한 줄기 눈물이 쏟아진다. 이에 나는 암울한 미래를 향해 절망의 울음을 운다.

8월 22일

빌헬름, 내 활동력이 일종의 불안한 게으름으로 가락이 바뀐 것은 불행한 일이다. 나는 한가롭게 지낼 수가 없다. 그렇다고 무슨 일을 할 수 있는 것도 전혀 아니다. 나는 자연을 대할 때의 상상력과 감정을 잃었다. 그리고 책이라면 구역질이 난다. 인간에게 자기 자신에 대한 존재의식이 없다면, 그에게는 정말이지 세상 만물이 없는 것이다. 내 자네에게 확언하거니와, 다만 아침에 깨어날 때 다가오는 하루를 위한 어떤 전망이라 할까, 어떤 절박한 욕구나 희망이라도 가질 수 있기 위해 난 이따금 내가 날품팔이꾼이기를 소망한다. 자주 나는 귀까지 높이 쌓인 서류들 틈에 묻혀 있는 알베르트를 부러워하면서, 내가 그의 처지라면 기분이 좋을 것 같다는 망상에 빠지곤 한다. 벌써 여러 번이나 자네와 장관님께 공사관의 그 자리를 간청하기 위해 편지를 써야겠다는 생각이 들었네. 그 자리라면 내가 거절당하지 않을 것이라고 자네도 확언하고 있네. 나 자신도 그러리라 믿네. 장관님은 오래전부터 나를 아껴주시고 내가 그 어떤 일에 헌신하기를 바라신 지 오래일세. 그래서 한 시간쯤 그런 생각을 해보는 기분이 좋기도 했지. 나중에 내가 다시 그 생각을 하니 말(馬)에 관한 우화가 생각났어. 자신의 자유를 주체하지 못한 나머지 스스로 안장과 고삐를 채워달라고 해서 누구를 태우고 다니는 치욕을 감내하는 그 말 이야기 말이야. — 어찌해야 좋을지 모르겠어. — 상황의 변화를 원하는 내 마음속의 이런 동경은, 친애하는 친구여, 어쩌면 내 마음속의 불편한 초조감이 아닐까? 어디를 가든 이 초조감이 날 따라다닐 것 같으니 말이야.

8월 28일

만약 내 병이 고쳐질 수 있다면 이 사람들이 고쳐줘야 한다는 건 맞는 말이다. 오늘이 내 생일인데, 아주 이른 아침에 나는 알베르트로부터 선물 꾸러미를 받았다. 그 꾸러미를 열다가 즉각 내 눈에 들어온 것은 내가 로테를 처음 알게 되었을 때 그녀가 앞에 달고 있던 그 분홍색 리본들 중의 하나였다. 그 이래로 나는 그 리본을 달라고 그녀에게 몇 번이나 청을 했던 것이다. 그 선물 꾸러미 안에는 12절판의 소형 책 두 권도 들어있었다. 그것은 베트슈타인 사에서 간행된 작은 호메로스 한 질이었는데, 산책로에서 에르네스트 사 판본을 끌고 다니지 않기 위해 내가 그다지도 자주 원하던 판본이었다. 보라! 이렇게 이 사람들은 내 소원을 먼저 알아차리고, 이렇게 이 사람들은 우정의 호의에서 우러나온 사소한 물건들을 찾아 보내주고 있다. 이 물건들이야 말로 선물하는 사람의 허영 때문에 우리가 굴욕감을 느끼게 되는 저 우리 눈을 현혹시키는 선물들보다 천배나 더 가치 있는 것이다. 나는 이 리본에다 수없이 많은 키스를 했다. 그리고 매번 숨을 들이쉴 때마다 나는 며칠 안 되지만 행복했고 다시 되부를 길 없는 지난날들 동안 나를 넘치도록 가득 채웠던 저 열락의 추억을 후루룩 들이마셨다. 빌헬름이여, 사정이 이러하네. 그리고 나는 인생이란 활짝 핀 꽃들이 단지 현상에 불과하다고 불평하지 않네. 얼마나 많은 꽃들이 흔적도 없이 사라져 가는가! 얼마나 적은 꽃들만이 열매를 맺는가! 그리고 이 열매들 중에서 얼마나 적은 수가 익게 되는가! 그런데도 그런 열매들이 또한 충분히 있는 것이다. 그런데 정말이지, 오 형제여, 우리는 익은 열매들조차도 소홀히 하고 무시하고 먹지도 않은 채 그냥 썩게 놔둬도 좋을까?

잘 있게! 멋진 여름이네. 나는 자주 로테의 과수원 과일나무 위에서 과일 따기를 — 긴 장대 말이네 — 들고 앉아서는 나무 꼭대기의 배를 딴다. 그녀는 아래에 서 있다가 내가 그녀에게 배를 내려주면 그것들을 받는다.

8월 30일

불행한 인간아! 너 바보 아니냐? 너 자신을 속이는 것 아닌가? 이 미쳐 날뛰는 끝없는 격정을 어쩔 셈이냐? 나는 그녀에게 하는 기도 이외에는 그 어떤 기도도 더 이상 모른다. 내 공상 속에서는 그녀의 모습 이외의 아무 모습도 나타나지 않으며, 내 주위 세상에 존재하는 모든 것을 나는 단지 그녀와의 관계 속에서만 보고 있다. 그런데 이것이 또한 내게 많은 행복한 시간을 마련해 주게 된다. 하긴 결국 나는 다시금 황급하게 그녀를 떠나지 않으면 안 되지만 말이다. 아, 빌헬름이여, 내 가슴이 자주 나를 몰아치니 이 몸이 어디로 향해야 할지! — 나는 두세 시간 동안 그녀 곁에 앉아서 그녀의 자태, 그녀의 거동, 그리고 그녀의 천사와 같은 언어적 표현을 즐기곤 한다. 그러다가 보면 차츰차츰 내 오관이 긴장되어 눈앞이 어두워지고 나는 거의 아무것도 듣지 못하게 되곤 한다. 그럴 때면 마치 자객이라도 만난 것처럼 목구멍이 콱 막히게 되고 내 심장은 사납게 뛰면서 궁지에 몰린 오관에다 통풍구라도 마련하고자 하지만, 오관의 혼란을 가중시킬 따름이다. — 빌헬름이여, 자주 나는 내가 아직도 이 세상에 있는지조차 모른다! 그러다가 이따금 이런 우수가 너무 심하지 않을 때에 로테는 내가 자기 손에 얼굴을 묻고 내 답답한 기분이 풀릴 때까지 실컷 울도록 허락하는데, 비참하지만 이것이 내게 위로가 된다. — 이럴 때 나는 그녀를 떠나 바깥으로 뛰쳐나가서는 멀리 들판을 헤매지 않으면 안 된다. 그 다음에는 험한 산을 오르는 것이 나의 낙이 된다. 길이 나 있지 않은 숲속에서 억지로 오솔길을 만들어 내면서 걷고 나무 울타리를 넘다가 부상을 입거나 가시덤불에 찔리기도 한다! 그러다 보면 내 기분이 약간 좋아진다! 약간만! 그러다가 난 피곤하고 목이 말라 이따금 도중에 누워 버리기도 하고, 이따금은 깊은 밤에 저 위의 높은 하늘에 만월이 떠 있곤 하며, 고적한 숲 속에서 내 부르튼 발바닥의 고통을 조금이나마 완화해 주고자 구부정하게 자란 나무 둥치 위에 앉기도 하는데, 피로에 지쳐 쉬는 중에 동트는 새벽빛을 받으며 깜빡 잠이 들기도 한다! 아, 빌헬름이여! 승방(僧房)에서의 외로운 숙식, 거친 모직의 수도복, 그리고 가시가 달린 허리띠가 나의 영혼이 갈구하고 있는 청량제일세. 잘 있게! 나는 이 비참한 현실의 끝이 무덤 이외에는 아무것도 아니라고 보네.

9월 3일

나는 떠나지 않으면 안 돼! 빌헬름이여, 자네가 내 흔들리는 결심을 바로잡아 줘서 고맙네. 벌써 2주 동안이나 나는 그녀를 떠날 생각을 품고 있어. 나는 떠나지 않으면 안 돼. 그녀는 다시 시내의 여자 친구 집에 머물고 있다. 그리고 알베르트는…… 아무튼 나는 떠나지 않으면 안 돼.

9월 10일

하룻밤이 다 지나갔군! 빌헬름, 나 이젠 모든 것을 극복했어! 내 그녀를 다시는 보지 않을 거야! 아, 친구여, 내 자네의 목에 매달려, 지금 내 심장을 덮쳐오는 이 감정들을 — 많은 눈물을 흘리고 환희를 쏟아내며 — 자네에게 표현할 수 있어야 되는데! 내 여기에 앉아서 숨을 헐떡이며 나 자신을 진정시키려 애쓰면서 아침이 되기를 기다리고 있구나! 일출과 더불어 말들이 오기로 주문되어 있다.

아, 그녀는 조용히 잠자고 있을 것이고, 나를 결코 다시 볼 수 없으리라는 것은 생각도 못하고 있다. 나는 과감히 그녀와의 인연의 끈을 끊은 것이며, 두 시간 동안의 대화중에도 내 출발계획을 전혀 노출시키지 않을 만큼 나는 충분히 굳세었다. 아, 그게 어떤 대화였던가!

알베르트는 저녁 식사 직후에 로테와 함께 정원에 있겠다고 내게 미리 약속을 했었다. 나는 큰 너도밤나무들 아래에 있는 계단식 전망대 위에 서서 석양을 바라보았다. 그 석양은 정든 골짜기와 유유히 흘러가는 강물을 내려다보며 이제 떠나갈 나를 위해서는 마지막으로 지려는 순간이었다. 그렇게도 자주 나는 그녀와 함께 여기 이 자리에 서서 바로 이 장엄한 자연 풍광을 바라보았던 것이었다. 그런데 이제는…… 이제 나는 내게는 너무나 익숙하고 정든 가로수 길을 왔다 갔다 하고 있었다. 내가 로테를 알기 전에도 어떤 신비스러운 공감을 불러일으키는 기운 때문에 나는 자주 이곳에 와서 머물곤 했었다. 우리 둘이 서로 처음 알게 되었을 무렵 이 조그만 장소에 대한 공통된 호감을 서로 확인하게 되자 우리는 얼마나 기뻐했던가! 정말이지 이곳은 내가 미술 작품들에서나 볼 수 있었던 그런 매우 환상적인 장소들 중의 하나였다.

우선 너도밤나무들 사이로 보이는 탁 트인 전망이 좋다. ― 아, 내 기억에 나는 이미 자네에게 여러 번이나 이 장소에 관해 써 보낸 것으로 생각되네. 참나무들이 높이 자란 나머지 사람을 네 벽 안에 다소곳이 품어주는 듯하고 조경해 놓은 수림(樹林)이 연이어져 있었기 때문에 가로수 길이 점점 더 어둑어둑해지다가 마지막에는 모든 것이 하나의 폐쇄된 공터에서 끝나게 되는데, 고독의 섬뜩한 전율 같은 것이 이 장소를 감돌고 있다. 어느 한낮에 처음으로 이 공터 안으로 들어섰을 때 내 기분이 얼마나 고즈넉하던지 나는 그때의 그 기분을 지금도 느낀다. 그래서 나는 이 장소가 장차 어떤 무대가 될 것인지 어렴풋이 예감했다. 그것은 지복(至福)과 고통이 섞바뀌는 무대가 될 것이었다.

이렇게 내가 약 반시간쯤 이별과 재회에 대한 애달프고도 달콤한 사념에 젖어 왔다 갔다 하고 있으려니 이윽고 그들이 전망대를 올라오는 소리가 들려왔다. 나는 그들을 향해 다가갔다. 그리고는 일말의 전율을 느끼면서 그녀의 손을 잡고 거기다 입을 맞추었다. 우리가 전망대 위로 막 올라서자 관목들로 뒤덮인 언덕 뒤에 달이 떠오르고 있었다. 이런 저런 얘기를 나누는 동안 어느 사이엔가 우리는 그 어두컴컴한 밀실에 가까이 다가가 있었다. 로테가 들어가 앉았고 알베르트는 그녀 옆에 앉았으며 나 역시 앉았다. 하지만 심기가 불안정했기 때문에 나는 오래 앉아 있지 못했다. 나는 일어서서 로테 앞으로 다가갔다가 또 왔다 갔다 하기도 했으나 다시금 앉았는데, 불안한 상태였다. 그녀는 참나무로 된 벽면 꼭대기에서 우리 앞의 테라스 전체를 훤히 비춰주고 있는 달빛의 아름다운 작용에 대해 우리의 주의를 환기시켰다. 우리 주위는 짙은 어스름으로 감싸주고 있으니 훌륭한 경치가 그만큼 더 밝게 눈에 들어온다는 말이었다. 그리고 잠시 후에 그녀가 말하기 시작했다. "달빛 아래를 산책할 때면 난 언제나 돌아가신 분들 생각이 나요. 언제나 그래요. 언제나 죽음과 미래에 대한 생각에 잠기게 돼요. 우리도 그리로 가겠지요!" 하고 그녀는 아주 장엄한 감정이 실린 목소리로 계속 말했다. "그런데, 베르터 씨, 거기서도 우리 다시 만나게 될까요? 다시 알아볼 수 있을까요? 당신 예감은 어때요? 어떻게 생각하세요?"

"로테!" 하고 나는 그녀에게 한 손을 내밀면서 두 눈에 눈물을 가득 머금고서 말했다. "우리는 다시 만나게 될 겁니다! 이승에서도 저승에서도 다시 만나게 될 것입니다!" — 나는 더 이상 말을 계속할 수 없었다. — 빌헬름이여, 이 내 가슴에 그 불안한 이별을 품고 있는 그 순간에 그녀가 하필이면 내게 이런 질문을 해야만 했을까!

"그런데 사랑하는 고인들이 우리에 대해 아실까요?" 하고 그녀가 말을 계속했다. "우리가 잘 지내고 있다는 것, 또 우리가 따뜻하고도 사랑하는 마음으로 그분들을 기억한다는 사실을 느끼실까요? 아, 내가 고요한 저녁에 어머니의 아이들, 아니, 내 아이들 사이에 앉아 있고, 아이들이 예전에 어머니 주위에 모여 있던 것처럼 내 주위에 모여 있으면, 그럴 때마다 어머니의 모습이 늘 내 주위를 둥둥 떠다닌답니다. 그래서 나는 그리움 가득한 눈물에 젖어 하늘을 쳐다보면서 어머니가 한순간이라도 이곳을 내려다보실 수 있기를 소망하지요. 임종 때에 어머니께 했던 약속, 동생들의 어머니가 되어 주겠다던 그 약속을 내가 지키고 있는 모습을 내려다보실 수 있었으면 하구요. 그럴 때면 아주 간절한 느낌으로 외친답니다 — '그리운 어머니, 동생들한테 소중한 존재이셨던 어머니, 제가 지금 동생들한테 꼭 그와 같은 존재가 못 된다면, 저를 용서해 주세요. 아, 정말이지 저는 제가 할 수 있는 모든 것을 다 하고 있답니다. 저는 동생들을 입혀주고 먹여주고 있습니다. 아, 실은 이런 모든 것보다 더 많은 것을 해 주고 있는데, 그것은 보살펴주고 사랑해주고 있는 것입니다. 하늘에 계신 사랑하는 어머니, 만약 우리 남매들의 화목한 모습을 보신다면, 애절하기 그지없는 최후의 눈물을 흘리시면서 아이들의 안녕을 간구하셨던 바로 그 하느님께 이제 뜨겁기 그지없는 감사를 드리시면서 그분을 찬미하실 겁니다.'"

이렇게 그녀가 말했네! 아, 빌헬름이여, 누가 그녀의 이 말을 재현할 수 있겠나! 냉정하고 죽은 문자가 천상적으로 피어난 이 정신의 꽃을 어찌 다 표현할 수 있겠나! 알베르트가 온화한 음성으로 그녀의 말을 가로막고 들었다. "너무 세찬 감동에 휘말렸어요, 로테! 당신의 영혼이 자주 그런 생각에 빠져드는 건 알아요. 하지만 부디……" "아, 알베르트!" 하고 그녀가 말했다. "우리가 그 조그만 원탁 곁에 함께 앉아 보내던 저녁 시간들을 잊지 않고 기억하겠지요! 아버지는 여행 중이셨고 우리 둘은 동생들을 잠자리로 보낸 다음이었지요. 당신은 자주 책 한 권을 들고 있곤 했었지만 그것을 조금이라도 읽게 되는 때는 퍽 드물었지요. — 어머니의 숭고하신 영혼과 소통하는 일이 다른 모든 일보다 더 중요하지 않았던가요? 아름답고 온화하며 쾌활하신 데다 늘 활동적이셨던 여인이셨지요! 자주 침대 위에서 나는 하느님 앞에 무릎을 꿇고 눈물을 쏟으며 부디 내 어머니를 본받게 해 주십사 하고 빌곤 했지요. 나의 그 눈물은 하느님께서도 아실 테지요."

"로테!" 하고 내가 소리치면서 그녀 앞에 무릎을 꿇었다. 그리고는 그녀의 한 손을 잡고 쏟아지는 눈물로 그 손을 적셨다. "로테! 하느님의 축복이 늘 당신 머리 위에 임하실 것이고 어머님의 혼령 또한 그렇게 임해 주실 겁니다!" — "당신도 내 어머니를 아셨더라면 좋았을 텐데요!" 하고 로테가 내 손을 꼭 쥐어 주면서 말했다. — "어머니는 당신이 알 만한 자격을 지니신 분이었답니다!" — 순간 나는 황홀해서 정신이 아뜩하였다. 지금까지 나를 이보다 더 위대하게, 이보다 더 자랑스럽게 지칭해 준 말은 결코 없었다. — 그녀는 말을 계속했다. "그런데 이 여인은 한창 나이에, 막내아들이 생후 겨우 여섯 달 되던 때에 세상을 떠나지 않으면 안 되었어요! 병환이 오래 가지도 않았어요. 어머니는 조용히 운명에 순종하셨고 다만 아이들 때문에 가슴 아파 하셨지요. 특히 막내 때문에요. 임종 무렵이 되자 어머니가 나에게 '아이들을 데려와 다오!' 하고 말씀하셔서, 내가 아이들을 방 안으로 데리고 왔지요. 꼬마들은 영문을 모른 채, 큰 아이들은 멍한 상태로 모두들 침대 주위에 모여 서게 되었을 때, 어머니는 두 손을 쳐들고 그들을 위해 기도하셨으며 차례대로 그들에게 키스해 주시고는 그들을 내보내신 다음, 나에게 말씀하셨어요. '그들의 엄마가 되어다오!' — 나는 어머니의 손을 잡고 그렇게 하겠다고 맹세했어요. — '내 딸아!' 하고 어머니가 말씀하셨어요. '지금 넌 많은 것을 약속하고 있다. 한 어머니의 가슴과 한 어머니의 눈을 가지겠다고 약속하는 거야. 자주 난 너의 그 감사해 하는 눈물을 보곤 했지. 네가 한 어머니의 가슴과 눈이 무엇인지를 느끼는 것 같더구나. 네 형제자매들을 위해 그런 가슴과 눈을 지녀다오. 그리고 네 아버지를 위해서도 한 여인으로서의 충직과 순종을 지키려무나. 넌 아버지에게 위로가 될 거야.' — 어머니가 아버지는 어디 계시냐고 물으셨지요. 아버지는 당신이 느끼시는 참기 어려운 슬픔을 우리한테 감추시기 위해 출타 중이셨어요. 당시 아버지는 가슴이 완전히 찢어져 버린 것 같았을 거예요.

알베르트, 그때 당신도 방 안에 있었지요. 어머니는 누군가 방 안을 거닐고 있는 소리를 들으시고 누구냐고 물으시더니 당신을 자기 곁으로 오도록 하셨지요. 그리고는 우리가 당시 서로 행복하고 앞으로도 함께 행복하게 잘 살 거라는 데에 대해 위로를 받으신 차분한 시선으로 당신을 바라보시고 또 나를 바라보셨어요……" ― 알베르트가 그녀의 목을 껴안으며 그녀에게 키스하고는 소리쳤다. "우리는 지금 행복해! 우리는 앞으로도 행복하게 살 거야!" ― 평소 조용한 성품의 알베르트가 완전히 제정신이 아니었다. 그리고 나도 정신을 차릴 수 없었다.

"베르터 씨!" 하고 로테가 다시 말을 시작했다. "그런 여인이 세상을 떠나야 하다니요! 하느님도 무심하시지! 삶에서 자신이 가장 사랑하는 사람을 떠나보낸다는 것이 어떤 것인지 이따금 생각하게 돼요. 아무도 아이들만큼 그 아픔을 절절하게 느끼지는 못하지요. 아이들은 시커먼 남자들이 엄마를 메고 나가더라며 두고두고 탄식을 해댔거든요."

로테가 일어섰다. 그래서 나는 정신이 들었지만 아직도 충격에 휩싸인 나머지 그대로 앉아 있었고 그녀의 손을 잡고 있었다. ― "이제 우리 그만 가지요" 하고 그녀가 말했다. "갈 시간이에요." ― 그녀가 자기 손을 빼내려 했다. 그래서 나는 그 손을 더 힘차게 잡았다. ― "우리는 다시 보게 될 것입니다" 하고 나는 외쳤다. "우리는 다시 만나게 될 겁니다. 어떤 모습을 하고 있더라도 우리는 다시 알아보게 될 것입니다. 나는 갑니다." 하고 나는 계속해서 말했다. "나는 자원해서 갑니다. 하지만, 영원히 가야 한다고 말하라면, 나는 그것을 참을 수 없을 것입니다. 잘 있어요, 로테! 잘 있어요, 알베르트! 우리 다시 봅시다." "내일 다시 보자는 말이겠지요." 하고 그녀가 농담조로 대꾸했다. — 나는 그 내일이란 말의 의미를 실감했다. 아, 그녀는 그 의미를 모르는 채 자기 손을 내 손으로부터 빼내었다. — 그 둘은 가로수 길 바깥으로 걸어 나가고 있었다. 나는 거기 서서 달빛 아래를 걷고 있는 그들의 뒷모습을 보았다. 그리고는 땅 바닥에 주저앉아 흐느껴 울었다. 나는 벌떡 일어나 전망대 위로 뛰어올라갔다. 그리고는 저 아래 키 큰 보리수들의 그늘 속에서 아직도 그녀의 흰 옷이 정원의 문을 향해 어슴푸레 빛을 발하는 것을 보았다. 나는 내 두 팔을 한껏 뻗어보았지만, 이윽고 그 옷까지도 사라지고 말았다.

제 2 권

1771년 10월 20일

어제 여기에 도착했다. 공사는 몸이 불편해서 며칠 동안 집에 머물 것으로 보인다. 그가 그렇게 고약한 사람만 아니라면 모든 것이 다 좋을 텐데! 나는 운명이 나에게 고된 시련을 주려 하는 것 같이 느낀다. 어쩐지 그런 느낌이 든다. 하지만 용기를 내어야지! 경쾌한 마음은 모든 것을 잘 감당하도록 만든다! 경쾌한 마음? 어쩌다 이런 말이 내 펜 끝에 오르게 되었는지 웃음이 다 난다. 아, 약간이라도 좀 더 경쾌한 피를 타고 났더라면 나는 이 하늘 아래에서 가장 행복한 사람이 될 수도 있을 텐데! 이 무슨 장난인가! 다른 사람들은 약간의 능력과 재능을 지니고도 안이한 자아도취에 빠져 내 눈앞에서 멋대로 떠들며 활보하고 다니는 판에, 나는 내 능력에, 내가 부여받은 재능에 대해 절망하고 있으니! 이 모든 것을 내게 선사하신 훌륭하신 하느님이시여, 차라리 그 반을 보류하신 채 왜 저에게 자기 신뢰감과 자족감을 주시지 않으셨습니까?

참자! 암, 참아야지! 나아질 거야. 친구여, 정말이지 자네 말이 옳긴 옳아! 내가 이곳 사람들 사이에서 매일 시달리고 그들이 하는 행동과 그들이 살아가는 모습을 보니 그 이래로 나는 나 자신과 훨씬 더 나은 관계를 지니게 되었다네. 그래, 우리는 모든 사람들을 우리 자신과 비교하고 또 우리 자신을 모든 다른 사람들과 비교하면서 살아가게 되어 있다는 건 틀림없는 사실이다. 그 때문에 행복한가, 불행한가 하는 것은 우리가 우리 자신을 어떤 대상들과 비교하느냐에 달려 있게 된다. 그러니, 고독보다 더 위험한 상태가 없게 되는 것이다. 우리의 상상력은 그 본성상 고상한 것을 추구하게 되고 문학작품을 통해 환상적 이미지들을 받아들인 나머지 우리보다 더 고상한 일련의 존재들을 공상하게 된다. 그리하여 그 존재들과 비교하자면 우리가 가장 하급의 존재들이 되어 버리고 우리 이외의 모든 사람들이 우리보다 더 훌륭한 존재들처럼 보이고 다른 사람들은 모두 우리보다 더 완전한 존재처럼 보인다. 그래서 그것이 아주 자연스러운 사실로 된다. 우리가 자주 우리 자신에게 많은 것이 부족하다고 느끼고, 우리에게 부족한 바로 그것을 자주 어떤 다른 사람이 소유하고 있는 것처럼 생각하게 된다. 그래서 우리가 가진 모든 것조차도 그런 사람에게 덧붙여 주고, 심지어는 그 어떤 이상적인 쾌적감까지도 덧붙여 준다. 그래서 행복한 사람이라는 관념이 완성되는데, 그것은 순전히 우리 자신의 공상이 만들어낸 피조물이다.

이와 반대로, 만약 우리가 우리의 모든 결점과 곤궁한 여건에도 불구하고 계속 올곧게 일해 나간다면, 우리가 비록 어슬렁거리고 때로는 갈지자걸음을 걷더라도 순풍에 돛을 달고 노를 열심히 저어가는 다른 사람들보다도 훨씬 더 큰 성공을 거두게 되는 경우도 자주 발견하게 된다. 그런데 이러다가 결국 다른 사람과 똑같이 되거나 심지어 더 낫게 될 때에 우리가 진정으로 우리 자신을 자각하게 되는 것이다.

1771년 11월 26일

이제 여기에서 그럭저럭 지낼 수 있겠다는 생각이 들기 시작했다. 가장 좋은 것은 할 일이라면 얼마든지 있다는 사실이다. 그리고 그 다음으로 좋은 것은 많은 종류의 인간들이, 온갖 종류의 새로운 인간 유형들이 내 영혼 앞에서 다채로운 연극을 하고 있는 것 같다는 사실이다. 나는 C백작을 알게 되었는데, 날이 갈수록 더욱더 존경하지 않을 수 없는 사람이다. 폭이 넓고 박식한 두뇌의 소유자인데, 그렇다고 해서 냉담하지도 않은 것은 그가 많은 사실을 조감할 능력이 있기 때문이다. 그와 교제하고 있으면 우정과 사랑에 대한 다양한 감수성이 찬연하게 빛을 발하곤 한다. 내가 어떤 업무상의 위임 사항을 그에게 전하자 그는 첫 몇 마디 말에 이미 우리가 서로 잘 이해할 수 있는 사이이며 자기가 나와는 보통 사람들하고는 다른 특별한 대화를 할 수 있을 것이라는 사실을 알아차리고는 나에게 특별한 관심을 보여 주었다. 나 역시 나에 대한 그의 솔직한 처신을 이루 다 칭송하기가 어려울 지경이다. 상대에게 마음을 활짝 여는 위대한 영혼을 보는 것만큼 참되고 따뜻한 기쁨은 이 세상에 없다.

1771년 12월 24일

공사가 내게 많은 짜증을 불러일으키고 있는데, 이것을 나는 미리 예견했다. 그는 세상에 존재할 수 있는 가장 정확한 바보이다. 일을 한 걸음 한 걸음씩만 진척시키면서 말 많은 아줌마처럼 꾀까다롭기만 하다. 자기 자신에게 결코 만족할 수 없는 인간이다. 그래서 아무도 그에게서 감사하는 마음을 받아내지 못한다. 나는 일을 날렵하게 해치우기를 좋아하고, 그런 다음에는 그 상태로 그냥 놓아둔다. 그 때문에 그가 내게 서류를 돌려주면서 이렇게 말할 빌미가 되곤 한다. "잘 되었어. 그러나 한번 훑어보시게. 언제나 더 나은 어휘, 보다 산뜻한 접속사나 전치사를 발견하게 되지." — 이럴 때마다 나는 화가 나서 미칠 지경이다. '그리고'라든지 무슨 사소한 접속사 하나라도 빠트려서는 안 된다. 나도 모르게 자주 쓰게 되는 도치법(倒置法)만 보면 그는 아주 질색을 한다. 그의 복문(複文)을 관행적 어조로 술술 외워서 — 교회에서 찬송가를 부를 때에 오르간 반주를 해 주듯 — 서류를 꾸며 놓지 않으면, 그는 문맥을 전혀 이해하지 못한다. 이런 인간과 관계를 해야 한다는 것은 괴로운 일이다.

C백작의 친절한 신뢰만이 그래도 내 마음을 손상시키지 않

고 유지시켜 주고 있는 유일한 위안이다. 최근에 그는 나한테 아주 솔직히, 내 상관인 공사가 일을 너무 느리게, 그리고 너무 소심하게 처리하는 것이 매우 불만이라고 말했다. "그렇게 사람들은 자기 자신한테는 물론이고 남들한테도 어려움을 불러온단 말일세" 하고 그가 말했다. "하지만 그럴 때에는 산을 넘어가야 하는 여행자처럼 체념할 줄 알아야 하지. 하기야 산이 없다면 길이 훨씬 더 편하고 짧을 거야. 그러나 산이 이미 거기에 있다면, 어차피 그 산을 넘어가야 할 것 아닌가!" —

공사 영감도 아마 백작이 자기보다는 나를 더 좋아한다는 것을 느끼고 있는 것 같다. 그래서 이 사실에 화가 난 그는 걸핏하면 나에게 백작에 대해 나쁜 말을 하곤 했다. 자연스럽게도 나는 그의 의견에 반대했는데, 이로 인해 사정은 더욱 악화될 따름이었다. 어제는 공사가 나를 화나게까지 만들었다. 왜냐하면 나까지 싸잡아 함께 욕하는 것 같았기 때문이었다. 백작이 세상사 처리를 아주 잘하고 일을 아주 날렵하게 잘 처리해 내며 글도 곧잘 쓰지만, 모든 순수 문학가들이 다 그러하듯이 그에게는 철저한 학식이 결여되어 있다는 것이었다. 이 말을 하면서 그는 마치 '어때? 너도 따끔 하지?' 하고 말하고 싶은 듯한 표정을 지었다. 그러나 그 말은 내게는 효과가 없었다. 이렇게 생각하고 이런 식으로 처신할 수 있는 인간을 나는 경멸하고 있었다. 나는 그에게 저항하면서 꽤 격렬하게 반박하고 나섰다. 나는 백작이 그의 성격 때문만이 아니라 그의 지식 때문에도 존경을 받아 마땅한 분이라고 말했다. "자신의 정신세계를 그분만큼 훌륭하게 잘 확장시키신 사람을 저는 본 적이 없습니다" 하고 나는 말했다. "그분은 수많은 대상들을 조감할 수 있게끔 자신의 정신세계의 폭을 넓히셨지만 일상생활을 위한 활동력도 훌륭히 유지하고 계십니다." — 이것은 공사 같은 사람의 두뇌로써는 도저히 이해할 수 없는 소리였다. 그래서 나는 계속해서 헛소리를 지껄이다가는 울화통만 더 터질 것 같아서 그걸 피하기 위해 공사에게 작별을 고하고 물러나왔다.

그런데 일이 이렇게까지 된 데에는 내 어머니와 자네가 내게 쓸데없는 소리를 해서 내가 이런 굴레를 쓰도록 만들고 나에게 활동 운운하며 노래를 불러댄 탓이 크네. 활동이라! 감자를 심고 말 타고 시내로 들어가서 자기가 재배한 곡식을 파는 사람이 나보다 더 활동적이지 않은가! 만약 내가 하는 이 일이 더 활동적이라면, 나는 지금 내가 사슬로 묶여 있는 이 노예선 위에서 10년이라도 더 일하겠다!

게다가 이곳에서 서로 눈치를 보며 살아가고 있는 가증스러운 인간들 사이에서 겉은 근사하게 보이지만 실은 비참하고 권태롭게 살아야 하는 것이다! 단지 서로 감시하고 조심할 뿐인 이 인간들 사이에는 남보다 한 발자국이라도 앞서 가려는 출세욕만 판을 치고, 참으로 가련하고 꼴불견이라 할 온갖 집착들이 아주 발가벗은 채 노출되고 있다. 이를 테면 어떤 여자가 하나 있는데, 누구한테나 자신의 귀족 신분과 자신의 영지(領地)에 대해 자랑을 늘어놓기 때문에, 외지에서 온 사람은 누구나 '참, 바보 같은 여자로군! 자신의 알량한 귀족 신분과 자신의 영지의 유명세를 빌미로 무슨 굉장한 동화를 꿈꾸다니!'하고 생각하지 않을 수 없을 지경이다. — 그러나 이보다 훨씬 더 기분 나쁜 것은 바로 이 여자가 여기 이 근처 출신으로서 어느 관청 서기의 딸이라는 사실이다. — 그래, 난 인간이란 족속을 도저히 이해할 수 없다. 어쩌다가 사람이 이렇게 노골적으로 자신의 명예를 더럽힐 수 있을 만큼 분별력을 잃을 수 있는지 모르겠단 말이야.

친구여, 사실 나는 날이 갈수록 더 많이 알아차려 가고 있네, 사람들이 어리석게도 자신의 잣대로 남을 평가하고 있다는 것을. 그런데 나는 나 자신의 문제에 골몰할 일이 너무 많고 이 내 가슴이 너무나 폭풍우와도 같이 들끓고 있기 때문에 — 아, 나는 다른 사람들이 자기들의 갈 길을 가도록 기꺼이 내버려 두고 싶다, 그들도 내가 나의 길을 가도록 제발 날 내버려 둬 줄 수 있다면 말일세.

나를 가장 화나게 하는 것은 이 치명적인 시민 신분이다. 사실 나도 한 시민으로서 신분의 격차가 필요하고 그것이 나 자신에게도 많은 이익을 주고 있다는 것을 잘 알고 있다. 하지만 제발 이 신분 격차라는 것이 내가 이 지상에서 약간의 기쁨, 한 줄기 행복의 섬광을 즐기는 데에 방해가 되지는 말았으면 싶다. 근자에 나는 산책을 하던 중에 B양이라는 귀족 아가씨를 알게 되었는데, 이 부자연스러운 삶 한가운데에서 아직도 많은 자연스러운 본성을 간직하고 있는 사랑스러운 여자다. 우리 둘은 대화중에 서로 호감을 느꼈다. 그래서 우리가 헤어질 때에 나는 그녀의 집을 방문해도 좋겠느냐고 허락을 구했다. 그녀는 내게 너무나 선선히 그것을 허락했기 때문에 나는 그녀에게 갈 적절한 순간을 느긋이 기다리지 못하고 그 방문을 당장 실행에 옮겼다. 그녀는 이 지방 출신이 아니었고 아주머니의 저택에서 기거하고 있었다. 그 노부인의 인상이 내 마음에 들지 않았다. 나는 그 부인에게 많은 주의력을 기울였고 나의 대화는 주로 그녀를 상대로 이루어졌다. 그래서 반시간도 채 안 되는 동안에 나는 나중에 B양 자신이 내게 고백한 사실들을 이미 상당히 알아차려 버렸다. 즉, 그 아주머니는 노년에 여러 가지 결핍에 쪼들리고 있었고 착실한 재산도 없었으며 정신적 교양도 지니고 있지 못했다. 그녀는 조상들을 나열하는 것 외에는 그 어떤 의지할 것도 없었고, 그녀가 말뚝을 쳐서 자신을 그 안에 가둔 귀족이란 신분 이외에는 그 어떤 보호막도 없었으며, 자기 집 이층으로부터 지나가는 시민 신분의 사람들의 머리를 내려다보며 경멸하는 것 외에는 다른 즐거움이 없었다. 그녀는 젊었을 적에는 미인이었다고들 하지만, 자기 인생을 스스로 속이면서 허송했는데, 처음에는 심술을 부리며 많은 불쌍한 청년들을 괴롭혔고 보다 성숙한 나이에는 고개를 숙여 어느 늙은 장교에게 순종하였다. 그 대가로 그 노장교는 꽤 넉넉한 생활비를 대주면서 그녀와 노년기를 함께 보내다가 세상을 떠났다. 그녀는 이제 말년에 홀로 남은 자신을 바라보게 되었으며, 만약 그녀의 조카딸이 그렇게 사랑스럽지 않다면 아무도 그녀를 한번 쳐다보지도 않을 것이다.

1772년 1월 8일

대체 무슨 인간들이 자신들의 온 영혼을 의전(儀典)에만 바친단 말인가! 그들의 서류작성과 행동거지가 여러 해 동안 오직 식탁에서 한 자리 더 상석으로 옮겨 앉는 것을 목표로 하고 있으니! 그 외에는 할 일이 없어서 그러는 것이 아니다! 이런 사소한 혐오스러운 짓거리들을 하느라고 중요한 사건들을 신속하게 처리하지 못하기 때문에 오히려 할 일이 산더미처럼 쌓인다. 지난주에 썰매타기를 하던 중에 말다툼이 벌어졌다. 그래서 즐거운 분위기가 깨어지고 말았다.

원래는 지위란 것이 전혀 중요하지 않다는 사실을 인식하지 못하는 바보들! 제일 높은 자리를 차지한 인간이 제일 중요한 역할을 하는 경우가 드물다는 것을 알지 못하는 바보들! 많은 왕들이 그들의 장관들을 통해, 그리고 많은 장관들이 그들의 비서들을 통해 조종되고 있는 것이다. 그렇다면 누가 최상위란 말인가? 내 생각으로는 다른 사람들을 조감할 수 있는 자, 자기 계획을 실현하기 위해 자신의 에너지와 열정을 응집시키기에 충분한 능력이나 계책을 갖고 있는 자일 것이다.

1월 20일

경애하는 로테, 나는 굉장한 번개와 천둥을 피해 들어온 여기 어느 농가의 보잘것없는 구석방에서 당신에게 이 편지를 쓰지 않을 수 없습니다. 내가 D라는 그 슬픈 도시에서 내 가슴과는 아주 먼 낯선 사람들 사이를 돌아다니고 있었을 때에는 내 가슴이 당신에게 편지를 쓰라고 명할 만한 순간을 전혀, 단 한 번도 갖지 못했어요. 그런데 이제, 이 오막살이에서, 이 고독 속에서 그리고 이 제한된 환경 속에서, 눈과 우박이 여기 내 방의 조그만 창문을 때리고 있는 가운데에서야 당신이 내 생각에 맨 먼저 떠올랐습니다. 내가 이 방에 들어서자 당신의 모습, 당신에 대한 기억이 나를 덮쳐 왔지요. 아, 로테, 아주 성스럽고 따뜻한 당신의 모습과 당신에 대한 기억 말입니다. 아, 훌륭하신 하느님, 그 행복했던 첫 순간이 다시 찾아온 것이네요.

만약 당신이 나를 본다면, 경애하는 친구여, 극도의 혼란에 빠져 허우적거리는 꼴을 보게 될 겁니다! 나의 오관이 얼마나 메말라 가는지! 가슴의 충일을 느끼는 건 단 한순간도 없고 단 한 시간의 복된 시간도 느끼지 못해요. 아무것도, 아무것도 느끼지 못해요. 마치 요지경 앞에라도 서 있는 듯 나는 난장이들과 조랑말들이 내 눈앞에서 이리저리 움직이는 것을 보고 있는데, 자주 이것이 환시(幻視)가 아닌가 하고 자문해 보곤 한답니다. 내가 분명 어떤 역할을 함께 하고 있지만, 마치 꼭두각시처럼 연기를 하게끔 조종을 받고 있는 것 같기도 해서 이따금 내 이웃 사람의 나무로 된 손을 잡아보려다가 소스라쳐 놀라면서 몸을 뒤로 빼곤 하지요. 나는 일출을 보기로 저녁에는 계획을 세우지만 제때에 자리에서 일어나지를 못해요. 낮에는 달빛을 즐기기를 희망하지만 내 방에 머물고 말아요. 나는 왜 기상을 하는지 왜 잠자러 가는지도 제대로 모르겠습니다. 나의 삶을 움직여 오던 효모가 없어졌어요. 깊은 밤에 나를 활발하게 유지시켜 주고 아침마다 나를 잠에서 깨워주던 자극이 어디론가 사라져 버렸어요.

유일하게 여성적인 한 아가씨를 여기서 알게 되었는데, B양이란 사람입니다. 그녀는 당신을 닮았어요, 경애하는 로테, 누군가가 당신을 닮을 수 있다는 것이 가능하다면 말입니다. "원!" 하고 당신은 말할 것입니다. "이 사람이 달콤한 칭찬을 다하고!" 전혀 틀린 말은 아닙니다. 나는 달리는 살 수 없기 때문에 얼마 전부터 아주 애교 있는 사람이 되었고 재담도 많이 하게 되었답니다. 그래서 여자들은 아무도 나만큼 센스 있게 칭찬을 할 줄 모를 것이라고들 말한답니다. (거짓말도 잘할 거라고 당신은 덧붙이겠지요. 왜냐하면 거짓말을 하지 않고는 칭찬이 잘 안 될 테니까요. 무슨 말인지 이해하시겠지요?) B양에 대해 이야기하려던 참이었지요. 그녀는 풍부한 영혼의 소유자로서 그녀의 파란 두 눈으로부터 흘러나오는 시선에는 온갖 감정들이 실려 있답니다. 가슴에 품고 있는 소망들 중 아무것도 만족시켜 줄 수 없는 그녀의 귀족 신분이 그녀에게는 오히려 짐이 되고 있습니다. 그녀는 소란스러운 일상으로부터 벗어나기를 동경하고 있어요. 그래서 우리는 전원적인 풍경 속에서 순정한 행복감에 대해 공상하면서 많은 시간을 함께 보내지요. 아, 당신에 대해서도 얘기를 한답니다! 그녀가 얼마나 자주 당신에게 경의를 표해야 했던지! 해야 했다는 건 아니고, 자발적으로 그랬지요. 그녀는 당신에 대한 얘기를 즐겨 듣고, 당신을 사랑합니다. —

아, 그 정답고 친숙한 방 안에서 당신의 발치에 앉아 있다면! 그래서 사랑하는 꼬마 동생들이 내 주위에서 서로 뒹굴며 돌아다니면 좋으련만! 그러다가 아이들이 당신에게 너무 시끄럽게 느껴지겠다 싶을 때에는 내가 무서운 동화를 들려준다며 아이들을 내 주위로 불러 모아서 조용하게 만들 수 있을 텐데요!

눈이 석양을 받아 반짝이는 산지 위에서 태양이 장엄하게 지고 있고, 폭풍우는 지나갔네요. 그리고 나는 — 다시금 나의 새장 안으로 나 자신을 가두어야만 하겠습니다. — 잘 있어요! 알베르트가 당신 집에 머물고 있나요? 그리고 당신을 어떻게 대하고 있나요? 나의 이런 질문을 하느님께서 용서하시기를!

2월 8일

일주일 이래로 지독한 날씨가 지속되고 있다. 하지만 이게 나한테는 차라리 좋다. 이런 말을 하는 이유는 내가 여기로 온 이래 천기가 좋은 날에는 꼭 누군가가 내 기분을 망쳐놓든가 아니면 내게서 그 좋은 날씨를 빼앗아가곤 했기 때문이다. 이제 비가 많이 오고 눈보라 치고 얼음이 얼고 또 얼음이 녹으면, 나는 '아하! 집에 머물러도 바깥에 있는 것보다 더 나쁠 건 없겠군! 또는 그 반대로 바깥에 나간다 해도 괜찮겠군!' 하고 생각한다. 아침에 해가 뜨고 화창한 날이 예견되면 나는 혼자 외치지 않을 수 없다 — '이제 사람들은 또 다시 하늘로부터 서로 차지하려고 아귀다툼을 벌일 수 있는 선물을 받았구나. 그들이 서로 아귀다툼을 벌이지 않는 대상은 아무것도 없지. 건강, 명예, 즐거움, 휴식 등등!' 그런데 이런 다툼이란 대개는 어리석음, 부족한 이해력, 협소한 마음가짐에서 생긴다. 그런데도 그들이 하는 말을 들어보면, 자기들 깐에는 최선의 견해를 내어놓았다는 투다. 이따금 나는 그들 앞에 무릎을 꿇고 제발 그렇게 미친 듯이 자기 자신의 속마음을 들쑤시지 말라고 간청하고 싶다.

2월 17일

공사와 내가 더 이상 오래 일을 함께 해나갈 수 없게 되지나 않을까 걱정된다. 그는 도저히 참고 견딜 수 없는 사람이다. 그가 일하고 사무를 처리하는 방식이 너무 가소로운 나머지 나는 참지 못하고 그의 말에 반박하고 자주 어떤 일을 내 판단, 내 방식에 따라 처리하곤 하는데, 이것이 그의 마음에 결코 들지 않는 것은 참으로 자연스러운 노릇이다. 근자에 그는 이에 대해 궁정에다 나를 질책하는 보고를 했다. 그래서 장관이 나에게 경미한 수준의 견책 조치를 내렸다. 경미하긴 했지만 그래도 견책은 견책이었다. 그래서 내가 사직서를 제출할 참이었는데, 그때 나는 그로부터 한 통의 사신(私信)[19]을 받았다. 그 사신 앞에 나는 무릎을 꿇고 그 고상하고 고귀하며 현명한 뜻에 경의를 표하였다. 편지에서 그는 나의 너무 예민한 감정을 나무라고, 다른 사람들에 미치는 작용과 영향을 고려한, 그리고 업무의 철저성을 기하기 위한 나의 엉뚱한 아이디어들을 젊은이다운 훌륭한 용기로서 존중한다 했으며, 그 아이디어들을 말살하지 않고 단지 완화시키고자 하고 그것들이 진정한 역할을 해 낼 수 있고 힘찬 영향력을 발휘할 수 있는 무대로 인도해 주고자 한다고 했다. 나 역시 일주일 만에 원기를 회복하고 나 자신의 내심과의 일치를 이룰 수 있었다. 영혼의 안정이라는 것은 훌륭한 상태이고 자기 자신에 대한 기쁨이다. 사랑하는 친구여, 이 보석과도 같은 상태가 아름답고 값진 것인 만큼 또 그만큼 쉽게 깨어지지도 않으면 좋으련만!

2월 20일

친애하는 친구들이여, 하느님께서 그대들을 축복하시기를! 그리고 내게서 앗아가시는 그 모든 좋은 날들을 부디 그대들한테 베풀어 주시기를!

---

19 (원주) 이 편지와 아래에서 언급될 또 하나의 편지는 이 훌륭한 필자 양반을 위한 존경심에서 이 편지 모음집에 수록하지 않기로 했다. 설령 독자들이 따뜻한 감사를 표할 것이 기대된다 하더라도 그런 대담한 공개가 정당화될 수 있을 것이라고 믿을 수 없기 때문이다.

알베르트, 자네가 날 속인 데에 대하여 감사하네. 나는 그대들의 결혼일이 언제일까 하고 소식을 기다리고 있었지. 그리고 바로 그날 로테의 실루엣을 벽에서 떼어내는 엄숙한 의식을 거행하고 그것을 다른 서류들 틈에 묻어 둘 계획을 세우고 있었다네. 이제 그대들은 한 쌍의 부부가 되었고 그녀의 그림은 아직도 여기에 있군. 이제 그것은 그대로 두도록 하겠네. 그래서는 안 될 이유가 무엇 있겠는가? 나는 내가 그대들과 함께 있음을 알고 있고, 나는 자네에게 해가 되지 않으면서 로테의 가슴 속에 자리 잡고 있네. 그렇지, 나는 그 안에서 두 번째 자리를 차지하고 있지. 그러니 나는 그 자리를 지키고 싶고 또 지켜야만 해. 아, 만약 그녀가 나를 잊을 수 있다면 난 미쳐 버리고 말 것 같다네. — 알베르트, 이런 생각 속에 일종의 지옥이 있네. 알베르트, 잘 살게! 잘 살아요, 하늘의 천사! 잘 살아요, 로테!

3월 15일

나는 불쾌한 일을 겪은 나머지 여기를 떠나야 할 것 같다. 분해서 이가 갈린다! 제기랄! 이 불쾌한 일은 보상될 수 없는 성질의 것이고, 이건 전적으로 어머니와 자네의 탓이네. 나에게 박차를 가하여 몰아대고 괴롭혀서 내가 원하지도 않는 직장으로 오도록 만들지 않았나. 결국 나는 지금 이 꼴을 당한 거야! 어머니와 자네도 이 꼴을 당한 것이고! 자넨 또 나의 엉뚱한 아이디어들이 모든 것을 망친다고 말할 테지만, 친구 양반, 그런 말 못하시도록 내 여기서 이야기 하나를 해 주겠네. 연대기 서술자가 기록하듯이 그렇게 평이하고도 간명하게 서술되는 이야기일세.

C백작이 나를 애호하고 나를 특대한다는 것은 널리 알려진 사실이다. 그것을 나는 벌써 수십 번 이상 자네에게 말한 바 있다. 그런데 어제 나는 그의 저택에 식사 초대를 받았는데, 바로 이어서 저녁에 그 집에서 귀하신 신사 숙녀분들의 파티가 열리게 되어 있었다. 나는 그런 모임이 있을 줄은 전혀 생각을 못했으며, 우리 같은 하위직 공무원이 얼씬 거릴 장소가 아니라는 것을 조금도 눈치 채지 못하고 있었다. 아무튼 나는 백작댁에서 식사를 했고 식사 후에 우리는 널찍한 홀 안을 이리저리 거닐었다. 나는 백작과 대화를 나누었고 거기에 끼게 된 B대령과도 이야기했으며, 그러는 중에 파티 시간이 점점 다가오고 있었다. 원, 정말이지, 난 아무 짐작도 못하고 있었다. 그때 지극히 근엄한 S부인이 그녀의 부군과 잘 부화된 거위 새끼 같은 딸을 대동하고 등장했다. 그 딸은 젖가슴이 평평했고 예쁜 코르셋을 하고 있었다. 그들은 내 옆을 지나가면서 대대로 물려받아온 높은 귀족 특유의 눈초리와 콧구멍을 보여주고 있었다. 나는 이런 족속을 진심으로 역겹게 생각하기 때문에 막 작별을 고하려고 했는데 다만 다른 사람들과의 쓸데없는 잡담으로부터 백작이 해방되기를 기다리고 있을 따름이었다. 바로 그때 내가 잘 아는 그 B양이 들어섰다. 그녀를 볼 때면 언제나 내 가슴이 약간 트이는 것 같았기 때문에 나는 그 자리에 머물기로 하고 그녀가 앉은 의자 뒤로 가서

셨다. 그런데 잠시 후에야 비로소 나는 그녀가 나와 말을 할 때 여느 때보다 그 솔직한 태도가 덜했고 약간 당황해 하는 기색조차 엿보이고 있다는 사실을 알아차리게 되었다. 그 사실이 확연하게 내 눈에 띄었다. '이 아가씨도 모든 다른 귀족 나부랭이들과 다름이 없단 말인가?' 하고 나는 생각했다. 그래서 나는 모욕을 받은 기분이 되어 그 자리를 떠나고 싶었다. 하지만 나는 그녀가 그러는 이유를 이해할 수 있기를 바랐기 때문에, 그녀의 그런 행동을 믿을 수가 없었기 때문에, 또 그녀로부터 한마디라도 좋은 말을 듣기를 희망했기 때문에, 혹은 그 외에 또 무슨 다른 이유 때문인지는 몰라도, 거기에 머물고 있었다. 그러는 중에 손님들이 홀을 가득 채우게 되었다. 프란츠 1세의 대관식[20] 시절의 완전 정장을 갖춘 F남작, 귀족 신분 때문에 이곳에서 고문관 대우를 받는 R궁중고문관과 그의 귀먹은 부인 등등, 그리고 고대 프랑켄식 의상의 구멍 난 부분들을 새로 유행하는 천 조각들로 기워 입은 남루한 옷차림의 J도 빼놓아서는 안 되겠지만, 아무튼 이런 족속들이 떼를 지어 몰려들었다. 나는 내가 알던 몇몇 사람들과 대화를 했는데, 그들은 모두가 아주 짤막하게만 내게 응대를 하는 것이었다. 나는 그것을 이상하게 생각하긴 했지만 단지 B양에게만 주의를 기울이고 있었다. 나는 홀의 구석에서 여자들이 서로 귓속말로 소곤거리고 그런 광경이 남자들한테로도 옮

---

20 (역주) 신성로마제국의 황제 프란츠 1세(Franz Stephan von Lothringen, 1708 ~ 1765)의 대관식은 1745년에 거행되었음.

겨갔으며 결국에는 S부인이 백작과 얘기하게 되는 일련의 과정을 눈치 채지 못했다(이 모든 것은 나중에 B양이 내게 얘기해 주었다). 마침내 백작이 나를 향해 다가오더니 나를 어느 창문가로 데려가는 것이었다. — "당신도 우리네의 이상한 신분 상황을 잘 아실 테지만" 하고 그가 말했다. "내가 눈치 채기에는 여기 모인 사람들은 당신이 이 자리에 있는 것을 못마땅해 하고 있는 것 같아요. 나야 전혀 그렇지 않지만!" — "각하!" 하고 내가 백작의 말을 가로막고 끼어들었다. "정말 용서를 빕니다. 진작 그 생각을 했어야 했습니다. 이렇게 앞뒤가 맞지 않은 저의 처신을 용서해 주실 줄 믿습니다. 조금 전에 벌써 작별을 고하고 싶었습니다. 고약한 수호신이 저를 붙들어 놓은 것 같습니다" 하고 나는 미소를 띤 채 덧붙여 말하면서 깊이 고개를 숙였다. — 백작은 나의 두 손을 꼭 잡아주었는데, 거기에는 그 모든 사정을 말해주는 감정이 실려 있었다. 나는 그 고귀한 파티로부터 살짝 몸을 빼어 걸어 나왔다. 그러고는 한 이륜마차에 몸을 싣고 M을 향해 달려간 다음, 거기 언덕으로부터 석양이 지는 광경을 바라보면서 내 휴대용 호메로스 책으로부터 오디세우스가 그 훌륭한 돼지치기 목동들한테서 잘 대접받는 저 아름다운 대목을 읽었다. 그것으로 모든 것이 잘 끝난 것 같았다.

그날 저녁에 나는 식당으로 돌아 왔다. 아직 몇몇 사람들이 식당에 있었는데, 그들은 구석에서 식탁보를 뒤집어 놓고 주사위 놀이를 하고 있었다. 그때 정직한 아델린이 들어와서 나를 바라보더니 자기의 모자를 걸어놓고는 내게로 다가와서 낮은 소리로 말했다. "불쾌한 일을 겪었다지?" — "내가?" 하고 나는 물었다. — "백작이 자네를 파티에서 나가라고 했다던데?" — "그런 파티라면 관심 없어!" 하고 내가 말했다. "바깥바람 쐬는 것이 좋기만 하던데!" — "자네가 그걸 대수롭잖게 생각하고 있으니 다행이네" 하고 그가 말했다. "다만 내가 불쾌하게 생각하는 것은 그 소문이 벌써 도처에 쫙 퍼졌다는 거야." — 그때 비로소 그 일이 나를 화나게 만들기 시작했다. '식당에 들어와서 나를 바라보는 모든 사람들이 모두 그 때문에 나를 빤히 쳐다본 모양이구나' 하고 나는 생각했다. 그 생각에 나는 그만 피가 부글부글 끓어오르는 것 같았다.

그런데 오늘은 내가 어디를 가든 사람들이 나를 불쌍하게 여기기까지 했다. 나를 시기하는 자들이 이제는 의기양양하게 지껄이는 소리를 들었다 — '볼품없는 조그만 고개를 높이 쳐들었다고 해서 모든 신분 상황을 뛰어넘어도 좋다고 믿는 건방진 인간들이 결국 어떤 꼴을 당하는지 어디 잘 보라고!' 라든가 또는 개소리보다도 더 비열한 험담들을 들어야 했다. 이럴 때는 칼로 자기 심장을 쿡 찔러 버리고 싶기 마련이다. 무엇을 원하든 간에 자신의 독자성을 지니면 된다고 말은 근사하게들 하지. 하지만 비열한 인간들이 유리한 입장이라 해서 자신에 대해 함부로 지껄여 대는 것을 참아낼 수 있는 사람이 누군지 내 어디 한번 보고 싶다. 그놈들의 험담이 아무 근거도 없는 것이라면, 아, 그렇다면 차라리 그 험담을 가볍게 그냥 내버려 둘 수 있으련만!

3월 16일

모두가 나를 몰아붙이고 있는 것 같은 기분이다. 오늘 나는 B양을 가로수 길에서 만났는데, 나는 참지 못하고 그녀에게 말을 걸었고, 우리가 사람들로부터 약간 떨어져 있게 되자마자, 최근의 그녀의 처신에 대한 나의 예민한 감정을 그녀에게 드러내지 않을 수 없었다. — "아, 베르터 씨!" 하고 그녀가 진심 어린 어조로 말했다. "저의 마음을 잘 아시면서 저의 혼란스러웠던 행동을 어떻게 그렇게 해석하실 수가 있어요? 제가 홀 안으로 들어서던 그 순간부터 당신 때문에 얼마나 괴로워했던지! 저는 그 모든 것을 예상할 수 있었어요. 그래서 그것을 혀끝 위에다 놓고 당신에게 말할까 말까 수십 번이나 망설였답니다. S부인이나 T부인이 당신과 함께 어울리느니 차라리 그들의 남편들과 함께 그 자리를 떠날 것이라는 것도 저는 알고 있었습니다. 그리고 저는 백작님이 그들의 기분을 상하게 해서는 곤란해진다는 것도 알고 있었고요. — 그리고 지금은 그 난리까지!" — "무슨 말씀이지요?" 하고 내가 되물으면서 나의 놀란 마음을 숨겼다. 왜냐하면 그저께 아델린이 내게 말했던 모든 내용이 이 순간 마치 펄펄 끓는 물처럼 내 혈관을 통해 마구 휘돌고 있었기 때문이었다. — "그 때문에 저도 이미 속상한 일을 겪어야 했답니다!" 하고 그 귀여운 아가씨가 말했는데, 그녀의 두 눈에 눈물이 가득 고였다. — 나는 더 이상 자제력을 잃고 그만 그녀의 발치에 몸을 던져 쓰러지고 싶었다. — "무슨 말씀인지 설명해 주십시오!" 하고 나는 부르짖었다. — 눈물이 그녀의 두 뺨 위로 흘러내리고 있었다. 나는 정신이 나가 있었다. 그녀는 눈물을 숨기려고 하지도 않으면서 그것을 닦았다. — "내 아주머니는 당신도 아시잖아요" 하고 그녀가 말을 시작했다. "아주머니가 그 자리에 계셨어요. 그리고, 아, 아주머니가 어떤 눈빛으로 그 광경을 바라보셨는지! 베르터 씨, 저는 어제 저녁 내내 그리고 오늘 아침까지도 내가 당신과 교제하는 데에 대한 아주머니의 설교를 견뎌내지 않으면 안 되었어요. 그리고 당신을 깎아내리고 당신을 모욕하는 말을 듣지 않을 수 없었어요. 그런데도 나는 당신을 반도 채 변호할 수 없었고 또 변호해서는 안 되었답니다."

그녀가 입 밖에 내는 단어 하나하나가 모두 칼과도 같이 내 심장을 쿡쿡 찔러대었다. 그 모든 것을 말하지 않고 차라리 침묵해 주는 것이 내게 얼마나 큰 자비가 될는지 그녀는 느끼지 못하고 있었다. 그러면서 이제 그녀는 또 사람들이 무엇을 계속 떠벌이며 다닐지 모르겠고 어떤 부류의 인간들은 이 일에 대해 승리감을 만끽할 것이라는 말까지 덧붙이는 것이었다. 벌써 오래 전부터 나를 보고 비난해 오던 그 오만성과 남을 깔보는 태도가 드디어 응분의 벌을 받았다며 이제 사람들이 키득거리며 즐거워할 것이라고 예언하기까지 했다. 이런 모든 말을, 빌헬름이여, 그녀의 입을 통해, 그것도 더할 나위 없이 참된 공감이 서려 있는 목소리로, 듣게 되다니! — 나는 마음과 몸이 모두 박살이 난 기분이었고 분한 생각이 아직도 가셔지지 않는다. 나는 어느 누군가가 나를 비난해서 내가 검으로 그의 몸을 푹 찌를 수 있기를 원한다. 피라도 보면 내 기분이 좀 나아질 것 같다. 아, 나는 내몰려 헐떡이는 이 내 심장에 숨통을 트기 위해 수십 번이나 칼을 집어 들곤 했다. 사람들은 어떤 고귀한 혈통의 말에 대해 얘기를 하는데, 무섭게 화를 돋우고 마구 몰아치면 말은 자기 숨통을 트기 위해 본능적으로 자신의 혈관을 물어뜯는다지. 내가 자주 그렇다. 나는 영원한 자유를 얻기 위해 내 혈관을 열어젖히고 싶다.

3월 24일

나는 궁정에다 면직을 요청했고, 희망하건대 곧 면직될 것이네. 그리고 어머니와 자네한테 먼저 그 허락을 구하지 않은 나를 용서해 주리라 믿는다. 이제 나는 떠나지 않을 수 없게 되었다. 그리고 어머니와 자네가 나에게 계속 머무는 것이 좋겠다고 설득하기 위해 무슨 말을 할지 나는 다 알고 있다. 그러니까 이 쓴 약을 달콤한 주스 같은 것에 잘 타서 내 어머니께 드려다오. 내 일을 나 자신이 해결할 수가 없구나. 내가 도와드릴 수 없으니 어머니도 이것을 감수하셔야 할 거야. 하기야 이건 어머니에게는 참 가슴 아픈 일이지. 아들이 곧 추밀고문관이나 공사(公使)가 될 수 있는 출발점으로서 근사한 경력을 막 시작했는데, 이렇게 갑자기 멈추는 것을 보시게 되다니! 아들이 말을 탄 채 외양간으로 되돌아 온 꼴이지! 이 일을 두고 마음대로들 생각하시게. 어떤 조건하에서라면 내가 그냥 머물 수도 있었겠고, 또 어떤 조건하에서라면 내가 당연히 머물러야 마땅했다 등등 가능한 여러 경우의 수를 뜯어 맞추어들 보시게! 아무튼, 나는 이곳을 떠나네. 내가 어디로 가는지 궁금해 할 것 같아서 말해 두는데, xxx 군주라는 분이 계시는 곳이야. 이분의 취향이 나와 함께 지내는 것을 아주 좋아하셔. 사직하겠다는 내 의향을 들으시더니 자기의 영지로 함께 가서 거기서 아름다운 봄을 같이 보내자는 청을 내게 하셨네. 아주 내 마음대로 편하게 지내도 좋다고 내게 약속해 주셨어. 우리는 어느 정도까지는 서로 마음이 통하는 사이인지라 나는 아무려나 운에 맡기는 심정으로 이 여행을 감행해 보기로 하고 그분과 함께 가기로 했다네.

알림

4월 19일

자네의 편지 두 통 고맙게 잘 받았네. 그 편지들에 대한 내 답장이 없었던 것은 궁정으로부터 나의 면직 서류가 도착할 때까지 위의 편지들을 묵혀 두었기 때문이야. 어머니가 혹시 장관님께 청원을 하셔서 내 계획을 어렵게 만드실까봐 염려했던 것이지. 그러나 이제 일이 끝났고 내 면직 서류도 도착했어. 사람들이 내게 면직서를 발부하는 것을 얼마나 꺼려했는지, 장관이 내게 무슨 내용의 편지를 보내셨는지에 대해서는 말하고 싶지 않네 — 어머니와 자네가 새로운 비탄을 쏟아낼 테니 말일세. 태자께서 내게 전별금으로 25두카텐[21]을 보내셨는데, 동봉하신 전별사에 감동해서 나는 눈물을 흘렸다네. 그래서 말인데, 내가 최근에 어머니께 편지로 부탁드린 돈은 이제는 필요 없게 되었어.

5월 5일

내일 나는 여기를 떠난다. 그리고 내 출생지가 가는 길로부터 단지 6마일 떨어진 곳에 위치해 있기 때문에 나는 출생지를 다시 보고 싶고 행복을 꿈꾸던 그 옛날을 다시 한 번 회상해 보고 싶다. 아버지가 돌아가시고 어머니가 견디기 어려운 친정 도시에 칩거하기 위해 정들고 친숙한 그곳을 떠날 때 나를 데리고 마차를 타고 나오셨던 바로 그 성문 안으로 이제 나는 다시 들어가 보고 싶다. 잘 있게, 빌헬름! 내 이동 경로에 대해서는 자네에게 편지로 알려줄게.

5월 9일

나는 한 순례자가 지닐 법한 온갖 경건한 마음으로 내 고향으로

---

21 (역주) 13세기 말 베네치아에서 처음으로 제작하기 시작해서, 20세기 초까지도 유럽 지역에 널리 유통되던 순금으로 된 금화.

의 순례를 마쳤다. 이 순례 길에서 나는 예기치 않은 여러 감정들을 느끼곤 했다. S시로 가는 길 15분 전에 서 있는 그 큰 보리수 곁에서 나는 역마차를 세우도록 하고 마차에서 내렸고, 걸어가면서 모든 추억을 아주 새로이, 생생하게, 그리고 내 심장이 느끼는 대로 맛보기 위해 역마차 마부한테는 그냥 계속 가라고 말했다. 이제 나는 옛적에 내가 소년으로서 내 산책길의 목적지인 동시에 한계점이었던 그 보리수 아래에 서 있는 것이었다. 얼마나 달라졌는가! 그 당시 나는 행복한 무지 속에서, 애쓰고 그리워하는 내 가슴을 가득 채워주고 만족시켜 줄 많은 자양분과 많은 즐거움을 기대하는 마음으로 미지의 세계를 동경했다. 이제 나는 넓은 세상으로부터 돌아온 것이다. 아, 친구여, 얼마나 많은 희망이 빗나가고 말았으며, 얼마나 많은 계획들이 수포로 돌아가고 말았는가! ― 나는 천 번이나 내 소망들의 대상이었던 산맥이 내 앞에 놓여 있는 것을 바라보곤 했다. 여기 나는 여러 시간 동안 앉아 있으면서, 저 산 너머의 세계를 동경했고 정답고도 어슴푸레한 형상으로 내 눈에 들어오는 숲들과 골짜기들 속으로 내 내밀한 영혼과 더불어 깊이 빠져들곤 했다. 그러다가 정해진 시간이 되어 다시 돌아가야 했을 때 나는 이 정든 곳을 떠나기가 얼마나 싫었던가! ― 그렇게 나는 도시로 점점 더 가까이 들어가고 있었다. 정원이 딸리고 익히 아는 모든 옛 조그만 집들은 나의 눈인사를 받았고, 새로운 집들은 내 눈에 거슬렸으며, 그밖에 사람들이 손을 댄 모든 변화들 역시 눈에 거슬렸다. 성문 안으로 들어서자 나는 그래도 옛날과 다름없는 나 자신을 완전히 되찾게 되었다. 친구여, 너무 세세한 데까지는 얘기하고 싶지 않구나. 다시 찾은 이곳은 나에게 아주 매력적이지만, 이야기 속에서는 그만큼 단조롭게 될 테니까 말이야. 나는 광장 옆에서 묵기로 결정했는데, 우리가 살던 옛 집 바로 옆이다. 그쪽으로 가면서 나는 한 정직한 노 여선생님께서 우리의 유년 시절을 온통 몰아넣어서 가두곤 했던 장소인 교실이 잡화점으로 변해 있는 것을 알아보게 되었다. 나는 그 좁은 공간 안에서 견뎌내어야 했던 초조감, 눈물, 둔탁한 감성, 마음의 불안을 회상했다. — 한 걸음 옮길 때마다 이상한 감회에 젖게 되었다. 성지 순례자라 하더라도 종교적 추념의 장소를 이렇게 많이 마주치게 되지는 않을 것이다. 그리고 그의 영혼이 이런 성스러운 감동으로 충만하기는 어려울 것이다. — 수많은 것을 늘어놓느니 한 가지만 더 얘기하겠다. 나는 강을 따라 걸어 내려가다가 그 어떤 안마당 같은 곳까지 도달했다. 이것도 내가 평소에 다니던 길이었고, 바로 이 장소에서 우리 소년들은 납작한 돌을 수면 위로 던져 물수제비뜨기 연습을 많이 하곤 했다. 내가 자주 거기 서서 물을 바라보던 때를 나는 너무나 생생하게 회상할 수 있었다. 아주 신비스러운 예감을 느끼며 흘러가는 물을 바라보고 그것이 흘러가 닿는 지역을 굉장히 모험적인 곳으로 상상하다가는 금방 내 상상력의 한계를 실감하곤 했던 것이다. 하지만 그 한계에도 불구하고 내 상상은 계속 멀리, 점점 더 멀리 뻗어가다가 마침내 나는 보이지 않는 멀고 먼 곳을 아주 생생하게 볼 수 있는 직관의 경지 속으로 빠져드는 것이었다. — 이보시게, 나의 친구, 우리의 훌륭하신 조상들은 그다지도 제한된 환경 속에서 그렇게도 행복했어! 그들의 감정, 그들의 문학은 그렇게도 동심에 젖어 있었지! 오디세우스가 무한한 바다와 끝없는 대지에 관해 말할 때, 그것은 너무나 진실하고 인간적이고 내심에서 우러난 것이며 친숙하고도 비밀스러운 것이다. 내가 지금 모든 학동들과 함께 지구가 둥글다고 따라 말할 수 있은들 그게 내게 무슨 도움이 되는가? 인간이 대지 위에서 삶을 즐기기 위해서는 단지 약간의 흙덩이들이 필요할 뿐이며 대지 밑에서 쉬기 위해서는 그보다 더 적은 양의 흙덩이들이 필요할 뿐이다.

이제 나는 여기 그 군주가 수렵을 할 때 사용하는 별궁에서 기거하고 있다. 그분과는 아주 편하게 지낼 수 있는데, 성품이 진실하시고 단순하시기 때문이다. 그분의 주위에는 내가 전혀 이해할 수 없는 이상한 사람들이 출몰하고 있다. 그들은 악당들같이 보이진 않지만 그렇다고 정직한 사람들의 모습을 하고 있는 것도 아니다. 이따금 그들은 내게 정직한 사람들처럼 보이지만 그래도 나는 그들을 신뢰할 수가 없다. 내가 유감으로 여기는 것은 그분이 사물에 대해 이야기할 때에는 자기가 들었거나 책으로 읽은 것만을 말하고 있다는 사실이다. 즉 그는 타인이 그분에게 설명해 준 듯이 보이는 관점에서만 사물에 대해 얘기를 하는 것이다.

또한 그분은 나의 이 마음보다는 내 분별력과 내 재능을 더 많이 평가한다. 하지만 이 마음이야 말로 나의 유일한 자랑이고 이것만이 모든 것의 원천, 모든 힘과 모든 행복의 원천이다. 아,

내가 알고 있는 것은 누구나 알 수 있다. — 그러나 나의 마음만은 오직 나 혼자만 갖고 있는 것이다.

5월 25일

내 머릿속에서만 어떤 계획을 갖고 있었는데, 그 계획이 실행될 때까지 나는 어머니나 자네에게는 거기에 대해서 아무것도 말하고 싶지 않았다. 그것이 수포로 돌아간 지금, 말하는 것도 괜찮을 듯하다. 난 전쟁터로 가고자 했고, 이 생각을 나는 오랫동안 가슴에 품고 있었다. 내가 xxx왕 휘하의 장군[22]이기도 한 이 군주를 여기까지 따라온 것도 특히 이런 이유 때문이었다. 산책을 하는 중에 나는 그에게 내 계획을 실토했다. 그는 나에게 그렇게 하지 말 것을 권했다. 그가 말리는 이유를 내가 솔깃하게 경청하지 않으려 했던 것을 보면, 그 계획은 필시 나의 일시적 변덕이라기보다는 나의 열렬한 소망이었음에 틀림없다.

---

22 (역주) 당시 독일은 수많은 군주국으로 나뉘어져 있었고, 각 군주는 군사적으로는 다시 작센, 바이에른, 헤센 등 비교적 큰 왕국의 휘하에 들어가 있는 경우가 많았다. 자국에서는 군주이지만, 큰 동맹체에서는 어떤 군사적 역할을 맡은 장군일 수도 있는 것이다.

6월 11일

자네가 무슨 말을 하든, 나는 더 오래 머물 수 없다. 여기서 내가 무엇을 해야 하나? 시간이 지루하게 느껴진다. 군주는 최선을 다해 나를 잘 대접하고 있다. 그렇지만 여기서 나는 내 마음의 안정을 찾기 어렵다. 엄밀히 말하자면 우리는 서로 아무 공통점이 없다. 그는 분별력이 있는 사람이지만 그건 아주 범속한 분별력일 뿐이다. 그래서 그와의 교제는 잘 쓴 한 권의 책을 읽을 때보다 더 많은 재미를 나에게 주지 못한다. 일주일 더 머물다가 나는 다시 정처 없이 떠돌아다닐 생각이다. 내가 여기서 거둔 최선의 성과는 그림이다. 군주는 미술에 감각이 있는 사람인데, 만약 그가 알량한 학식과 진부한 전문용어들에 함몰되어 편협하게 되지만 않았더라면, 더 훌륭한 미감의 소유자가 되었을 것이다. 이따금 나는 자연과 예술에 대한 따뜻한 상상력을 발휘하여 그를 인도하는데, 그는 갑자기 잘 응대해야 하겠다는 생각으로 진부하기 짝이 없는 미술전문용어를 잘못 사용하는 어처구니없는 실수를 범하곤 한다. 이럴 때마다 나는 화가 나서 이를 갈곤 한다.

6월 16일

그래, 나는 이 지상에서 단지 한 방랑자, 한 순례자에 지나지 않아! 대체 어머니와 자넨들 그 이상일 수 있을까?

6월 18일

내가 어디로 가려 하느냐고? 믿고 자네한테만 털어놓을게. 나는 아직 2주나 더 여기에 머물러야 해. 그 다음에 나는 xxx지방의 광산들을 방문하겠다고 나 자신을 속였지만, 실은 그 일에는 아무 관심도 없고 나는 단지 다시 로테에게 더 가까이 가고 싶은 것이다. 그것이 전부다. 그래서 나는 나 자신의 마음을 내려다보면서 껄껄 웃는다. — 그리고 그 마음이 원하는 대로 따라해 주는 것이다.

7월 29일

아니야, 좋다! 모든 것이 다 잘 된 것이다! — 하지만 내가 — 내가 그녀의 남편이라면! 오, 하느님, 저를 창조하신 분이시여! 만약 저에게 그런 지극한 행복을 선사하셨더라면, 저의 삶 전체가 끊임없는 감사의 기도로 점철되었을 것입니다. 저는 정당성을 두고 하느님께 따지고 들지 않겠습니다. 그러니 이 눈물을 용서하시고 저의 이룰 수 없는 헛된 소원들을 용서해 주시옵소서! — 그녀가 내 아내였더라면! 내가 이 태양 아래에서 가장 사랑스러운 그 여자를 내 두 팔로 안을 수 있었더라면! — 알베르트가 그녀의 그 날씬한 몸을 껴안는다는 생각에, 빌헬름이여, 내 온 몸에 전율이 지나간다!

그리고, 내 이런 말을 해도 될까? 왜 안 되겠어, 빌헬름? 그녀는 그와 사는 것보다 나하고 사는 것이 더 행복했을 거야! 아, 그는 그 가슴의 소망들을 모두 채워줄 수 있는 인간은 아니다! 감수성에 대한 그 어떤 결핍, 어떤 결핍 말이야 — 이건 자네 맘대로 생각하게. 어떤 경우, 그의 가슴이 그녀의 가슴과 공감하며 뛰지 않을 때가 있거든! — 어느 훌륭한 책의 어떤 대목에서 말이야! 아, 우리가 좋아하는 어떤 책의 그 대목[23]에서 나의 가슴과 로테의 가슴은 혼연일체가 된다! 그리고 수많은 다른 경우에도! 어떤 다른 사람의 행동에 대한 우리의 느낌들이 말로 표출되는 경우가 생겨도! 친애하는 빌헬름! — 알베르트가 그녀를 온 영혼을 다해 사랑하는 건 사실이다. 이런 진실한 사랑이고 보면 무엇엔들 자격이야 없을까!

어떤 역겨운 인간이 나를 찾아와 방해가 되는군. 내 눈물이 말라버렸다. 정신이 산만하다. 잘 있어라, 친구여!

8월 4일

나 혼자만 이렇게 사는 건 아니다. 모든 인간들이 자신들의 희망에 속고 자신들의 기대에 배반당하며 살고 있다. 나는 보리수

---

23 (역주) 이를테면 위에 나온 클롭슈톡의 송가 〈봄의 축제〉를 두고 하는 말인 듯도 하다. 1771년 6월 16일 자 편지 끝부분 참조.

아래의 그 선량한 여자를 찾아갔다. 맏이가 나를 향해 달려오면서 기쁨의 환호성을 지르자 아이 엄마가 나오게 되었는데, 그녀는 매우 풀이 죽어 보였다. "선생님, 아, 한스가 그만 죽고 말았어요!" 하고 그녀가 첫말을 꺼내었다. — 한스는 그녀의 아들들 중 막내였다. 나는 할 말을 잃었다. — "그리고 남편이 스위스에서 돌아왔는데" 하고 그녀가 말했다. "빈손으로 왔답니다. 마음씨 좋은 분들의 도움이 없었더라면 노상 구걸까지 할 뻔했어요. 도중에서 그는 열병을 얻었어요." — 나는 그녀에게 아무 말도 할 수 없었고 꼬마에게 몇 푼을 쥐어주었다. 그녀는 내게 사과 몇 개라도 받아주기를 청했고, 나는 그것을 받아들고 슬픈 회상으로 남게 될 그 장소를 떠나왔다.

8월 21일

나는 기분이 마치 손바닥을 뒤집는 듯이 금방 달라진다. 이따금 내 인생의 기쁜 전망이 어슴푸레 보이는 것 같기도 한데, 아, 이것도 단지 한순간일 뿐! — 내가 이렇게 꿈속에서 헤맬 때면 나는 '만일 알베르트가 죽는다면 어떻게 되지?' 하는 생각을 떨쳐버릴 수 없다. '그러면 너는…… 그래, 그녀는……' — 이런 생각을 하면서 망상을 좇다가 마침내 나는 낭떠러지 끝에 다다르게 되고 그 앞에서 무서워 벌벌 떨면서 뒤로 물러난다.

내가 로테를 무도회장으로 데려가기 위해 처음 지나갔던 그

길, 성문 밖 길을 걷고 있자니 모든 것이 얼마나 달라져 있는가! 지난날의 추억은 흔적도 없이 사라졌고 그 당시의 나의 감정의 맥박도 전혀 느낄 수 없다. 어떤 영주가 한때 그의 전성기에 성을 건축하고 호화찬란한 장식으로 꾸며 놓은 다음, 죽으면서 그의 사랑하는 아들에게 희망에 차서 이 성을 물려주었다고 할 때, 지금 내 기분은 마치 불타 버리고 파괴된 그 성으로 되돌아 온 유령의 기분과 흡사할 것 같다.

9월 3일

이따금 나는 어떻게 한 딴 남자가 그녀를 사랑할 수 있고 사랑해도 되는지 이해할 수가 없다. 내가 오직 그녀만을 이렇게도 깊고, 이렇게도 충만한 마음으로 사랑하면서 그녀 이외에는 다른 아무것도 모르고 다른 아무도 알지 못하고 다른 아무것도 가진 것이 없는데!

9월 4일

그래, 그렇다. 자연이 가을로 접어들고 있는 것처럼 내 안에도 그리고 내 주위에도 가을이 오고 있다. 나의 잎들은 누렇게 변하고 있다. 그리고 이웃에 있는 나무들의 잎들은 이미 떨어져 있다. 내가 이리로 온 지 얼마 안 되었을 때 내 자네에게 한번 어떤 농부 청년에 대해 편지를 쓰지 않았나? 나는 발하임에서 다시금 그에 관해서 수소문을 해 보았다. 그가 일하던 집에서 쫓겨났다는 소문이 들렸고 아무도 그에 대해 무엇인가 더는 알고 있지 못했다. 어제 나는 어느 다른 마을로 가는 길 위에서 우연히 그를 만났다. 나는 그에게 말을 걸었고, 그래서 그는 나에게 자기 사정을 이야기해 주었다. 그 이야기는 나를 두 배, 세 배 감동시켰는데, 만약 내가 자네에게 그것을 반복해서 이야기해 준다면, 자넨 나의 감동을 쉽게 이해할 수 있을 것이다. 하지만 무엇 때문에 그 이야기를 다 한단 말인가? 왜 나는 나를 불안하게 만들고 나를 병나게 하는 것을 혼자 간직하지 못하는가? 내가 왜 자네까지 우울하게 만들어야 할까? 나는 왜 언제나 자네에게 나를 유감스럽게 여기고 나를 욕할 기회를 주는가? 그래, 별 도리 없지. 그것 역시 나의 운명에 속할지도 모르겠다!

원래 약간 수줍어하는 성격의 그 청년한테서 나는 어떤 말없는 슬픔 같은 것을 인지할 수 있었다. 슬픔을 참으면서 청년은 처음에는 내가 묻는 말에만 대답을 했다. 그러나 얼마 안 있어 그는, 마치 자기 자신과 나를 문득 다시 알게 된 것처럼, 내게 보다 솔직하게 자기 잘못을 고백하면서 내게 자신의 불행을 한탄하기 시작했다. 친구여, 내가 자네에게 그의 말 한마디 한마디를 모두 전해서 자네의 평가를 받을 수 있다면 좋으련만! 그는 자기를 고용하고 있던 그 과부에 대한 열정이 마음속에서 매일같이 더 뜨거워져 갔다는 사실을 고백했다. 고백이라기보다는 그 어투에 다시 회상해 보는 즐거움과 행복감이 서려 있는 이야기였다. 결국 그는 자신이 무엇을 하고 있는지 의식하지 못했고 그가 무슨 말을 어떻게 표현하고 있는지도 몰랐으며 고개를 어디로 돌려야 할지도 모르게 되었고, 먹을 수도, 마실 수도, 잠을 잘 수도 없게 되었으며, 목이 콱 막히게 되었다고 했다. 해서는 안 될 일은 하고, 하라고 시킨 일은 잊어 먹었으며, 마치 어떤 악령에 쫓기는 것 같은 기분이었다. 그러다가 마침내 어느 날 그녀가 이층 방에 있는 것을 알고 그녀 있는 데로 올라갔다. 아니, 그녀가 있는 곳으로 자신도 모르게 이끌리어 가게 되었다고 말하는 것이 옳겠다는 것이었다. 그녀가 자신의 부탁을 들어주지 않자 그는 그녀를 강제로 차지하고자 했다. 그는 자기한테 무슨 일이 일어난 것인지 몰랐고, 하느님도 굽어보셨지만 그녀에 대한 자신의 의향은 언제나 성실했으며, 그는 그녀와 결혼하여 그녀가 그와 함께 평생을 보내는 것만을 간절하게 원했을 뿐이었다고 했다. 한 동안 이야기를 하고 났을 때 그는 아직도 무엇인가 더 말할 게 있지만 감히 입 밖에 내어 말하고 싶지 않은 사람처럼 말을 더듬기 시작했다. 그러다가 마침내 그는 역시 수줍어하면서 내게 고백하기를, 그녀가 약간의 친밀한 태도는 받아 주었고 자기 가까이 다가가는 것도 허락해 주었다는 것이었다. 그는 두세 번 말을 중단했다. 이윽고 그는 열띤 변명을 늘어놓았는데, 자기가 이런 얘기를 하는 것은 그녀를 나쁜 여자로 만들기 위해서가 아니라, 자기가 그녀를 이전과 똑같이 사랑하고 존중하고 있다는 사실을 말하기 위해서이고, 이런 사실을 지금까지 입 밖에 낸 적이 없는

데 단지 내게만 말하는 것은 자기가 아주 돌거나 정신 나간 사람이 아니라는 사실을 내가 좀 믿어 주었으면 해서라는 것이었다. — 그런데 바로 이 대목에서, 내 훌륭한 친구여, 내가 영원히 말하고 싶은 나의 그 옛 푸념을 다시 늘어놓게 되네 그려! 내 앞에서 있던, 아니, 지금도 내 눈앞에 서 있는 이 사람을, 이 사람의 진면목을, 자네 눈앞에 보여줄 수 있다면 얼마나 좋을까 하는 푸념말일세! 내가 그의 운명에 얼마나 동감하는지, 그리고 또 동감하지 않을 수 없는지 자네가 느낄 수 있도록 내 이 모든 이야기를 자네한테 제대로 전달할 수 있다면 얼마나 좋을까! 하지만 이것으로 충분해! 자네가 내 운명도 잘 알고 있고 나란 사람의 됨됨이도 잘 알고 있으니, 왜 내 마음이 모든 불행한 사람들한테 끌리는지, 왜 내 마음이 특히 이 불행한 청년한테 끌리는지 자네는 너무나 잘 아는 사람 아닌가 말이다!

이 편지를 다시 죽 훑어보자니 이 이야기의 결말을 알리는 것을 잊었다는 것을 깨닫게 되네. 그런데 그 결말은 조금만 더 생각해 보면 쉽게 알 수 있지. 한번은 그녀가 청년의 몸을 밀쳐 내었는데, 마침 그 순간 그녀의 오빠가 나타났다. 여동생이 아이가 없기 때문에 자신의 아이들한테 유산이 돌아올 것으로 잔뜩 기대하고 있던 그 오빠란 사람은 여동생이 새로 결혼하면 그 유산이 달아나 버릴 것을 우려하여 이미 오래 전부터 청년을 미워해 왔고 벌써 오래 전부터 청년을 그 집에서 못 쫓아내어 안달이었다. 그래서 그는 청년을 즉각 내쫓고는 이 일을 갖고 굉장한 소동을 불러 일으켜 놓았다. 그래서 그 부인은, 설령 자신은 원한다

하더라도, 그 청년을 다시 자기 집에 받아들일 수가 없게 되고 말았다. 지금 그녀는 다시 다른 머슴을 고용했는데 이 사람을 두고도 그녀는 오빠와 불화하게 되었다고 했다. 그리고 소문에 의하면, 그녀가 이 사람과 결혼하게 될 것이 확실시된다는 것이었다. 그러나 청년은 자기가 살아 있는 한 절대 그 꼴은 보지 않겠다고 굳게 결심했다고 말했다.

내가 자네에게 이야기한 것은 과장된 것이 아니고 아무것도 미화되지 않았네. 그래, 나는 아마도 약하게, 아주 약하게 이야기한 것 같네. 오히려 나는 우리의 인습적이고 윤리적인 언어로 서술함으로써 이 이야기를 조야하게 만들었다네.

그러니까 이러한 사랑, 이런 충직함, 이런 열정은 문학적으로 지어낸 것이 아니다. 이것들은 우리가 교양이 없다든가 거칠다고 부르는 계급의 사람들한테서 지극히 위대한 순수성 속에서 살아있고 또 존재하고 있는 것이다. 우리 교양이 있다고 하는 자들은 — 실은 아무 짝에도 쓸모없이 잘못 길러진 인간들이지! 내 자네한테 부탁인데, 이 이야기를 경건한 마음으로 읽어주시게. 나는 오늘 이 편지를 쓰면서 마음이 차분하게 안정되어 있다. 자네도 내 필치에서 내가 평소처럼 그렇게 경솔하게 날뛰거나 들끓어 오르지 않고 있다는 사실을 알아챌 수 있을 거야. 사랑하는 친구여, 이 편지를 읽으면서 이것이 또한 자네 친구의 이야기이기도 하다는 것을 생각해 주게. 그래, 나에게 이런 일이 있었네. 그리고 앞으로 이렇게 되어 갈 거야. 그런데 나는 그 불쌍하고 불운한 청년의 반도 용감하지 못하고 반도 결단력이 없다. 나라는 인간은 그 청년과 감히 견주지도 못할 위인이다.

9월 5일

로테는 그녀의 남편이 용무 때문에 체류하고 있는 시골로 쪽지 편지를 썼다. 그 편지는 이렇게 시작되고 있었다. "훌륭하고 사랑하는 분이여, 가능한 한 빨리 오세요. 한량없는 기쁜 마음으로 당신을 기다리고 있어요." — 어떤 친구가 들어왔는데, 알베르트가 그 어떤 사정 때문에 그렇게 빨리는 돌아올 수 없다는 소식을 가져왔다. 위의 쪽지 편지가 거기 놓여 있다가 저녁에 내 손에 집히게 되었다. 내가 그것을 읽고 미소를 띠었더니 그녀가 왜 웃느냐고 물었다. — "공상이란 것은 정말 하느님의 선물입니다!" 하고 나는 외쳤다. "이 쪽지가 나한테 쓰이어진 것이라고 한순간 나 자신을 속여 보았지요." — 그녀는 말을 뚝 끊었다. 그 말이 그녀의 마음에 들지 않은 것 같았다. 그래서 나도 침묵했다.

9월 6일

내가 로테와 처음 춤출 때 입었던 파란색 간편 연미복을 버리기로 결심했는데, 나로서는 어려운 결정을 한 셈이었다. 그 연미복이 최근에는 아주 볼품없이 되어버렸던 것이다. 또한 나는 전의 것과 똑같은 연미복을 한 벌 맞추었다. 깃과 소매도 똑같이 만들게 하고, 게다가 똑같이 노란 조끼와 바지[24]도 다시 맞추었다.

하지만 전과 같은 기분은 나질 않는다. 왜 그런지는 모르겠다. — 나는 시간이 가면 이 옷도 차차 내 마음에 들게 되겠지 하고 생각하고 있다.

9월 12일

로테는 알베르트와 함께 귀가하기 위해 며칠 동안 여행을 떠나고 없었었다. 오늘 내가 그녀의 방으로 들어섰더니 그녀가 다가오며 나를 맞아 주었다. 그래서 나는 너무 기쁜 마음으로 그녀의 손에 입을 맞추었다.

카나리아 한 마리가 경대(鏡臺) 위로부터 그녀의 어깨 위로 날아와 앉았다. — "새 친구예요"하고 그녀가 말하면서 새를 자기 손 위에 내려앉도록 했다. "내 꼬마 동생들을 생각해서 구입한 거예요. 아주 귀여워요! 이 새를 보세요. 내가 빵을 주면 날개를 파닥거리면서 아주 얌전하게 쪼아 먹어요. 나한테 키스도 해요,

24 (역주) 파란 연미복, 노란 조끼와 바지 등의 옷차림은 원래 베츨라르에서 자살한 괴테의 친구 예루살렘이 즐겨 입던 옷차림이었던 것으로 전해지고 있다. 아무튼 괴테가 베르터의 복장을 예루살렘과 비슷하게 만들자, 실연 자살과 더불어 이 옷차림이 1774년(이 소설의 출간 년도) 이래 온 유럽에 크게 유행했던 사실은 유명하다.

자 보세요!"

그녀가 새한테 입을 쏙 내밀자 새는 마치 자기가 누리는 그 지극한 행복을 느끼기라도 하는 것처럼 로테의 귀여운 입술에다 자신의 부리를 아주 다정하게 갖다 대는 것이었다.

"당신한테도 키스하도록 해 드릴게요" 하고 그녀가 말하면서 그 새를 내 쪽으로 날려 보냈다. — 새의 부리가 그녀의 입으로부터 내 입으로 옮겨 왔으며, 그 콕콕 쪼는 접촉은 마치 사랑이 충만한 향락을 예감케 하는 어떤 향기로운 숨결 같았다.

"이 새의 키스에도 욕망이 전혀 없는 건 아닌 것 같네요" 하고 내가 말했다. "먹을 것을 찾다가 욕망을 충족시키지 못하니까 헛된 애무를 그만 두고 돌아가잖아요."

"새가 내 입으로부터 받아먹기도 한답니다" 하고 그녀가 말했다. — 그녀가 자기의 입술에다 빵 부스러기를 놓고 새에게 먹였다. 그녀의 입술로부터는 천진무구하게 교감하는 사랑의 기쁨이 온갖 환희 속에서 미소의 꽃으로 피어나고 있었다.

나는 얼굴을 딴 데로 돌렸다. 그녀는 이렇게 하지 말았어야 했다. 천상적인 순진무구성과 지복성(至福性)으로 가득 찬 이런 모습들을 보이면서 내 공상을 자극하지 말았어야 했고, 이따금 삶이 자신의 무관심한 자장가로 재워 놓은 잠으로부터 내 심장을 깨우지 말았어야 했다! — 그런데 그러면 왜 안 된다는 거지? — 그녀가 나를 이렇게도 신뢰하고 있는데! 내가 자기를 사랑하는 방식을 그녀가 잘 알고 있는데!

9월 15일

빌헬름이여, 이 지상에서 아직도 가치를 지니고 있는 몇 안 되는 사물에 대해 아무런 감각이나 감정도 없는 인간들이 세상에 존재하고 있다니, 정말 미칠 지경이다! 자네 그 호두나무들을 알지? 내가 성(聖) xxx의 그 정직한 목사의 집에 갔을 때 그 나무들 아래에서 로테와 같이 앉아 있었지. 하느님도 아시지만 그 훌륭한 호두나무들은 언제나 큰 영적 만족감으로써 내 마음을 가득 채워 주었어! 그 나무들이 목사관 마당을 얼마나 안온하게 해 주었고, 얼마나 시원하게 해 주었는지! 그리고 그 가지들은 또 얼마나 장엄했던지! 그리고 오랜 세월 이전에 그 나무들을 심었던 정직한 성직자들에까지 거슬러 올라가는 추억들! 학교 선생님은 자기 할아버지한테서 들은 식수자들 중 한 사람의 이름을 우리에게 말해 주었다. 그런데 그분이 아주 훌륭한 분이었다는 소문이다. 그래서 그 나무들 밑에서 그분을 추념하는 것이 나에게는 늘 신성한 일이었다. 그 나무들이 베어져 버린 사실에 대해 어제 우리가 이야기할 때 그 선생님의 두 눈에 눈물이 글썽 하더군, 정말이야! — 나무들이 베어졌다는 거야! 나는 미쳐 버릴 것 같아. 그 나무에다 첫 도끼질을 한 그 개자식을 죽여 버리고 싶다! 이런 나무 두세 그루가 내 집 마당에 서 있다가 그중 하나가 늙어서 죽는다 해도 슬퍼할 나인데, 그런 내가 이런 일을 그냥 보고만 있어야 하다니! 귀한 친구여! 하지만 이 일에서도 한 가지는 유념할 게 있는데, 그게 바로 인간의 보편적 감정이란 것이다.

온 마을 사람들이 투덜대며 반발을 하고 있다. 그래서 나는 그 목사 부인께서 버터와 달걀과 기타 헌물(獻物)이 줄어드는 것을 보고 자기가 이 마을 사람들한테 무슨 상처를 입혔는지를 제발 느낄 수 있기를 바라고 있다. 왜냐하면 나무를 베게 한 장본인이 바로 새로 부임한 목사(우리가 알고 있는 목사님도 그 사이에 돌아가셨다)의 부인이기 때문이다. 그녀는 깡마르고 병약한 여인으로서 세상에 냉담한 태도를 취할 만한 충분한 이유가 있었는데, 이 세상 아무도 그녀한테 관심을 보이지 않기 때문이다. 이 어리석은 여자는 학식이 있는 것으로 행세하고 성경의 정전(正典) 연구에 끼어들면서 요즘 유행하는 도덕적 · 비판적 기독교 개혁을 위해 많은 일을 하기 때문에 라파터[25]의 도취적 신앙에 대해서는 찬동하기 어렵다는 태도를 취하고 있었다. 또한 그녀는 건강이 아주 망가져서 하느님의 지상에서는 기쁨을 느낄 수 없었다. 나의 호두나무들을 베어버릴 수 있는 것은 오직 이런 인간한테서만 가능한 짓이다. 자네도 보다시피 나는 아직도 분이 안 풀려 미치겠다! 상상해 보게나, 낙엽들이 마당을 지저분하고 습하게 만드는 것이 그녀한테 싫었던 거야. 그리고 그 나무들이 그녀한테서 햇볕을 앗아가고, 호두가 익으면 소년들이 돌팔매질을 해댈 테니, 그런 게 그녀의 신경에 거슬리는 거야. 그게 그녀가 케니

25 (역주) 여기서 라파터(Lavater)는 괴테에 의해 감정을 중시하는 종교관의 소유자로 묘사됨으로써 18세기 중엽에 유행하던 역사비평적 종교연구가들과 대조를 이루고 있음.

콧,[26] 제믈러,[27] 미하엘리스[28]를 서로 대조해 가며 깊은 사색을 하고 있는 데에 방해가 된다는 것이지. 나는 마을 사람들, 특히 노인들이 아주 불만스러워 하고 있는 것을 보고 그들에게 물어보았다. "그런데 왜 그것을 참고만 계셨지요?" — "여기 이 나라에서는 이장(里長)이 하겠다면" 하고 그들이 말했다. "누가 거기에 대적할 수 있겠소?" — 그러나 제대로 진행된 일도 한 가지 있긴 있었다. 마누라 심술 때문에 그렇지 않아도 기름진 수프를 얻어먹지 못하던 목사는 마누라의 그 심술로부터 약간 덕을 볼 생각까지 하게 되었다. 그래서 그는 이장과 짜고 나무 값을 반씩 나누어 먹기로 했다. 그때 궁정 재무국에서 그걸 알고 "궁정에 입금하라"는 지시를 내렸다. 무슨 말인가 하면, 나무들이 서 있던 목사관 마당의 그 땅에 대해서는 아직도 궁정에서 옛 재산권을 지니고 있었던 것이다. 그래서 재무국에서 그 나무를 가장 많은 값을 부른 구매자에게 팔았다. 그야 어쨌든, 나무들은 베어져 땅 위에 놓여 있다! 아, 내가 군주라면! 나는 목사 마누라, 이장, 재무국을 모조리 그냥…… — 군주! 그래, 내가 정말 군주라면, 내 나

---

26 (역주) 영국의 신학자 케니콧(Benjamin Kennikot, 1718 ~ 1783)은 구약의 원전을 비판적으로 고찰하였음.

27 (역주) 할레대학의 신학 교수 제믈러(Johann Salomo Semler, 1725 ~ 1791)는 성경에서 유대족의 사고방식이 일부 섞여 있음을 발견해 내고 성경의 가치를 일부 상대화하였음.

28 (역주) 괴팅엔대학의 오리엔트어 교수 미하엘리스(Johann David Michaelis, 1717 ~ 1791)는 동방의 습속을 전거로 해서 성경을 비독단적, 역사적으로 해석하였음.

라에 있는 나무들 따위에 과연 신경이나 쓰고 있을까!

10월 10일

그녀의 새까만 눈동자만 보아도 벌써 내 기분이 좋아진다. 내가 불쾌하게 생각하는 것은 알베르트가 자신이 기대했던 만큼 행복해 하지 않는 것 같다는 사실이다. 만약에 — 내가 그녀와 — 거기서 내가 기대할 수 있던 행복에는 — 훨씬 못 미치는 것 같단 말이다 — 아, 이런 줄표들을 사용하는 것을 나는 좋아하지 않는다. 그러나 여기서 나는 내 마음을 달리는 표현할 길이 없구나 — 하지만 나는 이로써 이미 내 마음을 충분히 잘 표현했다고 생각한다.

10월 12일

내 마음속에서는 오시안이 호메로스를 쫓아내고 말았다. 이 위대한 시인이 나를 인도해 주는 세계는 얼마나 장엄한가! 피어오르는 안개 속 으스름한 달빛 아래에서 조상들의 혼령들을 이끌고 가는 폭풍우 소리 사방에 요란한 가운데 황야를 걸어간다. 혼령들이 동굴에서 신음하는 소리 — 숲속의 울부짖는 폭포 소리에 짓눌려 반쯤 희미하게 된 소리 —를 산맥으로부터 듣는다. 그리고 고귀하게 전사한 애인 때문에 이끼가 덮이고 풀이 자란 비석 주변에서 죽도록 비통해 하는 처녀의 비탄도 듣는다. 그리하여 나는 광막한 황야에서 자기 조상들의 발자취를 찾고 있는 방랑하는 노(老) 가인(歌人)[29]을 따라간다. 아, 그가 마침내 그들의 비석들을 발견하고 비통해 하며, 파도치는 바다 속으로 몸을 숨기는 정다운 금성을 바라본다. 그리하여 지나간 옛 시절의 기억이 그 영웅의 영혼 속에 생생하게 나타난다. 그땐 아직도 다정한 별빛이 용사들의 위험한 길을 비춰 주었고, 월계관을 장식한 채 개선하고 귀환하는 그들의 배를 달이 비춰 주고 있었다. 나는 그 영웅의 이마 위에서 깊은 슬픔을 읽을 수 있고, 그 홀로 남은 최후의 장엄한 용사가 기진맥진한 가운데에 무덤을 향해 비틀거리며 걸어가는 것을 바라본다. 그는 사별한 전우들의 혼령들이 힘없는 모습을 드러낼 때마다 늘 새로운 기쁨, 고통스럽게 작열하는 기쁨을 들이마시며 차가운 대지 위에 높이 자라 바람에 일렁이는 풀을 내려다본다. 그리고는 외친다. "아름답던 시절의 나를 아는 방랑자가 올 것이다, 반드시 올 것이다. 그리고 물을 것이다, '핑갈의 훌륭한 아들인 그 가인은 어디 있느냐?'라고. 그 방랑자의 발걸음이 내 무덤 위를 지나가면서, 이 지상에 내가 있는 곳이 어딘지 헛되이 물을 것이다." — 오, 친구여! 나는 한 고귀한 시종 무관과도 같이 칼을 빼어들고 천천히 죽어가는 단말마

29 (역주) 오시안을 말한다. 그는 전설적 셀마 궁성(宮城)의 왕 핑갈의 아들로서, 아버지 핑갈과 그의 부하들이 묻힌 곳을 찾아오는 길이다.

의 고통으로부터 내 주군(主君)을 단번에 해방시켜 주고 싶구나! 그리하여 그 해방된 반신(半神)을 따라가도록 내 영혼도 떠나보내고 싶구나!

10월 19일

아, 이 빈틈! 내가 여기 이 내 가슴 속에 느끼는 이 가공할 빈틈! — 나는 자주 생각한다, 만약 내가 그녀를 단 한 번, 단 한 번만이라도 이 가슴에 껴안아 볼 수만 있다면, 이 빈틈이 남김없이 꽉 채워지련만!

10월 26일

그래, 나는 확실히 알겠어, 친구여, 확실해! 점점 더 확실해져! 한 인간의 삶이 별것 아니라는 것, 아주 허망하다는 것! 한 여자 친구가 로테를 찾아왔다. 그래서 나는 책이나 읽으려고 옆방으로 들어왔는데, 책을 읽을 수가 없었다. 그래서 나는 편지나 쓰려고 펜을 잡았다. 나는 그녀들이 낮은 소리로 이야기하는 것을 들었다. 그들은 서로 대수롭잖은 일에 대해, 도시에서 생긴 새 소식들에 대해, 한 여자가 어떻게 결혼을 하고 또 다른 여자는 아픈데 그것도 많이 아프다는 것 등에 대해 이야기하고 있었다. — "그 여자는 마른기침을 하는데, 광대뼈가 앙상하게 튀어나와 보여. 그리고 자주 기절을 한다는데, 그녀가 오래 사는 데에는 난 단 한 푼도 걸 수 없을 것 같아" 하고 그 여자 친구가 말했다. "xxx 씨도 역시 그렇게 상태가 안 좋으신가봐" 하고 로테가 말했다. "벌써 몸이 퉁퉁 부었다 하더군" 하고 그 여자 친구가 말했다. — 그러자 내 생생한 상상력이 나를 그 불쌍한 사람들의 침대 옆으로 데려갔다. 나는 그들이 삶에 등을 돌리기를 얼마나 싫어하는지, 그리고 또 다른 장면들을 훤히 바라볼 수 있었네, 빌헬름이여! 그런데 옆방의 여자들은 마치 낯모르는 사람 하나가 죽는 데에 대해 이야기하듯이 사람 죽는 얘기를 태연히 하고 있는 것이다. — 그래서 나는 내 주위를 둘러보고 내가 있는 그 방을 바라본다. 내 주위에는 로테의 옷들과 알베르트의 문서들이 보이고, 이제 내게는 아주 정이 든 가구들이 보인다. 심지어는 이 잉크병에도 정이 들었다. 그래서 나는 생각한다, 보아라, 지금 네가 이 집에서 어떤 존재인지! 요컨대 네 친구들은 너를 존경하고 있다! 너도 자주 그들에게 기쁨을 선사한다. 그리고 네 심장으로 말할 것 같으면, 마치 그들이 없다면 그것이 존재할 수 없는 것처럼 보인다. 그렇긴 하지만 — 만약 네가 지금 떠난다면, 그래서 네가 이 동아리로부터 하직한다면? 네 부재가 그들의 운명에 일으켜놓은 균열을 그들이 감지하기는 할까? 감지한다면 얼마나 오랫동안? 얼마나 오랫동안? — 오, 인간이란 너무나 허망한 존재라서, 그가 자기 현존재에 대한 본원적 확신을 가질 수 있는 곳에서도, 그가 자신의 존재에 대해 유일하고 진실한 인상을 줄 수 있는 곳에서도, 그가 사랑하는 사람들의 기억 속에서도, 그들의 영혼 속에서도, 바로 거기서도 그 역시 소멸해야 하고 사라져 가야 하다니! 그것도 이렇게 곧!

10월 27일

우리 인간들이 서로에게 이렇게 아무것도 아닌 존재일 수 있다는 생각에 나는 자주 내 가슴을 갈가리 찢고 뇌를 으깨어 부숴 버리고 싶은 심정이다. 아, 내가 더 보태주지 않는 사랑, 기쁨, 온정과 환희는 다른 사람도 나에게 주지 않을 것이다. 그리고 냉담하고 축 늘어진 모습으로 내 앞에 서 있는 타인이라면 지극한 행복으로 가득 찬 내 온 마음을 다 기울인다 해도 나는 그를 행복하게 해 줄 수 없을 것이다.

10월 27일 저녁

나는 많은 것을 가졌지만, 그녀에 대한 감정이 모든 것을 집어삼켜 버린다. 나는 많은 것을 가졌지만, 그녀가 없다면 내게는 모든 것이 무(無)로 된다.

10월 30일

난 벌써 수십 번이나 그녀의 목을 끌어안기 직전의 순간까지 가지 않았던가! 그다지도 사랑스러운 여성이 자기 앞에 왔다 갔다 하는 걸 보고도 손을 뻗쳐서는 안 되는 사람의 기분이 어떠한지는 위대하신 하느님께서 아실 것이다. 그럴 때에 손을 뻗쳐 끌어안는 것은 정말이지 인간의 가장 자연스러운 본능이다. 어린아이들은 그들의 감각에 들어오는 것은 무엇이든 움켜잡지 않는가? ― 그런데 나는?

11월 3일

하느님이 아시지만, 그다지도 자주 나는, 다시는 깨어나지 말았으면 하는 소원을 말하면서, 정말이지 이따금은 그런 희망을 품고서, 잠자리에 들곤 한다. 하지만 아침에 나는 눈을 뜨고 태양을 다시 본다. 그리고 나 자신을 비참하게 느낀다. 아, 내가 차라리 심술궂을 수 있어서 날씨 탓을 하고 제3자 탓으로 돌리거나 어떤 계획이 실패한 탓으로 미룰 수 있다면, 참을 수 없는 이 불쾌의 짐이 단지 반만 내 어깨 위에 놓일 수 있을 텐데! 딱하구나, 이 나는! 모든 죄가 오직 나한테만 있다는 것을 나는 너무나 진실하게 느끼고 있으니! ― 죄는 아니지! 하여튼 전에 모든 행복의 근원이 그랬듯이 모든 불행의 근원이 내 속에 숨어있는 것은 맞잖아! 전에 감정으로 충만되어 돌아다니고 한 발자국을 디뎌도 천국이 뒤따라오고 온 세상을 사랑으로 감싸 안을 수 있는 가슴을 지녔던 바로 그 동일한 내가 아니란 말인가? 그런데 이제 이 가슴은 죽었다. 이 가슴으로부터는 환희가 더 이상 흘러나오지 않고, 내 두 눈에는 눈물이 말라 있다. 그리고 더 이상 눈물이 시원하게 씻어주지 않는 내 감각 때문에 내 이마에는 불안한 주름이 생긴다. 나는 많이 괴롭다. 왜냐하면 내 삶의 유일한 환희를 잃어버렸기 때문이다. 내 주위의 온 세상을 창조하던, 내게 활기를 불어넣어 주던 그 성스러운 힘을 잃어 버렸기 때문이다. 그 힘이 사라진 것이다! 나는 창밖으로 먼 언덕을 내다본다. 아침 해가 언덕 위에 높이 떠서 안개를 뚫고나와 조용한 풀밭을 비추어 주고 있다. 그리고 잎이 떨어진 버드나무들 사이로 보이는 온화한 강물은 내 쪽으로 휘돌아 흘러온다. — 아, 여기 이 장엄한 자연도 마치 랙(lac) 칠을 해놓은 그림과도 같이 뻣뻣하게 내 앞에 서 있다. 이럴 때면 그 모든 환희가 내 심장으로부터 단 한 방울의 지복한 감정도 대뇌로 펌프질해서 올려줄 수 없고 그 늠름하던 사나이도 마치 말라버린 우물처럼, 구멍 뚫린 물통처럼 하느님의 얼굴 앞에 멀거니 서 있게 되는 것이다. 나는 자주 땅바닥에 몸을 던지고는, 마치 하늘이 청동처럼[30] 되어 대지를 목마르게 할 때 농부가 비를 구하듯이, 눈물을 흘리게 해 달라고 하느님께 기도했다.

---

30 (역주) 〈모세 5경〉, 28장 23절 참조.

그러나, 아, 나는 느낄 수 있다, 하느님은 우리의 격렬한 간구에 따라 비나 햇볕을 내려주지 않으신다는 것을. 그리고 지금 내가 괴로워하면서 회상하고 있는 그 좋은 때도 간구로 얻은 것은 아니었지. 그때는 왜 그렇게 행복했을까? 아마도 내가 인내심을 가지고 성령이 임하시기를 기다리다가 내게 퍼부어주시는 그 환희를 온 마음을 다해 진심으로 감사해 하며 받아들였기 때문일 것이다.

11월 8일

로테가 나의 무절제를 나무랐다. 아, 그다지도 정답게! 내가 이따금 한 잔의 포도주로부터 절제하지 못하고 한 병까지 마시게 된다는 것이다. — "그러지 마세요!" 하고 그녀가 말했다. "로테를 생각하세요!" — "생각하라고요?!" 하고 내가 말했다. "그런 말을 할 필요가 있어요? 난 생각합니다! — 아니, 생각하는 것이 아니라, 당신은 언제나 내 영혼 앞에 떠올라 있는 걸요. 오늘 나는 당신이 최근에 마차에서 내렸던 그 장소에 앉아 있었습니다……" — 그녀는 내가 이 주제에 더 깊이 들어가지 못하도록 무엇인가 다른 말을 했다. 훌륭한 친구여, 내가 이 지경이 되어 버렸어! 그녀는 자기 마음대로 나를 다룰 수 있네.

11월 15일

빌헬름, 자네의 진정한 관심과 선의의 충고, 고맙네. 부디 안심하게. 나 혼자 견뎌내도록 해 줘. 많이 지친 상태임에도 불구하고 나는 아직 이 난관을 헤쳐 나가기에 충분한 힘을 갖고 있다. 난 종교를 존중해. 자네도 알다시피 나는 종교가 많은 지친 사람들에게 지팡이가 되어 주고 많은 목마른 자들에게 청량제가 되어 준다는 것을 느끼고 있네. 다만 — 종교가 누구한테든지 그럴 수 있고 누구한테든 그래야만 하느냐 하는 의문은 남게 되네. 이 넓은 세상을 보자면, 종교의 그런 혜택을 입지 못한 사람도 많고, 설교를 들었든 못 들었든 간에 종교의 그런 혜택을 입지 못할 사람도 수없이 많을 걸세. 그리고 종교가 나한테도 꼭 그래야만 할까? 하느님의 아들 자신이 '아버지께서 그에게 준 사람들이 그의 주위에 모일 것'[31]이라고 말하지 않았던가? 이제 내가 그에게 주어져 있지 않다면? 만약 그 아버지께서 이제 나를 자신 곁에 두시고자 하신다면? 지금 나의 심장이 내게 그렇게 말하고 있네. — 부디 이 말을 잘못 해석하지 말게! 이 죄 없는 말에서 조롱기 같은 것을 느끼지는 말게. 내 자네한테 털어놓는 이 말은 나의 온 영혼이라네. 그렇지 않다면 나는 차라리 침묵했을 걸세. 정말이지 나는 누구든 간에 나나 마찬가지로 어차피 잘 알지 못하는 모든 일에 대해서는 한마디도 입 밖에 내고 싶지 않네. 자신의 분

31 (역주) 〈요한복음〉, 6장 45절과 6장 65절 참조.

수로 주어진 고통을 견뎌내고 자신의 술잔을 비우는 것이 어차피 인간의 숙명 아닌가? — 그런데 그 술잔이 하늘에 계신 분의 인간적인 미각에도 너무 쓰디썼다면,[32] 왜 내가 잘난 척하며 그게 나한테는 감미로운 척해야 한단 말인가? 미래라는 캄캄한 심연 위에 과거가 번갯불처럼 번쩍 빛나고 내 주위의 모든 것이 침몰하며 나와 더불어 세계가 멸망해 가는 그 끔찍한 순간에 왜 내가 부끄러워해야 한단 말인가? 그 순간에 자기 자신의 내면으로 완전히 내몰린, 그래서 자기 자신을 잃어버린, 그리하여 끝없이 아래로, 아래로 추락해 가는 인간이 되올라오기 위해 헛되이 애쓰는 기력의 가장 깊은 내심에서 이를 갈며 울부짖는 목소리가 있지 않았던가? "나의 하느님! 나의 하느님! 왜 저를 버리셨나이까?"[33] 그런데 내가 왜 이 말을 부끄러워해야 하며, 마치 융단을 말듯 하늘도 둘둘 말아 버릴 수 있다는[34] 그분도 피할 수 없었던 그 순간을 왜 내가 두려워해야 한단 말인가?

11월 21일

로테는 나와 자기 자신을 파멸시키게 될 독약을 스스로 만들고

---

32 (역주) 〈마테복음〉, 26장 39절 참조.

33 (역주) 〈마테복음〉, 27장 46절 참조.

34 (역주) 〈시편〉, 104장 2절, 예사이아, 34장 4절, 〈요한 계시록〉 6장 24절 참조.

있다는 사실을 알지도, 느끼지도 못하고 있다. 그런데 나는 그녀가 내게 건네주는 파멸의 잔을 게걸스럽게 홀짝 홀짝 끝까지 다 마시고 있다. 그녀가 나를 자주 — 자주? 아니, 자주는 아니지만 이따금 — 바라보곤 하는 그 온화한 눈길은 무엇을 의미하는 것일까? 나도 모르게 표출되는 내 감정을 받아들이고 이마 위에 나의 인내에 대한 연민의 정을 나타내는 그 호의는 대체 무엇을 의미하는 것일까?

어제, 내가 떠나려 했을 때, 그녀는 내게 손을 내밀면서 "잘 가요, 친애하는[35] 베르터!" 하고 말했다. — 사랑하는 베르터라고? 그녀가 나를 가리켜 '사랑하는' 사람으로 부른 것은 이번이 처음이었다. 그래서 그 말이 내 뼛속까지 짜릿하게 들어왔다. 나는 그 말을 혼자서 백번이나 반복했다. 그리고 어젯밤, 잠자리에 들면서 온갖 헛소리를 혼자서 지껄였는데, 나는 갑자기 "잘 자요, 사랑하는 베르터!" 하고 말했다. 그런 뒤에는 나 자신에 대해 껄껄 웃지 않을 수 없었다.

---

35 (역주) "친애하는 베르터!(Lieber Werther!)"라고 할 때의 형용사 'lieb'는 분명 '사랑하는'이라는 의미를 내포하고 있긴 하지만, 사람의 이름 앞에 자주 붙어서 관용적으로 쓰이기 때문에, '친애하는'이라는 표층적 의미에 머물 때가 많다. 따라서 베르터가 이 형용사를 굳이 '사랑하는'으로 해석하는 데에는 다소 무리가 있다. 바로 이 점에 이 대목 전체의 '슬픈 유머'가 숨어 있다 하겠다.

11월 22일

나는 "그녀를 포기하도록 도와주소서!" 하고 기도할 수는 없다. 그런데도 내게는 그녀가 자주 나의 여자로 생각되곤 한다. 나는 "그녀를 제게 주시옵소서!" 하고 기도할 수도 없다. 그녀가 다른 남자의 아내이기 때문이다. 나는 이러지도 저러지도 못하는 나의 괴로움을 갖고 이리저리 말장난을 치고 있다. 나 자신에게 이런 짓이라도 허용하지 않는다면, 온통 반대 명제들만 지루하게 되풀이될 것이다.

11월 24일

그녀는 내가 인내하고 있다는 것을 느끼고 있다. 오늘 그녀의 눈길이 내 심장 깊숙이 파고드는 듯했다. 내가 그 집에 들어서니 그녀는 혼자였다. 나는 아무 말도 하지 않았고 그녀도 말없이 나를 바라보기만 했다. 이제 나는 그녀한테서 더 이상 사랑스러운 아름다움을 보지 않고 더 이상 훌륭한 정신의 번득임을 보지 않는다. 그런 것은 내 눈앞에서 모두 사라지고 없었다. 그보다 훨씬 더 찬연한 눈길이, 깊디깊은 관심과 감미롭기 그지없는 연민의 표정으로 가득 찬 눈길이 내 마음에까지 사무치고 있었다. 왜 나는 그녀의 발치에 몸을 던져서는 안 되는가? 왜 나는 그녀의 목을 얼싸안고 천 번의 키스로 응답해서는 안 되는가? 그녀는 어색

함을 피하기 위해 피아노 쪽으로 갔다. 그러고는 달콤하고 낮은 목소리로 피아노 연주에 맞는 화음 소리를 내는 것이었다. 지금까지 나는 그녀의 두 입술이 이렇게 매력적이라고 느낀 적은 한 번도 없었다. 그것은 마치 그 두 입술이 악기로부터 흘러나오는 그 달콤한 음들을 애타게 흡입하기 위해 열리는 것 같았으며 이윽고 그 청순한 입 안으로부터 다시금 신비로운 메아리만 되울려 나오는 것 같았다. — 그래, 내가 자네한테 이 장면을 이렇게밖에 표현할 수 없다네! — 나는 더 이상 버티지 못하고 몸을 숙이고 맹세했다 — "천상의 정령들이 위에 떠서 감돌고 있는 두 입술이여! 내 결코 그대들에게 감히 키스하려 들지 않으리라. — 그러나 그래도 — 나는 키스하고 싶다 — 하하, 알겠지, 이 욕망이 마치 장벽처럼 네 마음을 가리고 있다는 걸? — 이 지극한 행복을 맛보고 — 그 다음엔 파멸해서, 이 죄악의 값을 치러도 좋다 — 그런데 이게 죄악은 죄악일까?

11월 26일

이따금 나는 나 자신에게 말한다 — "너의 운명은 유일무이하다. 너 이외의 다른 사람들을 모두 행복한 존재로 찬미하라! — 이렇게까지 고통을 당한 자는 아직 아무도 없었으니!" 그러고 나서 나는 옛 시대의 어느 시인의 작품을 읽는데, 마치 나 자신의 마음을 들여다보고 있는 것 같은 기분이 든다. 나 또한 이렇게 많은 고통을 견뎌내지 않으면 안 되는구나! 아, 대체 나보다 앞선 사람들도 이미 이렇게 비참했던 것일까!

11월 30일

제정신을 차려야 하는데, 정말 나는 제정신을 차리지 못한다! 어디를 가든, 나는 내 마음의 평정을 온통 뒤흔들어 버리는 어떤 현상과 맞부딪히게 된다. 오늘도 그런 일이 일어나고야 말았다! 오, 운명이여! 오, 인간으로 살아간다는 비극이여!

점심때에 물가로 갔다. 점심 먹을 생각도 없었던 것이다. 모든 것이 황량하게 보였고, 산으로부터는 차고 습기 찬 저녁 바람이 불어왔으며, 회색의 비구름들이 골짜기 안으로 몰려들어 왔다. 멀리서부터 나는 초록색의 허름한 상의를 입은 한 사람을 보았는데, 그는 바위들 틈에서 이리저리 다니며 약초 따위를 찾는 것 같았다. 내가 그에게로 가까이 다가가자 인기척에 그가 몸을 돌렸다. 그때 나는 조용한 슬픔이 주된 특징을 이루고 있긴 하지만 그 외에는 정직하고 선량한 마음씨만을 드러내고 있는 어떤 기이한 용모를 보게 되었다. 그의 검은 머리카락은 핀을 꽂아 두 갈래로 갈라져 있었고 나머지 머리카락은 두꺼운 댕기 머리로 땋아서 그의 등 아래로 치렁치렁 늘어뜨리고 있었다. 내게는 그의 옷이 하층 신분의 사람을 가리키는 것처럼 보였기 때문에, 내가 그의 일에 관심을 보여도 그다지 나쁘게 여기지 않을 것 같았다. 그래서 나는 무엇을 찾고 있는지 그에게 물어보았다. — "제가 찾고 있는 것은" 하고 그는 깊은 한숨을 쉬면서 대답했다. "꽃들입니다. 그런데 꽃이 없어요." "그럴 만한 계절이 아니기도 하지요" 하고 나는 미소를 머금고 말했다. — "꽃이 참 많이 핍니다" 하고 그는 나를 향해 내려오면서 말했다. "제 정원에는 장미들과 두 종류의 인동초들이 있는데, 그중 한 종류는 아버지께서 내게 주셨는데, 그것들이 잡초처럼 마구 자라지요. 벌써 이틀째 그것들을 찾고 있는데 도무지 찾지 못하겠네요. 여기 우리집 바깥에서도 늘 꽃들이 핍니다. 노랗고 파랗고 빨간 꽃들 말입니다. 용담초는 아름다운 조그만 꽃을 피우죠. 하나도 보이지 않네요." — 나는 무엇인가 섬뜩한 것을 알아차렸다. 그래서 에둘러 물어보았다. "대체 꽃을 가지고는 무얼 하시려고?" — 묘하고도 실룩거리는 미소 때문에 그의 얼굴이 일그러졌다. "비밀을 누설하지 말아야 해요!" 하고 그는 손가락을 입에 갖다 대면서 말했다. "애인한테 꽃다발을 만들어 주겠다고 약속했거든요." — "참 멋지네요!" 하고 내가 말했다. — "오!" 하고 그가 말했다. "그녀는 다른 것들도 많이 갖고 있어요. 부자거든요." — "하지만 당신의 꽃다발을 좋아하는 모양이군요!" 하고 내가 맞장구를 쳐 주었다. — "오!" 하고 그가 말했다. "그녀는 보석들도 많고 왕관도 하나 소유하고 있지요." "대체 이름이 어떻게 되나요?" — "네덜란드 정부가 저한테 급료만 제대로 주었어도" 하고 그가 엉뚱한 대답을 했다. "저는 전혀 다른 사람이 되었을 겁니다! 그래요, 한때는 저에게도 잘나가던 때가 있었답니다. 지금은 이렇게 끝장이 난 인간이지만. 지금 저는……" 눈물이 글썽해서 하늘을 쳐다보는 시선이 모든 것을 잘 표현해 주고 있었다. — "그때는 행복했겠네요?" 하고 나는 물었다. — "아, 저는 다시 그렇게 되고 싶어요." 하고 그가 말했다. "그때 저는 마치 물을 만난 물고기처럼 아주 편안했고 즐거웠으며 경쾌하게 움직였지요!" — "하인리히!" 하고 한 노파가 이쪽으로 오면서 이름을 부르고 있었다. "하인리히, 어디 틀어박혀 있는 거냐? 우린 너를 여기저기서 많이 찾았단다. 식사하러 오너라." — "아드님입니까?" 하고 내가 노파 쪽으로 다가가면서 물었다. — "그래요, 내 불쌍한 아들이지요!" 하고 노파가 대답했다. "하느님께서 제게 무거운 십자가를 지게 하셨지요." — "이렇게 된 지는 얼마나 되었습니까?" 하고 내가 물었다. — "이렇게 조용하게 된 것은" 하고 그녀가 말했다. "이제 반년이 되네요. 이만하게 된 것만도 다행이지요. 그 전에는 일 년 내내 미쳐 날뛰었답니다. 그래서 사슬에 묶인 채 정신병원에 누워 있었지요. 지금은 아무한테도 해를 끼치지는 않아요. 다만 늘 왕들이나 황제들하고 무슨 볼일이 있는 것처럼 중얼거리곤 해요. 아주 착하고도 조용한 아들로서 내가 먹고 사는 데에도 도움을 주고 글씨도 곧잘 썼지요. 그런데 갑자기 우울증이 오고 심한 열병을 앓더니 그만 미치더군요. 그래서 얘가 지금 보시다시피 이렇게 되고 말았어요. 제가 그 얘기를 신사 양반께 드리자면……" — 나는 홍수처럼 마구 쏟아져 흘러나오려 하는 그녀의 말을 끊으면서 질문을 했다. "아드님이 아주 행복했고 아주 잘나갔다고 자랑하는 그 시절은 대체 언제이지요?" — "어리석은 녀석!" 하고 노파가 연민이 섞인 미소를 띠면서 외쳤다. "제정신이 나갔을 때를 말하는 거죠. 그때를 늘 자랑하죠. 정신병원에 있을 때죠. 자기 자신에 대해 아무것도 모르던 때 말입니다." — 이 말이 마치 벼락처럼 내 머리를 스쳐 지나갔다. 나는 노파의 손에 동전 하나를 쥐여 주고는 황급히 그 자리를 떠났다.

'그대가 행복했던 때!' 하고 나는 시내를 향해 걸어가면서 혼잣말로 재빨리 외쳤다. '그대가 마치 물고기가 물을 만난 것처럼 편안하게 느꼈던 때!' — '하늘에 계신 아버지시여! 당신께서는 인간들이 분별을 차리기 이전에만, 그리고 그 분별을 다시 잃게 될 때에만 행복할 수 있도록 인간들의 운명을 만들어 놓으셨군요!' — '불행한 사람이여! 하지만 나는 그대의 우울증이 부럽고, 감성의 혼란 속에서 애태우고 있는 그대가 부럽구나! 그대는 그대의 여왕을 위해 꽃들을 꺾기 위해 희망에 차서 외출을 한다 — 이 겨울에 — 그리고 꽃을 찾지 못해 슬퍼한다. 그리고 왜 그대가 꽃을 찾지 못하는지를 이해하지 못한다. 그런데 나는, 이 나는 희망도 목적도 없이 집을 나왔다가 내가 왔던 길을 다시 걸어 집으로 되돌아가고 있다. — 그대는 네덜란드 정부가 그대에게 급료를 제대로 주었던들 그대가 어떤 인간이 될 수 있었을 것이라고 공상을 한다. 자기 행운의 결핍을 어떤 세속적인 장애 탓으로 돌릴 수 있는 지극히 복된 사람! 그대는 느끼지 못한다, 그대의 불행의 원인이 그대의 손상된 심장에 있고 그대의 뒤흔들린 뇌에 있다는 것을, 그리고 이 지상의 모든 왕들이 다 달려들어도 그대를 도와줄 수 없다는 사실을 그대는 느끼지 못한다.'

한 환자가 있다. 그는 자신의 병을 키우고 자신의 남은 삶을 더욱 고통스럽게 만들 것이 틀림없는 아주 먼 곳에 있는 온천을 찾아 여행을 떠난다. 또한 마음이 궁지에 몰린 한 인간이 있다. 그는 자신의 양심의 가책으로부터 해방되고 자기 영혼의 고뇌를 떨쳐버리기 위해 성자의 무덤을 향해 순례의 길에 오른다. 이런 환자를 비웃고 마음이 궁지에 몰린 이런 인간을 깔보는 자는 비참하게 죽어 마땅하다. 아직 길이 나지 않은 길 위를 가다가 발바닥을 베는 한 걸음 한 걸음이 불안에 쫓기는 영혼에게는 진정제가 되고, 참고 견딘 순례 길의 하루하루가 궁지에 몰린 사람에게는 많은 괴로움을 덜어주게 되는 것이다. — 그런데 당신들, 푹신한 의자 위에 앉아 근사한 말만 떠벌이는 당신들이 이 모든 것을 망상이라 지칭해도 좋을까? — 망상! — 하느님! 당신께서는 저의 눈물을 보고 계십니다! 인간을 너무나 가련한 존재로 창조하신 당신께서는 이 가련한 존재에게 그가 갖고 있는 그 약간의 가난조차도, 아니, 당신에게, 모든 인간을 다 사랑하시는 당신에게 갖고 있는 그 약간의 신뢰까지도 강탈해 가는 형제들까지 꼭 덧붙여 주셔야 했습니까? 치유력이 있는 약초 뿌리나 포도의 즙에 대한 신뢰가 곧, 우리를 둘러싸고 있는 모든 것에다 우리가 정말이지 매 시간마다 필요로 하는 치유력과 진정제의 효력을 부여해 놓으신 당신에 대한 신뢰가 아니고 무엇이겠습니까? 제가 알지 못하는 아버지시여! 지금까지 저의 온 영혼을 꽉 채워주셨다가 이제는 저로부터 얼굴을 돌려버리신 아버지시여, 저를 당신 곁으로 불러 주십시오! 더 이상 오래 침묵하지 말아 주십시오!

이 목마른 영혼은 당신의 침묵을 더는 참을 수 없나이다 — 예기치 않게 되돌아 온 아들이 목에 매달리며 "나의 아버지시여, 제가 다시 왔나이다! 당신의 뜻대로라면 더 오래 참고 견뎌야 할 방랑을 제가 중단한 것에 대해 노하지 말아 주십시오. 이 세상은 어디를 가나 같더이다. 수고와 노동을 하고 나면, 보수와 기쁨이 뒤따르더이다. 그러나 그것이 저에게 무엇이란 말입니까? 아버지께서 계시는 곳에서만 저는 편안함을 느낍니다. 그리고 아버지께서 지켜보시는 앞에서 저는 괴로워하고 즐기고 싶습니다" 하고 외치는 아들에게 한 인간 세계의 아버지라면 노여워 할 수 있겠나이까? — 그런데도, 사랑하는 하느님 아버지, 당신께서 이 아들을 물리치셔야 하겠나이까?

12월 1일

빌헬름! 내가 지난 번 편지에서 말했던 그 사람, 그 '행복하기도 한' 불행한 사람은 로테의 아버지 사무실에서 서기로 일했다네. 그는 로테에 대한 열정을 키우며 그것을 숨겨오다가 그 사실을 털어놓자 그 때문에 해고되었고, 그 열정 때문에 그는 미친 것이었다. 이 몇 마디 무미건조한 내 보고를 읽으면서, 이 이야기가 나에게 얼마나 엄청난 충격을 주었을지 어디 한번 느껴보게. 알베르트는 이것을 아주 태연하게 얘기하더군. 아마 자네도 이 이야기를 그렇게 태연히 읽을 것 같기도 하네.

12월 4일

안 되겠네! — 자네도 알다시피 난 이제 끝장이야. 나는 이 상황을 더 이상 참을 수 없어! 오늘 난 그녀 집에 앉아 있었다. 나는 앉아 있었고 그녀는 피아노를 치고 있었다. 여러 멜로디였는데, 그 표현이라니! 모든 것, 모든 것을 표현하고 있었다! — 내가 원하고 있는 것은 무엇인가? — 그녀의 어린 여동생은 내 무릎 위에 앉아서 그녀의 인형에게 옷을 입혀 주고 있었다. 내 눈에 눈물이 고였다. 그래서 내가 몸을 숙였는데, 그녀의 결혼반지가 내 눈에 들어왔다. — 눈물이 주르륵 흘렀다 — 그런데 갑자기 그녀가 전부터 들어온 그 천상적인 감미로운 멜로디를 치기 시작했다, 그렇게도 갑자기. 그래서 내 마음속에는 어떤 위안감과 지나간 일에 대한, 그 노래를 듣던 시절에 대한 어떤 추억이 찾아왔다. 로테를 떠나 있던 그 불쾌했던 암울한 중간 시절과 어긋나 버린 희망들에 대한 추억도 떠올랐다. 그리고 또 — 나는 방 안을 왔다 갔다 했다. 갖가지 추억의 감정에 북받친 나머지 나의 심장이 멎을 것 같았다. — "제발" 하고 나는 그녀 쪽으로 성큼 다가서면서 격하게 감정을 폭발시켰다. "제발 부탁인데, 그만 해요!" — 그녀는 연주를 그만두고 나를 물끄러미 바라보았다. "베르터!" 하고 그녀는 내 마음을 깊이 파고드는 미소를 띠고서 말했다. "베르터, 당신은 많이 아프신 것 같아요. 좋아하시던 곡목들도 당신에게 거슬리는 듯하네요. 가세요! 제발 부탁인데 숙소로 가셔서 좀 진정하세요." — 나는 휙 하고 그녀 곁을 떠났다. 그리고 — 하느님이시여! 당신께서는 저의 이 처참한 모습을 보고 계십니다. 그러니 이제 이것을 끝내어 주실 때입니다.

12월 6일

어딜 가든지 그녀의 형상이 나를 뒤따르고 있다! 깨어 있을 때나 꿈을 꿀 때나 그녀가 내 마음을 온통 가득 채우고 있다! 여기, 눈을 감으면 내면을 향한 시력이 모이는 이 내 이마 속 여기에, 그녀의 검은 눈동자들이 자리 잡고 있다. 여기에! 나는 그 자리를 딱히 표현할 수 없다. 눈을 감으면, 거기에 그 눈동자들이 보인다. 마치 어떤 바다처럼, 마치 어떤 심연처럼 그 눈동자들이 내 앞에, 내 안에 보인다. 그것들이 내 이마의 모든 감각을 가득 채운다.

반신(半神)으로 예찬되기도 하는 인간이란 어떤 존재인가! 그가 힘을 가장 필요로 하는 바로 그 순간에 그에게는 힘이 부족하지 않은가? 기쁨에 겨워 뛰어오를 때에나 고뇌 속에 푹 잠겨 있을 때에나 인간은 늘 바로 그 시점에서 그만 제지를 당하지 않는가? 무한성으로 가득 찬 가운데에 이제 자신이 그만 소멸되기를 열망하는 바로 그 순간에 인간은 다시금 그 둔감하고 차가운 의식으로 되몰리지 않는가?

간행자 겸 편집자가 독자에게 드리는 글

우리 친구의 심상찮은 마지막 며칠 동안에서부터 많은 자필 증거들이 우리를 위해 남아있기를 나는 간절히 원했다. 그리하여 그가 남긴 편지들을 순차적으로 나열해 오던 작업을 이렇게 중단하고 내가 여기서 서술문을 삽입할 필요가 없기를 나는 간절히 원했던 것이다.

나는 그의 사연을 잘 알 만한 사람들이 직접 말한 상세한 정보들을 수집하고자 애를 썼다. 그 사연인즉 단순하다. 그래서 그것에 관한 모든 얘기들이 아주 사소한 몇 가지를 제외하고는 모두 서로 일치하고 있다. 단지 행동하는 인물들의 사고방식에 대해서만 의견들이 서로 다르고 거기에 대한 판단도 서로 엇갈린다.

우리가 계속 노력한 결과 얻을 수 있었던 내용을 양심적으로 이야기하고 고인이 남긴 편지들을 삽입하면서 아무리 사소한 쪽지라 해도 유품들을 소홀히 다루지 않는 것 이외에 우리가 할 수 있는 일이 무엇이겠는가? 더구나, 범속하지 아니한 사람들 사이에서 일어나는 사건일 경우에는, 그것이 단지 어떤 개별적인 행동에 지나지 않는다고 할지라도 그 아주 독특하고도 진실한 동기들을 찾아낸다는 것은 정말 어려운 작업이니까 말이다.

언짢고 귀찮은 기분이 베르터의 영혼 속에 점점 더 깊이 뿌리를 내리고 그 뿌리가 더욱 강고하게 서로 휘감겨 버렸다. 그리하여 이런 기분이 차츰 차츰 그의 본성 전체를 마비시켜 버렸다. 그의 정신의 조화는 완전히 깨어졌고, 그의 본성의 모든 에너지들을 뒤죽박죽으로 만들어 버린 내면의 뜨거운 격정은 아주 고약한 작용들을 불러일으키고 결국 마지막에는 그에게 단지 피로만 남겨 놓게 되었다. 이 피로감으로부터 벗어나기 위해 그는 지금까지 온갖 난관과 싸울 때보다도 더 불안하게 애를 쓰곤 했다. 그의 마음의 불안은 그의 정신의 여타 에너지들과 그의 활발성, 그의 통찰력을 소진시켰다. 그래서 그는 모임에서 슬픈 말 상대로 변했고 점점 더 불행해졌으며, 불행하게 되면 될수록 그만큼 점점 더 불공정한 생각을 하게 되었다. 적어도 알베르트의 친구들은 이렇게 말하고 있다. 그들의 주장에 의하면, 베르터는 오랫동안 원해 오던 행복을 이제야 얻게 된 한 순수하고 조용한 남자와, 이 행복을 미래에도 계속 유지하려는 그 남자의 행동을, 제대로 평가할 수 없었다고 했다. 말하자면 베르터는 날이면 날마다 자기의 전 재산을 탕진하다가 저녁이 되면 괴로워하면서 잘 먹지도 않았다는 것이었다. 그들의 말에 따르면, 알베르트는 그렇게 단기간에 변할 사람이 아니었으며, 그는 베르터가 처음부터 알고 있던 바로 그 사람, 베르터가 그다지도 높이 평가하고 존경하던 똑같은 사람으로 머물러 있었다는 것이다. 알베르트는 로테를 그 누구보다도 사랑했고 그는 그녀를 자랑스럽게 생각했으며 그녀가 그 누구한테도 훌륭한 여성으로 인정받기를 원했다. 알베르트가 혹시 의심의 빌미가 될지도 모르는 모든 기미를 방지하기를 원했고, 바로 그런 순간에 아무하고도 이 소중한 여인을 — 아무리 순수한 방식으로라도 — 나누어 가질 생각이 전혀 없었다 하더라도, 그 때문에 그를 나쁘게 생각할 수 있을까? 베르터가 로테의 방에 있으면 알베르트가 자주 자기 아내의 방을 떠났다는 사실은 그들도 인정했다. 그러나 그것은 자기 친구 베르터에 대한 증오나 혐오 때문이 아니라 자기가 거기에 함께 있으면 베르터에게 부담이 될까 해서였다는 것이다.

로테의 아버지가 병을 얻게 되어 외출을 하지 못하고 수렵관 안에서만 머물게 되었다. 그가 로테에게 자신의 마차를 보냈다. 그래서 그녀가 마차를 타고 나가야 했다. 아름다운 겨울날이었는데, 첫눈이 많이 내려서 사방이 온통 눈으로 뒤덮여 있었다.

그 이튿날 아침 베르터는 알베르트가 로테를 데리러 오지 않을 경우 그녀를 집으로 데려오기 위해 로테를 뒤따라갔다.

청명한 날씨도 그의 우중충한 기분에는 별로 효과가 없었고, 무거운 기분이 그의 마음을 짓누르고 있었으며, 여러 슬픈 영상들이 그의 뇌리에 확실하게 자리를 잡고 어른거렸다. 그래서 이것저것 괴로운 상념들만 섞바뀔 뿐 전혀 기분 전환이 되지 않고 있었다.

자기 자신과 영원한 불화 속에서 살다 보니 그에게는 다른 사람들의 상태 역시 불안하고 혼란스럽게 보였다. 그는 자기가 알베르트와 그의 부인 사이의 아름다운 관계를 방해했다고 믿었고, 거기에 대해 자신을 비난했다. 이런 비난 속에는 그 남편에 대한 은근한 불만도 섞여 있었다.

로테를 찾아가는 도중에도 그는 이런 생각을 하고 있었다. "그래, 그렇지!" 하고 그는 남몰래 이를 갈면서 혼자 중얼거렸다. "이것이 바로 그 친밀하고 우정과 애정이 어린, 그리고 모든 것을 공감하는 교우 관계다! 조용하고 지속적인 신의다! 포만감이요 무관심이 아닌가, 이것은! 그에게는 너절한 사무가 귀하고 소중한 아내보다도 더 매력적이란 말인가? 그가 자신의 행복을 평가할 줄이나 알까? 그가 그녀를 존중할 줄이나 알까? 그녀는 그런 존중을 받을 자격이 있는데 말이다! 그런데도 그는 그녀를 소유하고 있다 — 그래, 그렇지 — 그는 그녀를 소유하고 있다. — 다른 것도 아는 것처럼 나도 그것쯤은 안다. 그 생각이라면 나는 거기에 이미 익숙해져 있다고 믿었는데, 이 생각만 하면 지금도 나는 미칠 것 같고 이 생각만 하면 지금도 나는 죽을 것만 같다. — 도대체 나에 대한 우정이란 것이 변함없이 유지되어 오기는 한 것일까? 내가 로테에게 매달리고 있는 것에서 그는 자기의 권리가 침해되고 있는 것으로 여기는 것은 아닐까? 그녀에 대한 나의 관심을 자신의 무관심에 대한 나의 말없는 비난으로 여기지나 않을까? 나는 그것을 잘 알고 있고 또 느끼고 있다. 그는 내가 곁에 있는 것을 귀찮게 여기고 있고, 내가 떠나기를 원하고 있으며, 나의 현존이 그에게 부담스러운 것이다."

자주 그는 자신의 빠른 발걸음을 멈추었고, 자주 그는 가만히 서서 발걸음을 돌리려는 것처럼 보였다. 하지만 그는 언제나 다시금 발걸음을 앞쪽으로 떼어놓았으며, 이런 생각과 독백을 하다가 마침내, 말하자면 자기 의사와는 달리, 수렵관에 도착해 버렸다.

그는 현관 문 안으로 들어서면서 노인과 로테의 안부를 물었는데, 집안 분위기가 다소 술렁거리고 있음을 느꼈다. 로테의 제일 나이 많은 남동생이 그에게 말하기를, 저 위 발하임에서 불상사가 일어났는데, 한 농부가 맞아죽었다는 것이었다. — 그것은 베르터에게 더 이상 아무런 인상도 주지 못했다. 그는 방 안으로 들어갔는데, 로테가 노인을 설득하고 있는 것을 보았다. 노인은 병환에도 불구하고 현장에서 범행을 조사하기 위해 발하임으로 건너가려 하고 있었다. 범인은 아직 밝혀지지 않았다. 피살체는 아침에 대문 앞에서 발견되었다. 피살자는 어느 과부의 머슴이었는데, 그 과부는 이전에 다른 머슴을 고용한 적이 있었고, 이 사람이 불화한 가운데에 그 집을 나갔었다는 등등 여러 추측들이 나돌고 있다는 것이었다.

이 말을 듣자 베르터는 벌떡 일어났다. — "이런 일이!" 하고 그는 소리쳤다. "저는 건너가 봐야 하겠습니다. 잠시도 그냥 이렇게 있을 수가 없네요." — 그는 서둘러 발하임으로 달려갔다. 그의 머리에 모든 기억이 생생하게 떠올랐다. 베르터는 자기가 그렇게 여러 번 함께 이야기를 나누었으며 자기에게 소중하게 된 그 청년이 그 범행을 저질렀으리라는 사실을 한 순간도 의심할 수 없었다.

시체가 놓여있는 술집으로 가자면 보리수들 사이를 통과하지 않으면 안 되었는데, 그는 여느 때에 그렇게도 사랑하던 그 광장 앞에서 깜짝 놀랐다. 이웃집 아이들이 그렇게도 자주 놀곤 하던 문지방은 피로 얼룩져 있었다. 사랑과 신의라는 가장 아름다운 인간적 감정들이 폭력과 살인으로 변해 버린 것이었다. 거대한 보리수들은 잎을 떨군 채 서리를 이고 서 있었고 나지막한 교회 묘지 담장 위로 아치 모양을 하고 있던 아름답던 생울타리도 잎이 다 떨어져 버렸다. 그래서 눈으로 하얗게 뒤덮인 묘비들이 울타리 틈새로 드러나 보이고 있었다.

온 동네 사람들이 마당에 모여 있는 그 주막 가까이 그가 다가가자 갑자기 떠들썩한 소리가 들려왔다. 멀리서부터 한 부대의 무장한 남자들이 오는 것을 볼 수 있었다. 각자가 떠드는 소리를 들어보면, 범인이 호송되고 있다는 것이었다. 베르터는 그쪽을 보았다. 그리고 오래 의심할 필요가 없었다. 그러하였다. 그것은 그 과부를 그다지도 사랑했던 바로 그 머슴이었으며, 얼마 전에 말없는 분노와 남모르는 절망 속에서 이리저리 방황하고 있었을 때에 베르터가 우연히 만났던 바로 그 청년이었다.

"이 불운한 사람아, 무슨 짓을 저질렀나!" 하고 베르터가 그 체포된 청년한테로 다가가면서 소리쳤다. — 청년은 그를 말없이 바라보면서 아무 말도 없더니, 마침내 아주 태연히 대꾸를 하는 것이었다. "아무도 그녀를 소유해서는 안 됩니다. 그녀 역시 아무 남자도 가까이 해서는 안 되지요." — 사람들은 그 체포된 사람을 주막 안으로 끌고 들어갔다. 그리고 베르터는 서둘러 그 자리를 떠났다.

그 끔찍하고도 강력한 충격을 통하여 그의 본성 안에 내재해 있던 모든 것이 온통 뒤흔들렸다. 베르터는 평소의 슬픔, 불만, 그리고 아무래도 좋다는 자포자기 상태에서 한순간 재빠르게 빠져나올 수 있었다. 제어하기 어려운 동정심이 그를 폭풍처럼 휘몰아쳤다. 그래서 그는 그 친구를 구하고 싶은 이루 형언할 수 없는 욕망에 완전히 사로잡히고 말았다. 베르터는 그 청년의 불행을 절실하게 공감하였고, 범죄자 자체로서의 그 청년이 죄가 없다고 생각했으며, 그 청년의 입장에 너무나 깊이 감정이입을 했기 때문에 다른 사람들에게도 그 청년의 무죄를 설득할 수 있으리라고 확신했다. 벌써 그는 청년을 위해 변호할 수 있기를 원했으며 아주 열렬한 변론이 이미 그의 입에서 도도히 흘러나오려 하고 있었다. 그래서 그는 수렵관 쪽으로 서둘러 가면서 도중에 벌써 참지 못하고 자신이 대행관에게 보고할 모든 것을 반쯤 소리 내어 말해보고 있었다.

방에 들어서자 그는 알베르트가 와 있는 것을 보았다. 이것이 한순간 그의 기분을 상하게 했다. 하지만 그는 곧 다시 정신을 가다듬고서 대행관에게 열정적으로 자기의 생각을 개진했다. 노인은 몇 번 고개를 흔들었다. 베르터가 한 인간이 다른 한 인간을 변호하기 위해 말할 수 있는 모든 것을 아주 생생하게, 열렬하게, 그리고 진실을 다하여 토로하였음에도 불구하고, 쉽게 짐작할 수 있는 일이지만, 대행관의 입장은 요지부동이었다. 오히려 그는 우리의 친구 베르터의 말을 끝까지 듣지도 않고 막으면서 그의 말에 심하게 반박하고 암살자를 옹호한다고 그를 나무랐다.

대행관은 이런 방식의 살인이 용납된다면 모든 법이 무력화되고 국가의 모든 치안이 근본적으로 어지러워질 것이라는 사실을 그에게 설명해 주었다. 또한 덧붙여 말하기를, 자기는 엄청난 책임을 떠안지 않고서는 이 사건에 대해 아무 개입도 할 수 없으며, 모든 것이 질서에 따라, 규정된 절차에 따라 처리되지 않을 수 없다고 했다.

그래도 베르터는 아직 순응하지 않고, 누군가가 그 청년의 도주를 도우더라도 대행관께서 눈감아 주시기만을 부탁드린다고 했다. 그의 이 부탁도 대행관은 거절했다. 마침내 대화에 끼어든 알베르트도 노인의 편을 들었다. 베르터의 의견은 다수에 의해 꺾였다. "안 돼! 그를 구할 수 없어요!" 하고 대행관은 그에게 몇 번이나 말을 했다. 그런 뒤에 베르터는 끔찍한 고통을 안고 그 자리를 떠났다.

대행관의 이 말이 그에게 얼마나 큰 경악을 불러일으켰는지를 우리는 그가 남긴 서류들 중에서 발견된 한 쪽지에서 읽을 수 있는데, 바로 그날 쓰이어진 것이 틀림없는 그 쪽지에는 이렇게 적혀 있었다.

> "자네를 구할 수가 없구나, 불행한 사람! 문득 나는 우리가 다 같이 구원 받을 수 없다는 사실을 깨닫게 된다."

알베르트가 그 체포 구금된 청년의 일에 대해 대행관의 면전에서 마지막으로 말한 내용은 베르터에게 지극히 거슬렸다. 그는 알베르트의 말에서 자기에 대한 약간의 민감성을 알아차렸다고 믿었다. 조금 더 숙고해 보니 그의 총명한 통찰력으로 두 사람의 말이 옳을 수 있다는 사실을 느끼지 못했을 리 없건만, 그래도 그는 자기가 그 사실을 고백하고 인정한다면 마치 자신의 가장 내밀한 현존재를 포기해 버리는 듯한 기분이 들었다.

이에 관한 쪽지 하나를 우리는 그가 남긴 서류들 중에서 발견했는데, 이것은 아마도 알베르트에 대한 그의 모든 관계 전체를 표현하고 있는 듯했다.

> "그가 건전하고 좋은 사람이라고 나 자신에게 말하고 또 자꾸 말해본들 무슨 소용이랴! 내 속의 오장육부가 찢어지는듯하니 말이다. 나는 공정할 수가 없다."

온화한 저녁이었고 눈이 녹으려는 날씨가 시작되었기 때문에 로테는 알베르트와 함께 걸어서 귀가하고 있었다. 도중에 그녀는 여기저기 주위를 살폈는데, 그것은 마치 그녀가 베르터와의 동행을 아쉬워하는 것 같았다. 알베르트가 그에 관해 이야기를 시작했는데, 그는 베르터를 공정하게 평가하는 가운데에도 그를 나무랐다. 알베르트는 그의 불행한 열정을 언급하였고 가능하다면 그를 멀리 떠나보내고 싶다는 소원을 말했다. — "나는 우리 둘을 위해서도 그것을 원해요" 하고 그가 말했다. "그리고 당신한테 부탁인데," 하고 그가 말을 계속했다. "당신에 대한 그의 행동이 좀 달라지도록, 그리고 그의 잦은 방문도 좀 줄어들도록 조정해 줬으면 해요. 사람들의 이목이 심상치 않아요. 내가 알기에도 벌써 여기저기서 쑤군거리는 것 같아요." 로테는 잠자코 있었다. 그래서 알베르트가 그녀의 침묵을 느낀 것 같았다. 적어도 그때 이래로 그는 그녀한테 베르터 얘기를 더 이상 꺼내지 않았다. 그리고 그녀가 베르터를 언급할 때면 그는 대화를 중단하거나 화제를 딴 데로 돌려 버리곤 했다.

그 불행한 청년을 구하기 위한 베르터의 헛된 시도는 꺼져가는 촛불의 불꽃이 마지막으로 한 번 발갛게 불타오른 격이었다. 이제 그는 그만큼 더 심한 고통과 무기력 상태로 빠져들 뿐이었다. 그 청년이 이제는 범행을 부인하는 데에까지 이르자 사람들이 아마도 그를 그 청년의 반대 증인으로까지 나서라고 할지도 모른다는 말을 듣자 베르터는 특히 놀라서 거의 제정신이 아니게 되었다.

지금까지 그가 실제 생활에서 겪었던 모든 불쾌한 일, 공사한테서 근무하던 때의 그 불쾌한 일들, 그밖에도 그가 실패한 모든 일, 언젠가 그가 모욕감을 느꼈던 것 등 모든 일들이 그의 마음속에서 울렁거렸다. 이 모든 것들을 겪었으니 그는 이제 자기가 아무 활동도 하지 않아도 되는 정당성을 지닌 것같이 느꼈다. 그는 자신이 모든 전망으로부터 차단된 존재라고 생각했으며, 일상생활을 위한 일을 다시 한 번 시도하기 위한 그 어떤 구실을 찾기도 불가능해진 자신을 발견하게 되었다. 그리하여 마침내 그는 슬픈 종말을 향해 점점 더 가까이 다가가고 있었다. 이때 그는 자신의 기이한 감정과 사고방식과 무한한 열정에 몰두해 있었고,

그 사랑스러운, 그리고 사랑하는 여인과의 슬픈 교제를 영원히 지속하는 단조로움 속에 빠져 있었다. 그럼으로써 그는 결국 로테의 안정을 방해하고 있었지만, 자신의 온갖 힘을 거기에 다 쏟아 부었고 목적도 없고 아무 전망도 없이 자신의 힘을 거기에 다 소진시키고 있었다.

그의 혼란과 열정, 그의 쉴 줄 모르는 몸부림과 노력, 인생에 지친 그의 모습에 대해서는 몇몇 남겨진 편지들이 가장 확실한 증거가 되겠기에 여기에 그것들을 삽입해 둔다.

12월 12일

친애하는 빌헬름, 불행한 사람을 보고 흔히들 악령에 시달리고 있는 것 같다고 말하곤 하는데, 지금 내가 그런 불행한 사람들이 처했음에 틀림없는 그런 상태 속에 있다. 이따금 악령이 나를 찾아온다. 그건 불안도 아니고 욕망도 아니다 — 그건 내 가슴을 갈기갈기 찢어 버릴 듯하고 내 목구멍을 틀어막는 어떤 미지의 내적 광란이다! — 아프다! 괴롭다! 그런 뒤에 나는 인간에 적대적인 이 계절의 끔찍한 밤의 풍경들 속을 이리저리 헤매고 돌아다닌다.

어제 저녁에 나는 바깥으로 뛰쳐나가지 않으면 안 되었다. 갑자기 눈이 녹는 날씨가 끼어들었고, 나는 강물이 범람하고 모든 개울물들이 넘쳐서 발하임으로부터 내려온 물이 내가 좋아하는 그 골짜기까지 뒤덮어 온통 물바다를 이루었다는 말을 들었던 것이다! 열한 시가 지난 밤중에 나는 바깥으로 뛰쳐나갔다. 물이 바위로부터 떨어져 달빛 아래에서 도도한 홍수를 이루어 소용돌이치는 것을 보는 것은 정말 무시무시한 광경이었다. 밭, 초원, 생울타리, 그리고 모든 것 위로, 그리고 그 넓은 골짜기 위와 아래로, 사납게 포효하는 폭풍 속에서, 파도가 휘몰아치는 하나의 거대한 바다! 그런 다음 조금 있다가 다시 달이 나타나서 시커먼 구름 위에 조용히 떠 있고 내 앞으로는 홍수의 물결이 무시무시하고도 장엄한 반사광 속에서 굽이쳐 흘러가면서 콸콸 소리를 내었다. 이때 내 온 몸에 소름이 끼쳐 왔다. 그리고 또 다시 어떤 그리움이 나를 찾아왔다. 아, 두 팔을 활짝 벌린 채 나는 벼랑 끝에 서 있었다. 그리고는 저 아래 심연을 향해 깊은 숨을 내쉬었다, 아래로! 그리고는 내 모든 고통, 내 모든 괴로움을 저 아래로 콸콸 흘려보내는, 저 물결처럼 저렇게 쏼쏼 흘러가 버리게 하는 환희 속에 몰두하였다. 오! — 그렇지만 땅바닥으로부터 발을 떼어놓음으로써 모든 고통을 끝내지는 못했구나! — 나의 시계가 아직 완전히 다 돌아간 것은 아니었던 게지 — 그걸 나는 느낄 수 있다! 오, 빌헬름이여! 저 폭풍으로 구름들을 찢어 헤쳐 버릴 수 있고 저 물결을 움켜쥘 수만 있다면 난 기꺼이 인간으로서의 내 존재를 내어놓으련만! 그래! 아마도 감옥에 갇힌 것이나 다름없는 이 인간에게도 언젠가는 이런 환희가 주어지지 않을까? —

나는 우수에 차서 어떤 조그만 광장을 내려다보게 되었는데, 거기서 나는 로테와 함께 — 어느 더운 날 산책을 하고 난 직후에 — 한 버드나무 아래에서 쉰 적이 있었다. — 그 광장 역시 물에 잠겨 있었다. 그래서 나는 그 버드나무를 거의 알아볼 수 없었네! 빌헬름! 그리고 그녀의 초지는? 하고 나는 생각했다. 수렵관 근방은! 거친 물살 때문에 지금 우리의 정자도 성치 않겠는데! 하고 나는 생각했다. 갇혀 있는 한 수인(囚人)에게 가축 떼와 초원과 명예로운 관직에 관한 꿈이 찾아오듯이 과거의 햇살이 내게 비쳐 들어왔다. 나는 그 자리에 아직도 서 있었다! — 나는 나 자신을 욕하지 않겠다. 나는 죽을 용기는 갖고 있으니까. — 나는 차라리 …… — 이제 나는, 아무 낙도 없이 죽어가는 목숨을 한순간이라도 연장하고 삶의 고통을 덜겠다고 울타리에서 나무를 긁어모으고 이 집 저 집에서 문전걸식을 하는 한 노파와도 같이, 여기 이렇게 앉아 있는 것이다.

12월 14일

친애하는 빌헬름, 이게 어찌된 셈일까? 나는 나 자신한테 소스라쳐 놀란다. 그녀에 대한 나의 사랑이란 가장 성스럽고 가장 순정하고 남매간의 우애 같은 사랑이 아니던가! 내가 내 마음속에 단 한 번이라도 벌받을 만한 소망을 품은 적이 있었던가? — 나는 맹세하고 싶지는 않네 — 그런데 이제 꿈을 꾸었네! 오, 미지의 낯선 힘들이 우리한테 서로 모순되는 작용을 한다고 말한 선인들의 느낌이 얼마나 진실한가! 간밤에! 그걸 말하려니까 몸이 떨린다. 간밤에 나는 그녀를 내 두 팔로 감싸고 그녀의 가슴을 꽉 안았다. 그리고 그녀의 속삭이는 입술에다 끝없는 키스를 퍼부었다. 그녀의 도취경에 빠진 눈동자 속에 내 눈이 떠다니고 있었다. 하느님! 꿈에서 깨어난 지금도 여전히 제가 그 뜨거운 기쁨을 간절한 심정으로 되불러 오는 것을 지극한 행복으로 느낀다면, 저는 벌을 받아 마땅하겠습니까? 로테! 로테여! — 이제 나는 끝장이다! 내 모든 감각들은 서로 혼란스럽게 뒤엉켜 있고 벌써 일주일째 나는 더 이상 분별력을 갖고 있지 않으며, 내 두 눈에는 눈물이 가득히 고여 있다. 나는 아무데서도 편안하지 않으며, 또 도처에서 편안하기도 하다. 나는 아무것도 소망하지 않으며, 아무것도 요구하지 않는다. 차라리 떠나는 게 내 자신에게도 나을 것 같다.

이 시점에서, 그리고 이러한 상황 아래서는 이 세상을 떠나야겠다는 결심이 베르터의 마음에 점점 더 큰 힘을 얻었다. 로테한테로 되돌아 온 이래로 이것은 언제나 그의 최후의 전망이요 희망이었다. 하지만 그는 늘 자신에게 말해 왔다 — '너무 서두르거나 너무 급작스러운 행동이 되어서는 안 된다, 나는 이것이 최선이란 확신 아래서, 가능한 한 평정한 마음속에서 결단을 내린 다음 이것을 결행하고 싶다.'

그의 회의, 그의 자기 자신과의 싸움은 한 메모 쪽지에서 잘 나타나고 있다. 이 쪽지는 아마도 빌헬름한테 보내려던 편지의 서두로 짐작되는데, 쓴 날짜 표시도 없이 그의 서류들 틈에서 발견되었다.

> "그녀의 현존, 그녀의 운명, 그리고 나의 운명에 대한 그녀의 연민이 나의 타다 남은 뇌수로부터 아직도 남아있던 마지막 눈물방울들을 짜내고 있다.
>
> 막을 걷어 올리고 그 뒤로 들어가는 것이다! 그러면 모든 것이 끝나는 것이다! 그런데 왜 이렇게 주저하고 망설인단 말인가? 장막 뒤편의 광경이 어떨지 모르기 때문인가? 그리고 다시 돌아올 수 없기 때문에? 거기에서 특정한 것이라곤 아무것도 알 수 없는 혼란과 암흑만을 예감하는 것이 현재 우리 인간 정신의 특성이기 때문일까?"

그는 마침내 이런 슬픈 생각에 더욱 친근해지고 이 생각에 우호적으로 되었다. 그래서 그의 결심이 확고해지고 돌이킬 수 없이 되고 말았다. 베르터가 그의 친구 빌헬름에게 쓴 다음과 같은 모호한 편지가 이에 대한 증거가 될 수 있을 것이다.

12월 20일

빌헬름, '떠나는 게 나을 것 같다'는 말을 그렇게 받아들여 준 자네의 우정에 고마움을 표하네. 그래, 자네 말이 옳아. '떠나는 게 내 자신에게도 나을 것 같다'는 그 말! 어머니와 자네한테로 돌아오라는 그 제안은 내 마음에 완전히 쏙 들지는 않는군. 적어도 나는 아직도 다른 곳을 좀 들렀다가 가고 싶거든. 특히 지금 추운 날씨가 계속 이어지고 있어서 길도 질척거리지 않을 테니까 말이야. 또한 자네가 나를 데리러 와 주겠다는 것은 정말 고마워. 단지 2주만 연기해 주게, 그리고 더 자세한 것은 내가 써 보내는 편지를 기다려 주게. 과일은 익기 전에는 따지 않는 게 필요해. 약 2주라는 기간은 많은 것을 이룰 수 있는 시간이지. 어머니께는 아들을 위해 기도해 달라고 전해 주게. 그리고 내가 그동안 저질러 온 많은 잘못에 대해 용서를 빈다고도 전해 주게. 내가 기쁨으로 갚아줘야 할 사람들에게 걱정만 끼치는 것이 아마도 내 운명이었던 것 같군. 잘 있게, 나의 가장 소중한 벗! 자네에게 천상의 모든 축복이 내리기를! 잘 있게!

이 시기에 로테의 마음이 어떠했는지, 그녀의 남편과 그녀의 불행한 남자 친구에 대한 그녀의 생각이 어떠했는지 우리는 감히 언어로 표현해 낼 수 없다. 물론 그녀의 성품을 잘 알고 있는 우리로서는 거기에 대해 아마도 속으로 어떤 짐작 정도는 할 수 있을 것이다. 그리고 아름다운 영혼을 지닌 여성이라면 그녀의 영혼에 자신의 영혼을 대입시켜 생각할 수 있을 것이며 그녀와 공감할 수 있을 것이다.

다만 확실한 것은 그녀가 모든 수단과 방법을 다해 베르터를 멀리하겠다는 결심을 혼자서 단단히 하고 있었다는 사실이다. 그녀가 주저했다면, 그것은 진심과 우정에서 우러난 아끼는 마음 때문이었다. 베르터에게 그녀와 헤어지는 것이 얼마나 큰 충격일지, 그리고 그것이 그에게는 거의 불가능하리라는 것을 로테는 잘 알고 있었기 때문이었다. 하지만 이 시기에 그녀는 진지하게 처신해야 할 필요성을 더욱 절감하게 되었다. 그녀가 이 삼각관계에 대해 항상 침묵해 온 것과 마찬가지로 그녀의 남편도 이에 대해 완전히 침묵하고 있었다. 그럴수록 로테는 그녀의 생각이 남편의 생각과 얼마나 일치하는지를 행동을 통해 보여주는 것이 더욱더 긴요하다고 여기게 되었다.

마지막으로 삽입된 위의 편지를 베르터가 그의 친구에게 썼던 바로 그날 — 그것은 크리스마스 직전의 일요일이었다 — 저녁에 그는 로테에게로 갔는데, 그녀는 집에 혼자 있었다. 그녀는 꼬마 동생들에게 크리스마스 선물로 주기 위해 준비해 놓은 몇몇 장난감들을 정리하는 데에 몰두해 있었다. 베르터는 꼬마들이 갖게 될 즐거움에 대해 얘기했다. 그리고는, 예기치 않게도 문이 활짝 열리고, 밀랍으로 된 양초들, 사탕, 사과들로써 화려하게 장식된 크리스마스트리가 나타나자 갑자기 낙원에라도 온 듯한 황홀감에 빠져들었던 저 옛 시절에 대해서 얘기했다. — "만약 당신이" 하고 로테가 다정한 미소 아래에다 그녀의 당황한 기색을 숨기면서 말했다. "아주 신사답게 처신하신다면, 당신도 선물을 받게 될 거예요. 실을 넣은 밀랍 초나 뭐 그런 것 말이에요." — "어떻게 하면 신사답게 처신하는 건데요?" 하고 그가 외쳤다. "어떻게 해야 하나요? 내가 어떻게 그럴 수 있지요? 친애하는 로테!" — "목요일 저녁이 크리스마스이브예요" 하고 그녀가 말했다. "그때 동생들이 올 겁니다. 제 아버지도 오시고요. 그때 각자 모두 자기 선물을 받지요. 그때 당신도 오세요 — 그러나 그 전에는 오지 마세요." — 베르터는 흠칫 놀랐다. — "제발 부탁이에요" 하고 그녀가 말했다. "사정이 그렇게 되었네요. 제 마음의 안정을 위해 부탁드리는 거예요. 이런 식으로는 안 돼요. 이런 식으로 지속될 수는 없어요!" — 그는 그녀로부터 눈길을 돌리고는 방 안을 왔다 갔다 했다. 그러는 동안 이런 중얼거리는 소리가 이 사이로 새어나왔다 — "이런 식으로 지속될 수는 없다!" 자신의 이 말이 베르터를 끔찍한 상태로 휘몰아 넣은 것을 느낀 로테는 온갖 종류의 질문들을 함으로써 그의 생각을 다른 쪽으로 돌리고자 시도해 보았지만, 아무 소용이 없었다. — "예, 로테!" 하고 그가 외쳤다. "나는 당신을 다시 보지 않을 것입니다!" — "왜 그런 말을 하세요?" 하고 그녀가 대꾸했다. "베르터, 당신은 우리를 다시 보실 수 있고 또 다시 보셔야만 합니다. 다만 절도를 좀 지키시라는 거예요! 오, 어째서 당신은 한번 움켜잡은 것은 무엇이나 그렇게도 격렬하게, 그다지도 통제할 수 없이 집착하는 열정을 갖고서 반드시 소유하려는 성격을 타고 나셨나요? 제발 부탁인데," 하고 그녀는 그의 손을 잡으면서 말을 계속했다. "절도를 지키세요. 당신의 정신, 당신의 학식, 당신의 재능이라면 당신에게 아주 다양한 즐거움을 선사해 줄 수 있을 거예요! 대장부답게 행동하세요, 당신의 처지를 유감스럽게 여기는 것 이외에는 아무것도 할 수 없는 이 여자로부터 그 슬픈 애착심을 다른 데로 돌리세요." — 그는 이를 가는 소리를 내면서 암울한 눈초리로 그녀를 바라보고 있었다. — 그녀는 그의 손을 잡았다. "베르터, 단지 한순간만이라도 평정한 마음을 가져 보세요!" 하고 그녀가 말했다. "당신이 자신을 속이면서 일부러 자신을 파멸시키고 있다는 사실을 느끼지 못하시나요? 도대체 왜 저를, 베르터? 하필이면 다른 사람의 소유인 저를? 꼭 이래야만 되나요? 저는 두려워요. 저를 소유하겠다는 이 소망을 당신한테 그렇게도 매력적으로 만드는 것이 단지 그 실현 불가능성 때문은 아닌지 걱정이 돼요." — 그는 멍하고 언짢은 눈길로 그녀를 쳐다보면서 자기 손을 그녀의 손으로부터 빼내었다. "현명하시네요!" 하고 그가 외쳤다. "대단히 현명하십니다! 아마도 알베르트가 그런 말을 했나보지요? 외교적이군요! 대단히 외교적이네요!" — "그런 말은 누구나 할 수 있어요" 하고 로테가 말대꾸를 했다. "대체 이 넓은 세상에 당신의 절실한 마음의 소망을 채워 줄 아가씨가 없단 말이에요? 자신을 잘 달래서 일을 감당해 나가 보세요. 그런 아가씨를 찾아보세요. 제가 맹세컨대, 당신은 그런 아가씨를 발견하게 될 거예요. 그동안 당신이 자기 자신을 가두어 버린 제한된 울타리가 벌써 오래 전부터 저를 불안하게 만들어요, 당신을 위해서도 불안하고, 그리고 우리 모두를 위해서도 불안해요. 자신을 잘 설득해서 일을 추진해 나가세요. 여행이라도 하시면 기분이 좀 나아질 거예요. 틀림없이 기분 전환이 될 겁니다! 찾으세요, 그리고 당신 사랑에 알맞은 상대방을 발견하세요. 그리고 돌아오세요. 그런 다음 우리 다 함께 진정한 우정의 지극한 행복을 즐겨요."

"그 말씀은 인쇄를 해서" 하고 그는 차갑게 껄껄 웃으며 말했다. "모든 가정교사들에게 추천해 주면 좋겠네요. 친애하는 로테! 내게 조금만 더 짬을 주십시오. 모든 것이 다 잘 될 겁니다!" — "다만, 베르터, 크리스마스이브 이전에는 오지 마세요!" — 그가 막 대답하려는 순간, 알베르트가 방으로 들어왔다. 냉기가 도는 저녁 인사를 서로 교환하긴 했지만, 당황해서 각자가 방 안을 왔다 갔다 했다. 베르터는 별로 중요하지 않은 주제를 꺼내었지만, 금방 대화가 끊어졌다. 알베르트도 같은 시도를 했지만 대화가 끊어지기는 마찬가지였다. 이윽고 알베르트가 그의 아내에게 몇몇 부탁한 일들에 대해 물어보았고, 그 일들이 아직 처리되지 않았다는 말을 듣자 그녀에게 몇 마디 말을 했는데, 그 말이 베르터가 듣기에는 냉담하게, 아니, 심지어는 가혹하게까지 생각되었다. 그는 가고 싶었으나 그러지 못하고 머뭇거리다가 여덟 시가 되었다. 그러자 그의 불만과 불쾌감이 점점 더 커졌고 마침내 저녁 식사가 준비되고 있었다. 그래서 그는 모자와 지팡이를 집어 들었다. 알베르트는 그에게 머물기를 청했다. 그러나 베르터는 그것이 단지 아무 의미도 없는 인사에 불과한 것으로 들렸기 때문에 그 권유에 대해 냉정하게 고맙다는 말을 남기고는 그 집을 떠나갔다.

그는 집으로 와서, 그를 위해 등불을 비춰주려는 소년의 손에서 등불을 받아들었다. 그리고는 혼자 자기 방으로 들어가 큰 소리로 울었으며, 분개해서 혼잣말을 늘어놓으면서 격한 걸음걸이로 방 안을 왔다 갔다 하다가 결국에는 옷을 입은 채 침대 위로 몸을 던지고 말았다. 열한 시쯤 조심스럽게 방 안으로 들어가 본 소년은 침대 위에 쓰러져 있는 그를 발견하고 주인님의 장화를 벗겨드려도 좋으냐고 물었다. 베르터는 그렇게 하도록 허락했으나 그 심부름하는 소년에게 다음 날 아침에는 자기가 부를 때까지 방 안에 들어오는 것을 금지했다.

십이월 이십일일 월요일 아침에 그는 로테에게 보내는 다음과 같은 편지를 썼는데, 이 편지는 그가 죽고 나서 그의 책상 위에서 봉인된 채 발견되어 로테에게 전해진 것이다. 그래서 나는 그가 이 편지를 쓰게 된 여러 정황들을 따라가면서 그 정황들을 밝혀주는 각 대목들을 몇 문단으로 나누어 여기에 순차적으로 삽입하고자 한다.

"결심이 되었어요, 로테! 나는 죽으려 합니다. 그리고 내가 당신을 마지막으로 보게 될 날의 아침에 나는 이 사실을 당신께 낭만적 과장 없이, 담담하게 쓰고 있는 것입니다. 당신이 이 글을 읽을 때에는, 이미 차가운 무덤이, 사랑하는 사람이여, 불안하고 불행한 이 남자의 굳어버린 유해를 덮고 있을 것입니다. 이 불행한 남자는 자기 인생의 마지막 순간들을 위해 당신과 담소하는 것보다 더 큰 감미로움이라곤 알지 못합니다. 나는 끔찍한 밤을 보냈어요. 그리고 아, 그것은 자비로운 밤이기도 했습니다. 내 결심을 굳혀주고 확정해 준 것이 바로 그 밤이니까요. 예, 나는 죽으려 합니다! 어제 나는 내 모든 감각이 무서운 분노에 사로잡힌 가운데에 급격히 당신을 떠나왔지요. 그 모든 격정이 내 가슴을 압박해 왔고 희망도 기쁨도 없이 당신 옆에 머물고 있는 내 현존재가 혹독한 냉기를 뿜으며 내 멱살을 움켜잡는 것이었어요. — 내 방에 도착하자마자 정신없이 무릎을 꿇었습니다. 오, 하느님! 당신은 저에게 이런 쓰디쓴 눈물을 최후의 청량제로 주시나이까! 천 가지 계획과 수많은 전망들이 내 영혼을 들쑤시고 뒤흔들었지만, 결국 마지막에 남은 것, 확고하고도 완전하게 우뚝 서 있게 된 것은 최후의 유일한 생각, 즉 나는 죽어야만 하겠다는 결심이었습니다! — 나는 자리에 누웠습니다, 그리고 아침에, 잠이 깨어난 안정된 때에도 이 결심은 확고하였고 내 가슴 속에서 아직도 완전히 강렬한 소망으로 남아 있었습니다, 나는 죽어야겠다! — 그것은 절망이 아니라 내가 가슴속에 오래 품어오다가 이제야 당신을 위해 나 자신을 제물로 바친다는 확신입니다. 그렇습니다, 로테! 내가 무엇 때문에 이 사실을 말하지 말아야 할까요? 우리 셋 중에서 한 사람은 떠나지 않으면 안 됩니다. 그렇다면 내가 그 사람이 되고 싶습니다! 오, 사랑하는 사람이여! 자주 분노에 차서 이 찢어진 가슴속을 이리저리 후비고 돌아다니곤 한 생각 — 당신 남편을 죽이려던 생각! — 당신을 죽이고! — 나도 죽으려던 그 생각! — 결국은 이렇게 끝날 일이네요! — 어느 아름다운 여름날 저녁에 당신이 산에 오르거든, 그렇게도 자주 골짜기를 걸어서 올라오던 나를 기억해 줘요. 그리고 그 다음에는 교회 묘지 너머에 있는[36] 내 무덤 쪽에 눈길을 주고, 키

36 (역주) 여기서 자살을 앞두고 있는 베르터는 자신이 장차 교회 묘지에 묻힐

큰 풀들이 저물어가는 석양 광선을 받아 바람에 이리저리 일렁이는 광경을 바라봐 줘요. — 나는 이 편지를 쓰기 시작할 때엔 마음이 안정되어 있었어요. 지금, 지금은 나는 이 모든 광경이 내 주위에서 너무나 생생하게 보이는 듯해서, 마치 어린 아이처럼 울고 있습니다."

열 시 무렵에 베르터는 하인을 불렀다. 그리고는 옷을 입으면서 그는 며칠 안에 여행을 떠날듯하니 옷들을 정리하고 모든 짐을 잘 꾸릴 수 있도록 준비하라고 말했다. 또한 그는 하인에게 명하기를, 여기저기 계산서를 청구하고 몇몇 빌려준 책들을 받아오고 매주 약간씩 적선해 오던 몇몇 가난한 사람들한테는 그들이 받을 돈의 두 달 치를 선불해 주라고 일렀다.

그는 식사를 자기 방으로 가져오도록 시키고, 식사 후에는 말을 타고 대행관에게로 갔으나 대행관이 수렵관에 없어서 헛걸음을 했다. 그는 깊은 생각에 잠겨 정원에서 왔다 갔다 하고 있었는데, 마지막까지도 모든 우울한 기억을 자기 마음속에 차곡차곡 쌓아두고자 하는 것같이 보였다.

꼬마들이 그를 오랫동안 그렇게 가만히 내버려 두지를 않았다. 그들은 그의 뒤를 쫓아다니고 그에게 뛰어 오르기도 했으며, 내일, 또 내일, 그리고 또 하루만 지나면 그들은 로테 집에서 크리스마스 선물을 받을 것이라고 그에게 얘기했다. 그리고 그들

수 없을 것이라는 사실을 벌써 예감하고 있다. 이 작품의 마지막에, 자살한 베르터의 장례식을 성직자가 집전하지 못했다는 사실이 짤막하게 언급되어 있는 것도, 이와 같은 맥락에서 포괄적으로 이해되어야 할 것이다.

은 자신들의 조그만 공상력이 그려낼 수 있는 기적을 그에게 얘기해 주는 것이었다. — "내일!" 하고 그가 소리쳤다. "또 내일! 그리고 또 하루만 지나면!" — 그리고 그는 아이들 모두에게 다정하게 키스했고 그들을 막 떠나려 했다. 바로 그때, 막내가 그의 귀에다 대고 무엇인가를 말하고 싶어 했다. 막내가 털어놓은 것은 형들이 근사한 새해 인사말을 썼는데, 아주 큰 카드들이라는 것이었다. 하나는 아빠한테, 또 하나는 로테와 알베르트한테 쓴 것이고, 그리고 베르터 선생님한테 쓴 것도 한 장 있다고 했다. 그 카드들을 그들은 설날 아침에 드리려 한다는 것이었다. 이 말이 그의 마음을 크게 감동시켰다. 그는 애들 하나하나에게 몇 푼씩 쥐어 주고는 말에 올랐고 아버지께 안부를 부탁하고 두 눈에 눈물이 가득한 채 거기를 떠나갔다.

다섯 시 경에 그는 집에 왔다. 그리고 하녀에게 명하여 난롯불을 살펴보게 하고 불이 밤늦게까지 꺼지지 않도록 하라고 당부했다. 하인한테는 아래층에 있는 책들과 내의들을 트렁크에 넣고 옷들도 보따리에 잘 싸서 꿰매어 두라고 지시했다. 그런 다음에 그는 아마도 로테에게 보내는 자신의 마지막 편지의 다음 대목을 썼던 것 같다.

"당신은 나를 기다리지 않고 있겠지요! 내가 당신 말을 순순히 듣고서 크리스마스이브에 비로소 다시 당신을 보러 갈 것이라고 생각하고 있을 겁니다. 오, 로테여! 오늘이 아니면 결코 다시는 더 이상 보지 못해요. 크리스마스이브에 당신은 손에 이 종이를 들고 떨면서 당신의 사랑스러운 눈물로 이 종이를 적실 것입니다. 나는 결행하려 해요, 아니, 그렇게 하지 않으면 안 돼요! 오, 결단을 내렸다는 사실 때문에 내 마음이 얼마나 편안한지!"

그동안 로테는 특이한 상태에 빠져 있었다. 베르터와 나눈 최근의 대화 이후에 그녀는 그와 헤어지는 것이 자신에게도 얼마나 어려운 일인지, 그리고 베르터가 그녀와 헤어져야 한다면 그가 얼마나 괴로워할지 절감할 수 있었던 것이다.

알베르트가 있는 자리에서 지나가는 말처럼 베르터가 크리스마스이브 이전에는 다시 오지 않을 것이라는 말을 한 적이 있었다. 그래서 그런지는 몰라도 알베르트는 이웃 마을에 사는 어떤 관리한테로 말을 타고 갔다. 그 관리와 처리해야 할 용무가 있기 때문에 그는 오늘 밤을 거기서 묵지 않으면 안 되었다.

그래서 이제 그녀는 혼자 앉아 있었으며, 그녀의 남매들 중 아무도 그녀 주위에 없었다. 그래서 그녀는 혼자 생각에 잠기게 되었는데, 그녀의 현재 상황에 대해 차분하게 이모저모 짚어 보았다. 그녀는 이제 자신이 남편과 영원히 결합되어 있음을 알았고, 남편의 사랑과 신의를 잘 알고 있었으며, 남편을 진심으로 좋아하고 있었다. 그의 안정감과 그의 신뢰성은 한 성실한 여인이 자기 인생의 행복의 터전을 마련하도록 그야 말로 하늘이 점지해 준 것같이 보였다. 그녀는 그가 장차 자신과 자신의 아이들을 위해 어떤 영원한 존재가 될 것인지 느끼고 있었다. 다른 한편으로 베르터는 그녀에게는 너무나 소중한 존재가 되어 있었다. 그들이 서로 알게 된 그 첫 순간부터 그들의 감수성이 일치한다는 사실이 그다지도 아름답게 나타났고, 오랜 시간을 그와 지속적으로 사귀고 여러 상황들을 함께 겪어내는 동안에 그녀의 가슴에는 지울 수 없는 그의 인상이 각인되어 있었다. 그녀는 자기가 흥미롭다고 느끼고 생각한 모든 것을 그와 공유하는 습관이 생겨 있었고, 그가 만약 떠난다면 그것은 그녀의 온 존재에 다시 채울 수 없는 빈 공간을 만들어 놓을 것만 같았다. 오, 이 순간에 그를 오빠로 변형시킬 수 있다면 그녀는 얼마나 행복할까! 그녀의 여자 친구들 중의 하나와 그를 결혼시킬 수 있다면! 또한 알베르트에 대한 그의 관계도 완전히 다시 복원시킬 수 있는 희망을 가질 수 있다면!

그녀는 자기 여자 친구들을 차례대로 하나씩 생각해 보았는데, 그 각자한테서 매번 무엇인가 트집 잡을 요소를 발견하였으며, 결국 그녀가 그를 기꺼이 내어줄 만한 여자 친구를 아무도 찾지 못했다.

이런 모든 성찰을 하다 보니 그녀는, 왜 그런지는 분명히 설명할 수 없지만, 그를 자신의 곁에 두고 싶은 것이 자기의 진심어린, 은밀한 욕망이라는 것을 이제야 비로소 깊이 느낄 수 있었으며, 동시에 그녀는 자기가 그를 곁에 둘 수도 없고 곁에 두어서도 안 된다고 자신을 타이르기도 했다. 여느 때에는 그다지도 경쾌하고 쉽게 해결책을 찾아내는 그녀의 순정하고 아름다운 심성은 우울한 압박감을 느꼈으며, 거기에는 행복할 수 있는 전망이 닫혀 있었다. 그녀의 가슴은 답답했으며, 그녀의 눈앞에는 우중충한 구름이 끼어 있는 것 같았다.

이러는 사이에 여섯 시 반이 되었는데, 그때 그녀는 베르터가 계단을 올라오는 소리를 들었으며, 그의 발자국 소리와 그녀에 대해 묻는 그의 목소리에서 그것이 베르터라는 것을 금방 알아차리게 되었다. 그가 오자 그녀의 가슴이 이렇게 뛰는 것은 거의 처음이라 할 수 있었다. 그녀는 하녀를 시켜 그에게 자기가 집에 없다고 말하도록 하고 싶었다. 그런데 그가 벌써 들어서자 그녀는 일종의 격정적 혼란상을 보이면서 그에게 소리쳤다. "약속을 지키지 않으셨군요." — "아무것도 약속한 적이 없는데요"라는 것이 그의 대답이었다. — "그래도 적어도 저의 부탁은 고려해 주셨더라면 좋았을 걸 그랬어요" 하고 그녀가 대꾸했다. "우리 두 사람 다의 안정을 부탁드린 것이었습니다."

그녀는 자기가 무슨 말을 하고 있는지도 몰랐으며, 베르터와 단 둘이 있지 않으려고 몇몇 여자 친구들을 부르러 하인을 보내면서도 자기가 무슨 짓을 하고 있는지를 몰랐다. 그는 자신이 갖고 온 몇 권의 책들을 내려놓으면서 다른 사람들의 안부를 물었다. 그래서 그녀는 여자 친구들이 오기를 원하다가도 또 그들이 오지 않기를 바라기도 했다. 하녀가 돌아왔는데, 두 사람 다 못 온다는 소식을 가져왔다.

로테는 하녀에게 일감을 갖고 옆방에 앉아 있도록 하려고 했다. 그러다가 그녀는 다시 생각을 달리 했다. 베르터는 방 안에서 왔다 갔다 하고 있었으며, 그녀는 피아노 앞으로 다가가서 미뉴에트 곡을 치기 시작했지만, 연주가 제대로 잘 되지 않았다. 그녀는 정신을 가다듬고는 침착하게 베르터한테로 가서 그 옆에 앉았다. 그는 여느 때처럼 긴 의자 위에 자리를 잡고 앉아 있었던 것이다.

"읽을거리가 아무것도 없나요?" 하고 그녀가 물었다. — 그는 아무것도 갖고 있지 않았다. — "저기 저의 서랍 안에" 하고 그녀가 말하기 시작했다. "당신이 번역하신 오시안의 노래 몇 곡이 있어요. 아직 읽지 않았답니다. 읽어주시는 것을 듣겠다는 희망을 늘 지니고 있었거든요. 그러나 그 이래로 그럴 기회가 없었고 그 기회를 만들 수도 없었지요." — 그는 미소를 띠면서 그 노래들을 가져왔다. 그것들을 손에 들자 한 줄기 전율이 그의 온몸을 스쳐갔다. 원고를 들여다보았을 때 그의 두 눈에는 눈물이 가득하였다. 그는 다시 자리에 앉아서 원고를 읽기 시작했다.

"어둑어둑해지기 시작하는 밤하늘의 별이여, 그대 아름답게 서쪽에서 반짝이며 구름으로부터 그대의 찬연한 머리를 들어 올리고 늠름하게 그대의 언덕 쪽으로 가고 있느냐? 황야뿐인데 무엇을 바라보고 있는가? 폭풍우가 잦아들었고, 멀리서부터 여울물 소리가 들려온다. 출렁이는 물결은 먼 곳에 있는 바위에 부딪혔다가는 물러난다. 저녁 파리 떼가 윙윙거리며 들판 위로 날아간다. 아름다운 별빛이여, 그대는 무엇을 보고 있는가? 이제 보니 그대는 미소를 띠며 거닐고 있구나! 물결들이 기쁨에 넘쳐 그대를 에워싸고 그대의 사랑스러운 머리카락을 씻어주고 있도다! 잘 가라, 고요한 빛줄기여! 이제 이 오시안의 영혼에서 뿜어져 나오는 장엄한 빛이여, 그대 나타나라!

이윽고 이 오시안의 힘의 자장 안에서 그 빛이 나타난다. 나는 사별한 친구들을 본다. 지나가 버린 날들에 그랬던 것처럼 그들이 로라를 향해 모여드는구나. — 마치 습기 찬 안개 기둥과도 같이 핑갈이 오고 있는데, 그의 둘레에 영웅들이 위요하고 있다. 그리고 보라, 노래하는 가인(歌人)들도 있구나! 머리카락이 희끗희끗한 울린! 늠름한 체격의 리노! 사랑스러운 가인 알핀! 그리고 그대, 부드럽게 탄식하는 미노나! — 마치 언덕 위로 가끔 불어오는 봄의 미풍들이 제 순서를 기다렸다가, 유혹에 약해 살랑거리고 있는 풀을, 차례로 눕히고 살살 더듬어주고 가듯이, 우리가 가왕(歌王)의 명예를 걸고 젤마에서 서로 경연을 벌였지. 그 잔칫날들 이래로 그대들 얼마나 달라진 모습들인가, 나의 친구들이여!

그때 미노나가 그녀의 아름다운 자태를 드러내었는데, 눈길은 내리깔고 눈물이 그렁그렁한 채, 그녀의 머리카락은 언덕으로부터 불어오는 변하기 쉬운 바람결에 묵직하게 흩날리고 있었다. — 그녀가 그 사랑스러운 목청을 높이자 영웅들의 마음이 암울하게 되었다. 왜냐하면 그들의 눈앞에는 자주 살가르의 무덤이 어른거렸기 때문이었으며, 창백한 콜마가 머물고 있는 음산한 장소도 자주 눈에 선하게 떠올랐기 때문이었다. 언덕 위에 버려진 콜마, 조화로운 목소리를 지닌 여인 콜마 말이다. 살가르는 오겠다고 약속했지만, 주위에는 밤이 다가오고 있었던 것이다. 거기 언덕 위에 혼자 앉아 있는 콜마의 목소리를 들어보라!

콜마

밤이구나! — 폭풍우 몰아치는 언덕 위에 버려진 채 나 홀로 있구나! 산속에는 바람이 윙윙댄다. 냇물은 암벽을 타내려가며 울부짖는다. 비를 피해 들어갈 수 있는 움막도 없이 나는 폭풍 휘몰아치는 언덕 위에 버려진 몸!

오, 달이여, 구름으로부터 나와 다오! 밤하늘의 별들이여, 나타나 다오! 그 어떤 빛이라도 좋으니 나를 인도해서, 내 사랑하는 사람이 사냥의 무거운 짐으로부터 쉬고 있는 장소로 데려다 다오. 시위가 축 늘어진 활이 그의 옆에 놓여있고 그의 개들은 코를 킁킁거리며 그의 주위를 맴돌고 있으리라! 그러나 나 여기 수초 우거진 강가의 바위 위에 홀로 앉아 있지 않으면 안 된다. 강물과 폭풍이 쐴쐴 소리를 내건만 내 사랑하는 사람의 목소리는 들리지 않는구나!

살가르는 왜 이리 더딘가? 약속을 잊었단 말인가? — 저기엔 그 바위, 그 나무, 여기엔 콸콸 흐르는 강물! 밤이 시작되면 여기에 있겠다고 당신이 약속하지 않았던가. 아! 나의 살가르가 길을 잃어 어디로 갔단 말인가? 당신과 함께 난 도망가려 했고 자존심이 센 아버지와 오빠를 떠나려 했다! 우리 두 집안은 오랜 원수이지만, 우리 둘은 원수가 아니야, 오 살가르여!

잠시 침묵해 다오, 오 바람이여! 잠깐 조용히 해 다오, 오 강물이여! 내 목소리가 골짜기를 타고 울리도록, 그리하여 나의 방랑자가 내 목소리를 들을 수 있도록! 살가르여! 나 여기 있어요, 이렇게 소리치고 있어요! 여기 이 나무와 이 바위! 살가르여, 내 사랑이여! 나 여기 있어요. 당신 왜 머뭇거리며 오지 않으시나요?

보라, 달이 나타나고 있구나. 강물은 골짜기에서 번쩍번쩍 빛나고 바위들은 언덕 위를 향해 회색빛을 발하며 서 있구나. 그러나 언덕 꼭대기를 봐도 그가 보이지 않네. 그보다 앞서 개들이 그의 도착을 예고해 주지 않는구나. 여기 나 혼자 앉아 있어야 하다니!

그러나 저 아래 황야 위에 누워있는 자들은 누구냐? — 내 사랑인가? 내 오빠인가? — 말해 다오, 오 내 친구들이여! 그들은 대답이 없구

나. 이 내 마음이 어찌 이리 불안한가! — 아, 그들이 죽었구나! 그들의 칼들이 싸움으로 붉게 물들어 있구나! 오, 오빠, 나의 오빠, 왜 오빠는 내 살가르를 죽였나요? 오, 살가르, 왜 당신은 내 오빠를 죽였나요? 둘 다 나에게는 그다지도 사랑스러운 존재였건만! 오, 수많은 용사들 중 언덕 위에 우뚝 서 있던 당신은 참 아름다웠지! 끔찍한 전투였던 모양이구나. 사랑하는 분들이여, 대답해 다오, 내 목소리 들어다오! 아, 그들은 대답이 없구나! 영원히 대답 없구나! 그들의 가슴이 흙처럼 차갑게 되었구나!

오, 언덕의 바위로부터라도 좋고 폭풍우 휘몰아치는 산 정상으로부터라도 좋으니, 죽은 사람들의 혼령들이여, 말해 주오 그대들! 말해 주오, 나 무서워하지 않겠으니! — 그대들이 쉬러 가신 곳이 대체 어디란 말이오? 이 산간의 어느 동굴 안에서 그대들을 찾을까요? — 바람 속에서도 그 어떤 가녀린 목소리 들을 수 없고, 언덕의 폭풍우 속에서도 바람에 섞인 그 어떤 대답 들을 수 없구나.

나, 애절한 슬픔에 잠겨 여기 앉아 있고 눈물 흘리며 아침이 오기를 기다리고 있다. 그대들 죽은 자들의 친구들이여, 무덤을 파라! 그러나 내가 갈 때까지는 흙을 덮지 말아 다오. 내 삶도 한 바탕 꿈처럼 사라져 가리니, 내 어찌 이 세상에 홀로 남을 소냐! 여기 물결이 바위에 부딪혀 우는 강가에서 내 사랑하는 사람들과 함께 지내리라. — 언덕 위에 밤이 오고 황야 위로 바람이 불어오면 내 혼령은 바람 속에 서서 내 사랑하는 사람들의 죽음을 슬퍼하리라. 사냥꾼이 그의 정자에서 내 목소리를 들으면, 그는 두려워하면서도 사랑하리라, 내 목소리를! 사랑하는 두 사람에게 내 목소리는 달콤하게 들려야 할 테니까 말이다. 그 둘 다 내게는 아주 소중한 사람이었으니까!

이것이 그대가 부른 노래였다, 오, 미노나여, 토르만의 온화하게 홍조를 띠는 딸이여! 우리가 콜마 때문에 눈물을 흘렸고, 우리의 마음은 침울해졌다.

울린이 하프를 갖고 등장해서 우리에게 알핀의 노래를 들려주었다. — 알핀의 목소리는 다정했으며, 리노의 영혼은 한 줄기 불꽃이었다. 그러나 그들은 이미 비좁은 유택(幽宅)에서 쉬고 있어서 그들의 목소리가 셀마에서는 들리지 않는다. 어느 땐가 영웅들이 아직 전사하기 이전에 울린이 사냥으로부터 돌아왔다. 그는 언덕 위에서 행해지는 알핀과 리노의 노래 시합을 들었다. 그들의 노래는 부드러웠으나 슬펐다. 그들은 영웅들 중 가장 으뜸가는 용사 모라르의 전사를 애도하고 있었다. 모라르의 영혼은 핑갈의 영혼과 흡사했고, 그의 칼은 오스카르의 칼과 흡사했다. — 그러나 모라르는 전사했고, 그의 아버지가 비통해 했으며, 그의 누이의 두 눈엔, 미노나의 두 눈엔, 그 훌륭한 용사 모라르의 누이의 두 눈엔 눈물이 그득하였다. 폭풍우를 예견하고 아름다운 얼굴을 구름 속에 숨기는 서녘의 달과도 같이 미노나는 울린의 노래 앞에서 뒤로 물러난다. — 나는 그 비탄의 노래를 부르는 울린과 더불어 하프를 합주하였다.

리노

바람과 비가 지나가고 구름들도 흩어져 한낮은 아주 청명하다. 끊임없이 움직이는 태양은 도망치듯 달려가면서 언덕을 비춰주고 있다. 산간의 계곡물은 햇빛을 받아 불그스름하게 골짜기로 흘러내린다. 계곡물이여, 그대의 속삭임은 달콤하구나. 하지만 내 귀에 들리는 저 목소리는 더 달콤하다. 그것은 알핀의 목소리, 그는 죽은 자를 애절하게 슬퍼하고 있다. 고령 때문에 고개를 숙인 채 그의 눈물 젖은 눈은 붉게 충혈되어 있다. 알핀이여, 빼어난 가인(歌人)이여, 어찌하여 말없는 언덕 위에 홀로 서 있는가? 어찌하여 그대 마치 숲속의 바람결처럼, 먼 해변의 파도처럼 그렇게 애절하게 슬퍼하는가?

알핀

리노여, 내 눈물은 죽은 자를 위해 흘리는 것이고 내 목소리는 무덤 속에 있는 자들을 위해 노래 부르는 것이다. 언덕 위에 서 있는 그대는 훤칠하고 황야의 아들들 중에서 특히 아름답구나. 하지만 그대도 모라르와 같이 쓰러질 것이고, 그대의 무덤 위에는 슬퍼하는 자들이 앉아 있게 될 것이다. 이 언덕들도 그대를 잊게 될 것이고, 그대의 활은 시위가 풀어진 채 홀에 놓여 있게 될 것이다.

오, 모라르여, 그대는 언덕 위의 노루처럼 민첩했고, 밤하늘의 혜성처럼 무시무시했다. 그대의 분노는 폭풍과도 같았고, 전장에서의 그대의 칼은 황야를 내리치는 번갯불처럼 번쩍였다. 그대의 목소리는 비 온 뒤의 계곡의 폭포수 같았고, 먼 언덕 위에서 들려오는 천둥소리 같았다. 그대의 완력에 많은 사람들이 전사했고, 그대의 분노의 불길에 많은 사람들이 목숨을 잃었다. 그러나 그대가 전쟁으로부터 귀환했을 때, 그대의 이마는 얼마나 평화로웠던가! 그대의 얼굴은 천둥과 번개가 지나간 뒤의 해님과 같았고, 고요한 밤에 뜬 달님과도 같았으며, 그대 가슴은 세찬 바람 소리가 잦아든 호수와도 같았다.

이제 그대의 유택은 협소하고 그대의 안식처는 컴컴하구나! 오, 일찍이 그렇게도 위대했던 그대여, 그대의 무덤이 내 발로 재어 불과 세

발자국밖에 안 되는구나! 이끼로 뒤덮인 네 개의 비석만이 유일하게 그대를 기념하고 있다. 잎이 다 떨어진 한 그루 나무와 바람결에 속삭이는 높이 자란 풀만이 사냥꾼의 눈에 이것이 그 막강했던 모라르의 무덤임을 말해 주고 있다. 그대는 그대를 위해 울어 줄 어머니도 없고 사랑의 눈물을 흘려 줄 아가씨도 없다. 그대를 낳은 여인은 죽었고, 모르글란의 딸도 쓰러졌다.

지팡이에 의지해서 거기 서 있는 자 누구인가? 고령으로 백발이 성성하고 눈물로 눈이 충혈된 그 사람은 누구인가? 오, 모라르여, 그대의 아버지구나. 그대 말고는 다른 아들이라곤 없는 아버지다. 그는 전장에서의 그대의 명성을 들었고, 혼비백산한 적들에 관해서도 소문을 들었다. 그는 모라르의 큰 명성을 들었다! 아! 그러나 그의 부상 소식은 전혀 듣지 못했던가? 울어라, 모라르의 아버지여, 실컷 울어라! 그러나 그대의 아들은 그대의 울음소리 듣지 못한다. 망자들의 잠은 깊고 먼지 쌓인 그들의 베개는 낮으니! 이제 아들은 영원히 그 소리 듣지 못하고 그대가 불러도 결코 깨어나지 못하리로다. 오, 언제 무덤에 아침이 와서 잠자는 자에게 '깨어 일어나라!' 라고 명할 것인가!

인간들 중에서 가장 고귀한 자여, 그대 전장의 정복자여, 편히 쉬어라! 그러나 이제 전장은 그대를 두 번 다시 보지 못할 것이고, 그대의 칼끝에서 번쩍이는 빛이 암울한 숲을 두 번 다시 비출 수도 없으리라. 그대는 아들을 남기지 못했지만, 노래가 그대의 이름을 지켜주어서 다가오는 시대는 그대에 관한 얘기를 듣게 될 것이다, 전사한 모라르의 이야기를. —

영웅들의 비탄의 소리는 컸지만, 그중 아르민의 가슴이 터지는 듯한 한숨 소리가 가장 컸다. 그가 상기한 것은 자기 아들의 죽음이었다. 그 아들은 젊은 날에 전사했던 것이다. 명성이 자자한 갈말의 군주 카르모르가 영웅 아르민의 옆에 가까이 앉아 있었다. '어찌하여 아르민의 탄식이 이리도 흐느껴 우는 소리로 들리는가?' 하고 카르모르가 말했다. '여기에 울 일이 무엇인가? 사람의 영혼을 녹이고 즐겁게 해 주는 노래들이 울려 퍼지고 있지 않은가? 노래들은 호수에서 골짜기 위로 습기를 흩뿌리며 올라와서는 그 습기로써 만발한 꽃들을 촉촉이 적셔주는 온화한 안개와도 같지 않은가? 그러나 태양이 다시 힘차게 빛을 발하니 안개가 사라졌구나. 호수로 둘러싸인 땅 고르마의 통치자 아르민이여, 어찌하여 그대는 그렇게도 비통해 하는가?'

'비통해 한다! 그래, 아마도 나는 비통한 심정인 게야. 나의 고통의 원인은 결코 사소하지 않거든. — 카르모르여, 그대는 아들을 잃지 않았고 꽃다운 딸을 잃은 적도 없다. 용감한 콜가르는 살아있고, 아가씨들 중 가장 아름다운 아가씨 아니라도 살아 있다. 오, 카르모르여, 그대 가문의 가지들은 번창하고 있다. 그러나 이 아르민은 자기 종족의 최후의 남자가 되고 말았다. 오, 다우라! 네 침상은 캄캄하고 무덤 속에서의 네 잠은 답답하겠구나! — 언제 깨어나서 네 그 노래들을 불러주며 네 그 노래하는 듯한 목소리를 들려주려나? 불어라, 가을바람아! 불어오라, 이 어두운 광야 위로 폭풍우를 몰고 오너라! 계곡의 폭포수여, 쏟아져 내리렴! 폭풍우여, 떡갈나무들의 우듬지 속에서 울부짖어라! 오, 달님이여, 갈라진 구름들 사이를 뚫고 나와 이따금 그대의 창백한 얼굴을 보여 주렴! 그리하여, 나로 하여금 내 자식들이 죽던 그 끔찍한 밤을 기억하게 해 다오! 강력한 용사 아린달이 전사하고 사랑하는 내 딸 다우라가 세상을 떠난 그날 밤 말이다.

다우라여, 내 딸이여, 너는 아름다웠다. 푸라의 언덕 위에 뜬 달처럼 아름다웠고, 갓 내린 눈처럼 희었고, 숨 쉬는 대기처럼 감미로웠다. 아린달이여, 네 활은 힘찼고 네 창은 전장 위에서 날쌔었으며, 네 눈길은 파도 위를 나는 물보라 같았고 네 방패는 폭풍우 속에서의 번개 구름 같았다!

전쟁터에서 유명해진 아르마르가 와서 다우라의 사랑을 구했는데, 그 애도 오래 저항하지는 않았다. 그들의 친구들이 건 기대들 또한 아름다웠다.

오드갈의 아들 에라트가 아르마르에게 원한을 품고 있었는데, 그의 아우가 아르마르에게 목숨을 잃었기 때문이었다. 그는 뱃사공으로 변장을 하고 찾아왔다. 물결 위에 뜬 그의 배는 아름다웠고, 그의 곱슬머리는 나이 때문에 백발이 다 되어 있었고 그의 진지한 얼굴은 조용했다. '아가씨들 중에서 가장 아리따운 아가씨!' 하고 그가 말했다. '아르민의 사랑스러운 따님이시여, 먼 바다까지 나가지 않은 저기 저 바위 위에서, 빨간 열매가 살짝 내다보고 있는 듯한 저기 나무 밑에서 아르마르님이 다우라님을 기다리고 있답니다. 저는 파도치는 바다를 건너 아르마르님이 사랑하는 아가씨를 데려가기 위해 왔답니다.'

그녀는 그를 따라갔고 아르마르를 소리쳐 불렀지만, 바위의 메아리 소리 이외엔 아무 대답도 없었다. '아르마르, 내 사랑이여! 내 사랑 그대가 왜 나를 이렇게 불안하게 만드시나요? 내 말을 들어줘요, 아르나르트의 아들이여! 내 말이 들리나요? 당신을 소리쳐 부르는 이 몸은 다우라이에요!'

배반자 에라트는 껄껄 웃으며 육지로 도망쳤다. 그녀는 목소리를 높여 그녀의 아버지와 오빠를 불렀다. '아린달 오빠! 아버지! 이 다우라를 구출해 줄 사람 아무도 없나요?'

그녀의 목소리가 바다를 건너 울려 퍼졌다. 내 아들 아린달이 사냥감을 든 채 언덕으로부터 내려왔다. 그의 옆구리에 매단 화살통에서는 화살들이 달그락거렸고, 그는 손에 활을 들고 있었으며, 다섯 마리의 진회색 사냥개들이 그의 주위를 에워싸고 있었다. 그는 그 뻔뻔스러운 에라트를 해변에서 보고 그를 붙잡아 참나무에 붙들어 매었다. 그는 에라트의 허리를 칭칭 동여매어 놓았고, 그 결박당한 자의 신음 소리가 바람결을 가득 채웠다.

아린달은 다우라를 데려오기 위해 보트를 타고 파도 위를 달렸다. 아르마르가 분노에 차서 달려와서는 회색 깃털이 달린 화살을 쏘았다. 화살이 울면서 날아가, 오, 아린달, 내 아들, 너의 가슴에 박혔구나! 배반자 에라트 대신에 네가 죽었구나. 보트가 바위에 다다르자 그가 고꾸라져 죽고 말았다. 오, 다우라야, 네 발치에 네 오라비의 피가 강이 되어 흘렀으니, 네 비통함이 어떠했겠느냐!

파도가 보트를 산산이 부숴버렸다. 아르마르는 다우라를 구하기 위해선지, 혹은 스스로 죽으려고 그랬는지는 몰라도 바다로 뛰어들었다. 언덕에서 재빨리 한 거센 바람이 불어와 파도를 휩쓸었고, 그는 물속으로 가라앉더니 다시는 떠오르지 않았다.

바닷물이 씻어 내리는 바위 위에 홀로 서서 나는 내 딸아이의 비명 소리를 들었다. 비명 소리는 수 없이 큰 소리로 반복되었으나, 아버지는 딸을 구할 수 없었다. 밤새도록 나는 해변에 서서 희미한 달빛 아래에 있는 그 애를 보았으며, 그 긴 긴 밤이 새도록 나는 그 애의 비명과 고함 소리를 들었다. 바람 소리 거세지더니 빗발이 세차게 산허리를 때리기 시작했다. 아침 해가 떠오르기 전에 그 아이의 목소리가 점점 약해지더니, 그 애는 결국 바위들의 풀 사이에서 살랑거리는 저녁 바람처럼 죽어갔다. 고통으로 가득 찬 채 그 애는 죽어갔고 아비 아르민을 홀로 남게 하였다. 전장에서의 나의 용맹도 사라졌고 아가씨들 사이에서 뽐내던 나의 자긍심도 꺾였다.

산에서 폭풍우가 휘몰아쳐 오고 북풍이 파도를 높이 쳐들 때면, 나 여기 파도 소리 들려오는 해변에 앉아 저 끔찍한 바위를 바라본다. 자주 달이 질 때면 나는 내 아이들의 혼령을 본다. 그들은 어스름 속에서 한결같이 슬픈 자태로 함께 돌아다닌다.'"

로테의 두 눈에서 쏟아져 나와 그녀의 억눌린 가슴에 숨통을 틔워 주는 한 줄기 눈물 때문에 베르터는 노래를 계속 읽을 수 없었다. 그는 원고를 던져버리고는 그녀의 손을 잡고는 비통하기 그지없는 눈물을 흘리며 울었다. 로테는 다른 한 손으로 자기 몸을 가누면서 그녀의 두 눈을 손수건 속에 감추었다. 그 두 사람의 감정의 동요는 엄청났다. 그들은 그 고귀한 영웅들의 운명에서 그들 자신의 불행을 느꼈고, 그 감정을 공유했으며, 그들의 눈물은 서로 합쳐져 하나로 되었다. 로테의 팔에 닿아 있던 베르터의 두 입술과 두 눈이 뜨겁게 달아올랐다. 갑자기 한 줄기 전율이 그녀를 덮쳐왔다. 그녀는 자기 몸을 빼내고 싶었다. 그런데 고통과 연민이 납덩이처럼 그녀의 몸 위에 눌러 앉아 있어서 그녀는 마치 마비된 것 같았다. 그녀는 정신을 가다듬기 위해 심호흡을 했다. 그리고는 흐느끼면서 그에게 계속 읽어달라고 청했는데, 마치 천상에서 들려오는 듯한 그 목소리로 애원하는 것이었다. 베르터는 몸을 부르르 떨었다. 그의 가슴은 터질 듯했다. 그는 원고를 다시 집어 들고는 반쯤 잠긴 목소리로 읽기 시작했다.

"봄의 미풍이여, 어찌하여 나를 깨우는가? 그대는 나를 천상의 물방울로써 이슬처럼 촉촉하게 적셔주겠다며 달콤한 말을 하는구나! 그러나 내가 시들어 갈 시간이 가까웠다. 나의 잎들을 떨어뜨릴 폭풍우가 곧 들이닥칠 것이다! 내일이면 나그네가 올 것이니라. 내 아름답던 옛 모습 본 적 있는 그 나그네가 올 것이니라. 그의 눈은 이 들판 여기저기서 나를 찾아 헤매리라. 하지만 그는 나를 발견하지 못하리라. ―"

이 대목의 언어가 지닌 온갖 마력이 그 불행한 청년을 덮쳤다. 그는 캄캄한 절망감에 사로잡혀 로테의 발치에 무릎을 꿇었다. 그리고는 그녀의 두 손을 잡고는 그 두 손을 자신의 두 눈에다, 이마에다 갖다 대고 꼭꼭 누르는 것이었다. 그래서 그가 결행하려는 끔찍한 계획에 대한 어떤 예감 같은 것이 문득 그녀의 영혼 안으로 날아드는 것 같았다. 그녀는 의식이 혼란해져서 그의 두 손을 꼭 잡고는 그것을 자신의 가슴에 갖다 대고 꼭 눌렀다. 그리고는 슬픈 몸짓을 하며 그에게로 몸을 숙였다. 그래서 그들의 뜨거운 뺨들이 서로 맞닿았다. 그들에게는 온 세계가 그만 사라진 것 같았다. 그는 두 팔로 그녀의 몸을 휘감아 끌어당겼고 그녀를 자기 가슴에 꼭 껴안았으며, 부르르 떨면서 무엇인가 말하고자 하는 그녀의 두 입술에다 미친 듯이 키스를 퍼부었다. — "베르터!" 하고 그녀가 숨이 막히는 듯한 목소리로 외치면서 몸을 돌렸다. "베르터!"하고 다시 부르면서 그녀는 힘이 빠져버린 손으로 그의 가슴을 자기 가슴으로부터 밀어내었다. "베르터!" 하고 그녀는 아주 고귀한 감정을 실은 침착한 어조로 외쳤다. — 그는 저항하지 않고 자기의 두 팔을 풀어 그녀를 놓아주고는 정신이 나간 듯 그녀 앞에 몸을 던져 엎드렸다. — 그녀는 벌떡 일어났다. 그리고는 사랑과 분노 사이에서 몸을 떨면서 불안한 정신적 혼란 상태에서 말했다 — "이게 마지막이에요! 베르터! 당신은 나를 다시 볼 수 없을 거예요." 그러고는 그 불행한 남자를 향해 사랑이 가득 담긴 눈길을 보내며 서둘러 옆방으로 들어가서는 문을 잠갔다. — 베르터는 그녀를 향해 두 팔을 뻗기는 했지만 감히 그녀를 붙잡지는 못했다. 그는 긴 소파 위에 머리를 얹은 채 바닥에 주저앉아 있었다. 이와 같은 자세로 그는 반시간이 넘도록 거기 그렇게 머물러 있었는데, 마침내 어떤 소리 때문에 그는 스스로 정신을 차리게 되었다. 식탁을 차리려고 하녀가 방 안으로 들어온 것이었다. 그는 방 안에서 왔다 갔다 거닐었다. 그가 다시 혼자가 된 자신을 보았을 때 그는 그 별실의 문께로 가서 낮은 목소리로 외쳤다 — "로테! 로테! 단 한마디만 더 하게 해 줘요! 잘 있으라는 인사말이라도!" — 그녀는 대답이 없었다. — 그는 기다렸다가 애원하고 또 기다렸다. 이윽고 그는 갑자기 그곳을 떠나면서 외쳤다 — "잘 있어요, 로테! 영원히 잘 살기를!"

그는 성문까지 왔다. 이미 그와 안면이 있던 문지기들이 아무 말 없이 그를 밖으로 내보내 주었다. 비도 눈도 아닌 진눈깨비 같은 것이 흩날리고 있었다. 열한 시 경에야 비로소 그는 다시 문을 두드렸다. 그의 하인은 베르터가 집에 왔을 때 그의 주인한테서 모자가 없어진 것을 알아차렸다. 그는 감히 무슨 말을 꺼내지는 못하고 그의 옷을 벗겨 주었는데, 온갖 것들이 다 흠뻑 젖어 있었다. 나중에 그 모자는 언덕의 비탈에서 골짜기를 내려다볼 수 있는 어느 바위 위에서 발견되었는데, 그가 진눈깨비가 흩날리는 그 캄캄한 밤에 어떻게 추락하지 않고 그 바위 위에까지 올라갈 수 있었는지 도무지 이해가 가지 않는 일이었다.

그는 침대에 몸을 눕히고 오래 잤다. 그 이튿날 아침에 그가 불러서 하인이 그에게 커피를 가져갔을 때, 하인은 베르터가 편지를 쓰고 있는 것을 보았다. 그는 로테에게 보내는 다음과 같은 편지를 쓰고 있었던 것이다.

"정말 마지막입니다. 마지막으로 나는 이 눈을 떴습니다. 이 눈은, 아, 이제 두 번 다시 태양을 보지 못할 것입니다. 우중충하고 안개 낀 날씨가 태양을 뒤덮고 있네요. 이렇게라도 슬퍼해 주렴, 자연이여! 그대의 아들, 그대의 친구, 그대의 연인이 이제 종말을 향해 다가가고 있다. 로테, 이건 참으로 비할 데가 없는 느낌이네요. '이것이 마지막 아침이다'라고 자기 자신에게 말하는 것 말이에요. 하긴 이 느낌은 희미한 꿈을 꾸고 있는 상태에 가장 가깝다고 할 수 있겠네요. 마지막 아침! 로테, 나는 이 '마지막'이라는 말을 실감할 수 있는 감각을 잃었어요. 내가 여기 이렇게 내 힘으로 온전히 서 있지 않단 말이에요? 그런데 내일 나는 쭉 뻗은 채 땅바닥에 널브러져 있게 되는 거예요. 죽는다! 그게 무엇을 의미하지요? 보세요, 우리가 죽음에 관해 이야기할 때에 우리는 꿈을 꾸고 있는 것입니다. 나는 여러 사람들이 죽어가는 것을 지켜보았습니다. 그러나 인간이란 너무나 제한된 존재이기 때문에 그는 자신의 현존재의 시작과 끝에 대해서는 아무것도 알지 못합니다. 이 현존재는 지금은 아직 나의 것이지요. 아니, 당신의 것! 오, 사랑하는 사람이여, 당신의 것입니다! 그런데 잠시 동안 — 분리되어, 헤어져 — 아마도 영원히? — 아니지요, 로테, 아닙니다 — 어찌 내가 사라질 수 있을까요? — 어찌 당신이 사라질 수 있나요? — 그래요, 우리는 존재합니다! — 사라지다니! — 그게 무슨 말인가요? 그것은 또 다시 한 단어에 지나지 않습니다, 한 공허한 울림에 지나지 않습니다. 내 심장을 감동시킬 수 없는 공허한 소리에 지나지 않습니다. — — 로테, 죽는다는 것, 그것은 차가운 흙에 파묻어 지는 것이지요, 그렇게도 좁은 곳에, 그다지도 캄캄한 곳에 말이지요! — 의지할 데 없던 젊은 시절에 나에게는 내 전부나 다름없었던 한 여자 친구가 있었답니다. 그녀가 죽었어요. 그래서 나는 그녀의 관을 뒤따라가서 무덤 옆에 서게 되었습니다. 사람들이 관을 아래로 내려놓더니 관 밑에 놓인 밧줄을 드르륵 소리를 내며 빼내어서는 다시 신속하게 위로 감아올렸습니다. 삽으로 뜬 첫 흙덩이가 아래로 떨어지니 관이 불안한 듯 둔탁한 소리를 내었습니다. 소리가 더 둔탁해 지고 점점 더 둔탁해 지더니 마침내는 관이 완전히 흙으로 뒤덮이게 되었습니다. — 나는 그 무덤 옆에 쓰러졌습니다. — 나의 가장 깊숙한 내심이 감동을 받고 뒤흔들리고 불안에 휩싸이고 갈기갈기 찢어지는 듯했습니다. 그러나 나는 내게 어떻게 이런 일이 일어났는지 알 수 없었습니다 — 앞으로 내게 무슨 일이 일어날지도 몰랐습니다 — 죽는다는 것! 무덤! 나는 이런 말을 이해하지 못했습니다!

오, 용서해 주십시오! 나를 용서해 줘요! 어제 일을! 그것이 내 인생의 마지막 순간이어야 했어요! 오, 천사 같은 당신이여! 처음으로, 처음으로 그 어떤 의심도 없이 나의 가장 깊숙한 내심을 꿰뚫고 환희의 감정이 용암처럼 뜨겁게 흐르더군요! 로테가 나를 사랑한다! 로테가 나를 사랑한다! 당신의 입술로부터 번져온 그 성스러운 불꽃이 아직도 내 입술 위에서 활활 타고 있고, 내 가슴에는 또 새로운 환희가 뜨겁게 일고 있답니다. 날 용서해요! 용서해 줘요!

아, 나는 당신이 날 사랑한다는 것을 알고 있었어요. 진심이 가득 담긴 그 첫 눈길에서, 그리고 첫 악수에서 난 그것을 알 수 있었답니다. 하지만, 내가 당신을 다시 떠나왔을 때, 그리고 당신 곁에 알베르트가 있는 것을 보았을 때, 나는 다시 열병 같은 의심 속에 빠져든 채 그만 기가 꺾이고 말았던 것입니다.

저 불행한 모임에서 당신이 내게 한마디 말도 못하고 악수도 청하지 못하자 당신이 내게 보내준 그 꽃들을 기억하나요? 오, 나는 거의 새벽녘까지 그 꽃들 앞에 무릎을 꿇고 앉아 있었지요. 그 꽃들이야 말로 내게 당신의 사랑을 입증하는 징표였으니까요. 그러나 아! 이런 인상들도 사라져 갔습니다. 그것은 마치 어떤 신자가 신성한 계시를 직접 자기 눈으로 보고 충만하신 성령의 은혜를 잔뜩 입었음에도 불구하고 하느님의 은총을 받았다는 느낌이 서서히 그의 영혼에서 다시 사라지는 것과 흡사했습니다.

그 모든 것은 무상한 것으로 그냥 사라져 갈 것입니다. 그러나 그 어떤 영원성도 내가 어제 당신의 입술에서 향유했고 지금도 내 마음속에 생생히 느끼고 있는 저 활활 타오르는 생명의 불꽃을 꺼버릴 수는 없을 것입니다! 그녀가 나를 사랑한다! 이 팔이 그녀를 껴안았다. 이 입술들이 그녀의 입술들 위에서 떨었으며, 이 입이 그녀의 입술과 포개진 채 무슨 말인가를 더듬거렸다. 그녀는 나의 것이다! 당신은 나의 것입니다! 그래요, 로테, 영원히 나의 것입니다!

그리고 알베르트가 당신의 남편이라는 사실이 어쨌다는 것입니까? 남편이지요! 이 세상에서는 그럴지도 모르지요 — 그리고 내가 당신을 사랑하고, 또 내가 그의 두 팔에서부터 당신을 나의 팔 안으로 낚아채고 싶다는 것은 이 세상에서는 죄악이겠지요? 죄악이라고요? 좋아요, 그래서 나는 그 죗값으로 나 자신을 벌하겠습니다. 나는 그 죄악이 베푸는 온갖 천상적인 환희 속에서 맛보았습니다, 그 죄악을! 그 죄악으로부터 나는 삶의 향기와 원동력을 내 가슴 속으로 빨아들였습니다. 이 순간부터 당신은 나의 것입니다! 오 로테, 당신이 나의 사람이란 말입니다. 나는 먼저 갑니다! 내 아버지한테, 당신 아버지한테로 갑니다. 아버지 하느님께 나는 하소연할 겁니다, 그러면 그분은 나를 위로해 주실 것입니다, 당신이 올 때까지. 그리고 당신이 오면, 나는 당신을 향해 날듯이 달려가 당신을 붙잡고 당신 곁에 — 무한하신 분의 용안 앞에서 영원한 포옹을 한 채로 — 당신 곁에 머물겠습니다.

나는 꿈꾸고 있는 것이 아닙니다, 나는 망상을 하고 있는 것이 아닙니다! 무덤에 가까이 다가갈수록 내 마음이 더욱 밝아집니다. 우리가 함께 할 것입니다! 우리가 서로 다시 보게 될 것입니다! 당신의 어머니도 보게 될 것입니다! 나는 당신의 어머니를 볼 것이고 어머니를 찾아뵙게 되면, 아, 어머니께 내 온 진심을 다 털어놓을 것입니다! 당신의 어머니, 당신이 빼닮은 바로 그분!"

열한 시 경에 베르터가 하인에게 혹시 알베르트가 돌아왔는지 아느냐고 물었다. 하인은 알베르트가 말을 타고 지나가는 것을 보았으니 그런 것 같다고 대답했다. 이에 주인이 그에게 다음과 같은 내용의 봉하지 않은 쪽지 편지를 건네주었다.

"여행을 계획하고 있는데 저에게 권총을 좀 빌려 주시겠습니까? 부디 안녕하시기를!"

그 사랑스러운 여인은 간밤에 거의 잠을 이루지 못했다. 그녀가 우려해 왔던 일이 이미 결정되어 있었지만, 그 사실을 그녀가 예감하지도, 걱정하지도 못하도록 결정이 되고 만 것이었다. 여느 때에는 그렇게도 순수하고도 경쾌하게 흐르던 그녀의 피가 열병과도 흡사한 분노 속에서 들끓었고, 천 가지 느낌들이 그 아름다운 마음을 온통 뒤흔들어 놓았다. 그녀가 지금 자신의 가슴 속에서 느끼고 있는 이 뜨거운 불길이 베르터의 포옹에서 유래한 것일까? 이것이 그의 무모한 행동에 대한 불만일까? 전혀 스스럼없이 자유롭게 행동할 수 있었던 저 순진무구하던 나날들, 아무 걱정 없이 자기 자신을 신뢰할 수 있었던 저 시절과, 현재 자기가 처해 있는 상황을 비교해 본 결과 언짢은 기분이 된 것일까? 어떻게 그녀가 남편을 대해야 할까? 남편에게 아주 잘 고백할 수 있는 장면 같긴 하지만, 이런 장면을 그에게 어떻게 설명할 수 있을까? 그래도 이 장면을 감히 고백할 용기를 내지 못하지 않을까? 그들 부부는 오랜 시간 동안 서로 침묵을 지켜온 사이였다. 그런데 지금 자신이 그 침묵을 먼저 깨는 쪽이 되어야 할까? 그것도 바로 이렇게 좋지 않은 시점에 남편에게 이런 뜻밖의 고백을 하게 된다면? 베르터가 왔더라는 말만 전해도 남편한테는 불쾌한 인상을 줄 것 같은 걱정이 앞섰다. 더욱이 이런 예기치 않은 파탄까지도 말해야 하다니! 남편이 그녀를 완전히 올바르게 이해해 주고 전혀 아무런 선입견 없이 받아 주리라고 희망할 수 있을까? 남편이 부디 그녀의 속마음을 읽어주기를 소망할 수 있을까? 하지만 또 어떻게 남편에게 자신을 위장할 수 있단 말인가? 지금까지 그녀는 늘 맑은 크리스털 유리같이 솔직하고 자유롭게 남편을 대해 왔으며, 남편에게는 한 번도 자신의 그 어떤 사소한 감정 하나도 숨긴 적이 없었을 뿐만 아니라, 또 숨길 수도 없었는데? 이래도 저래도 그녀에게는 다 걱정이 될 뿐이었으며, 두 가지 다 그녀를 당황하게 만들 뿐이었다. 그리고 그녀의 생각은 언제나 다시 베르터에게로 되돌아오는 것이었다. 이제 그녀는 베르터를 잃게 된 것인데, 그녀는 그를 그냥 떠나보낼 수가 없었다. 이제 그녀는 그를 — 유감스럽게도! — 그 사람 자신한테 내맡겨두지 않으면 안 되었다. 그런데,

만약 그녀를 잃는다면, 그 사람에게는 아무것도 더 이상 남아 있지 않게 될 것이다!

그녀가 이 순간에는 아직 분명히 깨닫지 못하고 있었지만, 남편과 베르터 사이를 꽉 막고 있던 불통 상태가 당시 그녀의 마음을 무겁게 짓누르고 있었다. 그다지도 분별 있고 그다지도 선량한 사람들이 그 어떤 내밀한 견해 차이들로 인하여 서로 침묵하기 시작했고, 각자가 자기의 옳은 점과 상대방의 그른 점에 대해서만 생각에 잠겼다. 그래서 두 사람의 관계가 아주 꼬이고 서로 쫓고 쫓기는 피곤한 사이로 바뀌어 만사의 귀추가 달린 바로 그 결정적인 순간에 꼬인 매듭들을 풀기가 불가능하게 되고 말았다. 만약 두 사람이 행복한 상호 신뢰를 통해 더 이른 시간에 다시 서로 가까워질 수 있었더라면, 그들 사이에 애정과 관용이 생생하게 서로 오고 감으로써 그들의 가슴을 활짝 열 수도 있었을 것이며, 아마도 우리의 친구 베르터도 아직 구원될 수 있었을지도 모른다.

이런 상황에 또 하나의 특별한 사정이 덧붙여졌다. 베르터는, 우리가 이미 그의 편지들에서 알고 있는 바와 같이, 그가 이 세상을 떠나기를 동경하고 있다는 사실을 결코 비밀에 부치지 않았었다. 알베르트가 그를 자주 논박해 왔으며, 로테와 남편 사이에서도 이따금 이에 대한 대화가 오가곤 했다. 알베르트는 이런 자살 행위에 대해 단호한 반감을 갖고 있었기 때문에 평소 그의 성격과는 전혀 다르게도 일종의 예민한 짜증을 내면서 그런 행위의 진지성에 대해 의심할 만한 이유가 있다는 말을 자주 입 밖에 내곤 했다. 심지어 그는 베르터의 그런 태도에 대해 농담까지 해 가면서 자신은 베르터의 그런 계획을 믿지 않는다는 말을 로테에게 털어놓기도 했다. 로테의 생각 속에서 자살이라는 슬픈 이미지가 오락가락하고 있었기 때문에 남편의 이런 말이 한편으로는 그녀의 마음을 진정시켜 주는 면도 있었지만, 다른 한편으로 볼 때 이런 남편의 태도로 인하여 로테는 그 순간 자신을 괴롭히고 있는 근심 걱정들을 남편에게 털어놓기 어려운 기분이었다.

알베르트가 돌아왔다. 그래서 로테는 경황없이 당황해 하면서 그를 맞이하였다. 그는 표정이 밝지 않았다. 그의 용무가 잘 끝나지 못했다. 그는 이웃 고을의 대행관이 융통성이 없고 옹졸한 인간임을 알아보았던 것이다. 또한 돌아오는 길조차 험해서 그는 짜증이 나 있었다.

그가 아무 일 없었느냐고 물었다. 그래서 그녀는 어제 저녁에 베르터가 왔다 갔다고 너무 성급하게 대답을 하고 말았다. 그는 편지 온 것이 있느냐고 물었다. 그래서 그는 편지 한 장과 소포들이 왔는데 자기 방에 놓아두었다는 대답을 들었다. 그는 자기 방으로 건너갔다. 그래서 로테는 혼자 남게 되었다. 그녀가 사랑하고 존중하는 남편이 지금 집에 있다는 사실이 그녀의 가슴에 새로운 인상을 심어 주었다. 그의 고귀한 마음, 그의 사랑과 선의를 생각하니 그녀의 기분이 좀 안정이 되었으며, 그녀는 그를 뒤따라가고 싶은 은밀한 끌림을 느꼈다. 그래서 그녀는 일거리를 들고는 평소 자주 해 오던 대로 그의 방으로 건너갔다. 그녀는 그가 소포들을 뜯어 열고 서류를 읽으면서 일을 하고 있는 모습을 보게 되었다. 몇몇 서류들은 아주 유쾌한 내용이 아닌 듯 보였다. 그녀는 그에게 몇 가지를 물었고, 그는 거기에 대해 짤막하게 대답하고는 편지를 쓰기 위해 경사진 탁자 앞에 섰다.

이런 식으로 그들은 한 시간 동안 서로 곁에 있었다. 그러는 동안 로테의 마음속은 점점 더 어두워졌다. 그녀는 남편이 아무리 기분이 좋을 때라 할지라도 그에게 자신의 가슴을 짓누르고 있는 일을 털어놓기가 어려우리라는 것을 느꼈다. 그래서 그녀는 울적한 기분에 빠지게 되었다. 그녀가 이런 기분을 감추고 저절로 흐르는 눈물을 삼키려고 애를 쓰면 쓸수록 이 울적한 기분은 그만큼 더 그녀에게 불안한 마음까지 더해 주는 것이었다.

베르터의 하인이 나타나자 그녀는 극도로 당황하게 되었다. 하인은 알베르트에게 쪽지를 건네주었고, 알베르트는 침착한 태도로 자기 아내를 향해 몸을 돌리고는 말했다. "이 사람한테 권총을 내줘요." — "여행 잘 다녀오기 바란다고 전해라" 하고 그는 그 소년에게 말했다. — 그녀는 마치 천둥번개를 맞은 것 같았다. 그녀는 비틀거리며 일어섰고, 자신이 무슨 짓을 하고 있는지 제대로 의식하지도 못했다. 천천히 그녀는 벽을 향해 걸어가서는 몸을 벌벌 떨면서 총을 내리고는 먼지를 닦으면서 멈칫거리고 있었다. 그녀는, 만약 알베르트가 뭣하고 있느냐는 듯한 눈길을 보내면서 그녀를 재촉하지 않았던들, 아직도 한참 더 주저했을 것이었다. 그녀는 말 한마디도 입 밖에 내지 못하고 그 불길한 물건을 소년에게 건네주고 말았다. 그 소년이 집을 나갔을 때 그녀는 자기의 일감을 챙겨갖고는 이루 말할 수 없이 혼란스러운 심리 상태가 되어 자기 방으로 되돌아갔다. 그녀의 가슴이 그녀에게 온갖 끔찍한 일들을 예언해 주는 것 같았다. 곧 그녀는 남편의 발치에 몸을 던지고 그에게 모든 것을, 어제 저녁에 있었던 이야기를, 그녀 자신의 죄와 지금 그녀가 느끼고 있는 예감들을 고백하고 싶었다. 그 다음 순간 그녀는 다시금 그렇게 해 봤자 별 성과가 없을 것임을 알았다. 그녀는 남편더러 베르터한테 한번 가 보도록 설득할 수 있다는 희망을 전혀 기대할 수 없었다. 그러는 사이에 식탁이 차려졌다. 그리고 무엇인가 잠깐 물어보기 위해 찾아왔다가 금방 가려고 했으나 붙들린 한 선량한 여자 친구가 식탁에서의 대화를 그런 대로 참을 만하게 해 주었다. 로테는 억지로 말을 하고 이야기를 하면서 자기 자신을 잊으려고 애를 썼다.

그 소년이 권총을 갖고 베르터한테로 돌아왔다. 로테가 그것을 그에게 손수 내어주더라는 말을 듣자 베르터는 매우 기뻐하며 소년한테서 그 권총을 받아들었다. 그는 빵과 포도주를 가져오게 하고, 소년에게도 식사하러 가라고 명한 다음, 자리에 앉아 편지를 쓰기 시작했다.

> "권총이 당신의 손을 거쳐 내게 왔군요. 당신이 그 먼지를 닦았다고요. 나는 이 총에다 수없이 입을 맞춥니다, 당신의 손길이 닿았으니까요! 그리고 성령이시여, 당신께서 이렇게 내 결심을 도와주십니다. 그리고 로테, 당신이 내게 그 도구까지 건네주네요. 난 당신의 두 손으로부터

죽음을 하사받기를 원했는데, 아, 지금 그것을 받습니다! 오, 나는 내 소년한테 세세하게 물어보았지요. 권총을 소년한테 건네주면서 당신이 몸을 떨었다지요. 그리고 잘 가라는 한마디 인사도 없었다더군요! — 슬프구나, 슬프도다! 잘 가라는 인사도 없이! — 나를 영원히 당신에게 묶은 그 순간 때문에 당신은 나에게 그 가슴을 닫아걸어야만 할까요? 로테, 천년의 세월이 흐른다 해도 그 인상은 지워지지 않습니다! 그리고 나는 그것을 느낍니다, 당신을 향해 그렇게도 불타오르는 그 남자를 당신이 미워할 수 없다는 사실을!"

식사 후에 그는 소년에게 모든 짐을 빠짐없이 싸도록 명하고, 많은 서류들을 찢어버렸으며, 외출해서 아직 남아있던 사소한 빚들을 모두 정리했다. 그는 다시 집으로 왔다가 다시금 성문 앞으로 나가서 우중에도 불구하고 백작의 정원 안으로 들어갔으며, 계속 그 근처를 서성거리다가 밤이 시작되자 되돌아 왔다. 그리고는 편지를 썼다.

"빌헬름이여, 나는 마지막으로 들판과 숲, 그리고 하늘을 바라보았다. 자네도 잘 있게! 사랑하는 어머니, 나를 용서해 주세요! 내 어머니를 위로해 주게나, 빌헬름! 하느님께서 어머니와 자네를 축복해 주시기를! 내 물건들은 모두 정리된 채다. 어머니와 자네, 다 잘 지내기를! 우리 모두는 다시, 더 기쁘게 만나게 될 거야."

"내 그대의 친절에 보답을 잘 못했네, 알베르트, 날 용서해 주게. 나는 그대 집안의 평화를 방해했고, 그대들 둘 사이에 불신을 불러일으켰네. 잘 살게! 나는 이제 이 모든 걸 그만 끝내려 하네. 오, 내 죽음을 통해 그대들이 행복하기를! 알베르트, 알베르트! 그 천사를 행복하게 해 주게! 그리하여 하느님의 축복이 늘 자네 머리 위에 계시기를!"

그는 그날 저녁 안에 또 많은 서류들을 뒤적거렸고 많은 것을 찢어서 난로 안으로 던져 넣었다. 그리고 빌헬름의 주소를 쓴 몇몇 꾸러미는 봉인을 해 놓았다. 그 꾸러미들 안에는 작은 논문들과 생각의 편린들을 적어놓은 메모들이 들어있었는데, 나는 그 중 이것저것들을 그동안 읽어 보았던 것이다. 그리고 그는 열 시에 난롯불을 더 지피라고 시키고 포도주 한 병을 가져오게 한 다음, 하인에게 자라고 일렀다. 그 소년의 방은 그 집의 다른 사람들의 침실과 마찬가지로 제법 뒤쪽에 자리잡은 바깥채 안에 있었다. 소년은 아침 일찍 제때에 시중을 들 수 있기 위해 옷을 입은 채 잠자리에 들었다. 왜냐하면 우편마차가 여섯 시 이전에 집 앞에 도착할 것이라고 그의 주인이 말했기 때문이었다.

"11시 이후에

내 주위의 모든 것이 이렇게 조용하고 내 영혼도 이렇게 평온합니다. '하느님, 이 마지막 몇몇 순간에도 이 온기와 이 힘을 주셔서 감사합니다.'

사랑하는 그대여, 나는 창가로 다가섭니다, 그리고 창밖을 내다봅니다, 그리하여 휘몰아치며 빠르게 지나가는 구름들 사이로 영원한 하늘의 별들이 아직도 개별적으로 하나씩 반짝이고 있는 것을 바라봅니다. '아니다, 그대들은 떨어지지 않을 것이다! 영원하신 분께서 그대들을 당신의 가슴에 품어주실 것이며, 나 또한 품어 주실 것이다.' 나는 모든 성좌들 중에서 내가 가장 좋아하는 수레 채 모양의 북두칠성을 바라봅니다. 밤에 당신과 헤어져 그 성문을 나올 때면 저 별이 내 위에 떠 있곤 했지요. 내가 얼마나 도취해서 저 별을 바라보곤 했던지, 그리고 얼마나 자주 두 손을 높이 쳐들면서 저 별을 당시 내 행복의 표징, 성스러운 이정표로 삼았던 것인지요! 그리고 — 오, 로테 — 내게 당신을 상기시키지 않는 게 무엇이 있겠어요! 당신이 나를 온통 둘러싸고 있지 않나요! 그리고 성스러운 당신의 손길이 닿은 것이면 온갖 종류의 사소한 물건들이라도 나는 마치 만족할 줄 모르는 어린아이처럼 끌어 모으지 않았습니까!

당신의 사랑스러운 실루엣 그림! 나는 그것을 당신에게 유품으로 드리니 소중하게 간직해 주기 바랍니다. 내가 외출할 때나 집에 돌아 왔을 때마다 천번 만번 입을 맞추고 수없이 눈인사를 했던 실루엣입니다.

쪽지 편지로 당신의 아버님께 내 유해를 보호해 주실 것을 부탁드렸습니다. 공동묘지의 뒤편 한구석에 들판을 향해 두 그루의 보리수들이 서 있는데, 나는 거기서 쉬기를 원합니다. 아버님은 친구를 위해 그것을 해 주실 수 있으시고 또 해 주실 것입니다. 당신도 부탁드려 주십시오. 나는 경건한 기독교도들께서 그들의 육체를 한 가련하고 불행한 인간의 옆에 누이기를 감히 소망하고 싶지 않습니다. 아, 차라리 나는 성직자나 레위 사람이 내 비석 앞에서 성호를 그으며 지나가고 사마리아인이 한 방울 눈물을[37] 흘리도록 당신들이 나를 길 가에, 또는 외로운 골짜기에 묻어주기를 바라는 심정이기도 합니다.

자, 로테! 이제 나는 두려움에 몸서리치지 않고 차갑고도 끔찍한 잔을 잡아 죽음의 도취경으로 들어가는 술을 마시겠습니다! 당신이 그 잔을 건네주셨습니다. 그러니 내 두려워하지 않으리다. 모든 것, 모든 것! 이렇게 내 인생의 모든 소망들과 희망들이 다 이루어진 것입니다! 죽음으로 들어서는 청동의 문을 이렇게도 담담하게, 이렇게도 고집스럽게 두드립니다.

내가 당신을 위해 죽을 수 있는 행복을 누릴 수 있게 되었군요! 로테, 당신을 위해 내 목숨을 바칠 수 있게 된 것입니다! 당신에게 당신의 삶의 안정과 환희를 복원해 줄 수 있다면 나는 용감하게, 기쁜 마음으로 죽고 싶습니다. 아, 로테, 사랑하는 사람들을 위해 자신의 피를 흘리고 자신의 죽음을 통해 친구들을 위해 수백 배의 새로운 삶의 불꽃이 피어나도록 도와주는 것은 단지 극소수의 고귀한 사람들에게만 주어진 행복입니다.

이 옷들을 입은 채 나는 묻혀 있고 싶습니다. 로테, 이 옷들에는 당신의 손길이 닿았기 때문이고 이 옷들은 당신을 통해 신성하게 되었기 때문입니다. 당신 아버님한테도 이 부탁을 드렸습니다. 내 혼령이 관 위를 떠돌게 될 것입니다. 내가 입은 옷의

---

37 (역주) 〈루가복음〉, 10장 30~37절 참조.

호주머니를 뒤지지 못하게 해 줘요. 내가 동생들과 함께 있는 당신을 처음 보았을 때 당신이 가슴에 달고 있었던 이 분홍색 리본을 꺼내지 못하게 해 줘요! — 오, 로테, 아이들에게 수없이 키스해 주고 그들에게 그들의 불행한 친구의 운명에 대해 이야기해 줘요! 사랑스러운 아이들! 그들이 지금도 내 주위에서 오글거리고 있는 듯해요. 아, 내 얼마나 단단히 당신과 결합되어 있는지! 나는 그 첫 순간부터 당신을 놓아줄 수 없었어요! — 이 분홍색 리본을 나와 함께 묻어 줘요. 내 생일에 당신이 이걸 선물로 주셨지요! 이 모든 것을 나는 얼마나 소중하게 모았던지요! — 아, 나는 나의 길이 나를 여기로 인도할 줄은 생각하지 못했습니다! — — 안정을 되찾아요! 내 부탁인데, 평안하게 살아요! —

권총은 장전이 되어있습니다 — 열두 시를 칩니다! 자, 이제 때가 되었습니다! — 로테! 로테, 잘 있어요, 잘 살아요!"

한 이웃 사람이 탄약으로 인해 번쩍 하는 불꽃을 보았고 총성을 들었다. 그러나 모든 것이 잠잠했기 때문에 그는 더 이상 주의를 기울이지 않았다.

아침 여섯 시에 하인이 등불을 들고 들어왔다. 그의 주인은 바닥에 쓰러져 있었고 권총이 발견되었으며 피가 흥건했다. 그는 소리치면서 베르터의 몸을 흔들었지만, 대답이 없었고 단지 아직까지도 숨이 약간 그르렁거리고 있을 뿐이었다. 그는 의사를 부르러 달려갔고 알베르트의 집에도 달려갔다. 로테는 초인종 소리를 듣자 사지와 온 몸이 벌벌 떨려오기 시작했다. 그녀는 남편을 깨웠고 그들은 자리에서 일어났다. 하인이 울부짖고 더듬거리면서 소식을 전했고 로테는 실신하여 알베르트 앞에 쓰러졌다.

의사가 그 불행한 사람에게 왔을 때 그는 베르터가 가망이 없는 상태로 땅바닥에 누워 있는 것을 발견했는데, 맥박은 아직 뛰고 있었으나 사지는 이미 마비되어 있었다. 베르터는 오른쪽 눈 윗부분에다 총을 쏘아 탄환이 머리를 관통했으며, 뇌수가 흘러나와 있었다. 그의 팔뚝의 핏줄을 째고 사혈(瀉血)을 시도해 보았지만, 하지 않아도 될 처치였으며, 피만 흘러 나왔고, 그는 아직도 숨은 쉬고 있었다.

안락의자의 팔걸이 위에 묻은 피로 미루어 볼 때 그는 책상 앞에 앉은 채 결행한 것으로 추측되었고, 그 다음에 그는 아래로 쓰러졌고 경련을 일으키면서 의자 주위를 뒹굴며 다녔던 것 같았다. 그는 기력이 다하여 창을 향한 채 바닥에 등을 대고 누워 있었는데, 정장 차림에다 장화를 신은 채였으며, 파란 연미복에다 노란색 조끼를 입고 있었다.

그 집과 이웃과 온 도시가 술렁이게 되었다. 알베르트가 들어왔다. 베르터는 침대 위로 옮겨 누여졌고 이마는 붕대로 동여맨 채였다. 얼굴에는 이미 사색이 완연하였고 사지는 이미 움직일 수 없었다. 폐가 아직도 끔찍하게 그르렁거리고 있었는데, 어떤 때에는 약하게, 어떤 때에는 보다 세게 그르렁거렸다. 사람들은 그의 임종을 기다리는 수밖에 없었다.

그 포도주 병으로부터는 그는 단지 한 잔만 마셨다. 그의 경사진 탁자 위에는《에밀리아 갈로티》[38]가 펼쳐진 채 놓여 있었다.

알베르트가 받은 당황스러운 충격과 로테의 비통함에 대해서는 더 이상 아무런 말이 필요 없을 것이다.

노(老) 대행관이 소식을 듣고 급히 달려 들어왔다. 그는 지극히 뜨거운 눈물을 쏟는 가운데에 죽어가는 베르터에게 키스했다. 대행관의 나이 든 아들들이 곧장 아버지의 뒤를 따라 도보로 와서는 도저히 참을 수 없이 고통스러운 표정 속에서 침대 옆에 무릎을 꿇었다. 그리고는 베르터의 두 손과 입에 키스했다. 베르터가 늘 가장 사랑했던 맏이는 그의 입술에서 자신의 입술을 뗄 줄을 몰랐다. 나중에 베르터가 숨을 거두자 사람들이 소년을 억지로 떼어냈다. 낮 열 두 시에 베르터는 죽었다. 대행관이 현장에서 직접 사태 수습을 했기 때문에 더 이상 소요 없이 진정될 수 있었다. 밤 열한 시 경에 대행관은 베르터가 자신의 묻힐 곳으로

---

38 (역주) 괴테보다 한 세대 앞선 고트홀트 에프라임 레싱의 희곡《에밀리아 갈로티》(Emilia Galoti, 1772)는 독일 시민비극의 효시가 된 작품으로서,《젊은 베르터의 괴로움》(1774)보다 불과 2년 전에 초연되었으며, 시민계급의 정치적 자유를 주창했다는 점에서 당시 작품 활동을 막 하기 시작한 '폭풍우와 돌진'의 세대에 중대한 영향을 끼쳤음. 시민계급의 딸 에밀리아가 권력을 쥔 자들의 농간에 휘말려 처녀로서의 명예를 잃게 될 위험에 처하자, 명예를 존중하는 시민인 생부 오도아르도(Odoardo Galoti)에 의해 자원(自願) 살해되는 비극적 내용을 담고 있다.《젊은 베르터의 괴로움》에서 베르터가 자살하기 직전에《에밀리아 갈로티》란 자유주의적, 해방적 내용의 책이 그의 방의 사면(斜面) 탁자 위에 '펼쳐진 채 놓여 있었다'는 사실은 이 작품이 지닌 사회적, 정치적 함의를 푸는 데에도 중대한 의미를 지닌다.

선택해 놓았던 장소에 그를 매장하도록 지시했다. 노 대행관이 운구(運柩)를 따랐고 큰 아들들도 뒤따랐다. 알베르트는 뒤따라 갈 수 없었다. 로테의 생명이 걱정되었기 때문이었다. 인부들이 운구를 했다. 그 어떤 성직자도 그 운구에 동참하지 않았다.

베르터 청년은 슬퍼했는가, 괴로워했는가?

안삼환

1.《젊은 베루테루의 슬픔》에서《젊은 베르터의 슬픔》으로

독일 문학사상 최고의 시인 괴테(Johann Wolfgang von Goethe, 1749~1832)의 청년 시절의 작품이요, 불후의 세계명작으로 꼽히는《젊은 베르터의 괴로움》(Die Leiden des jungen Werther, 1774)은 우선 그 제목의 번역부터가 문제이다.

일제 강점기에 우리나라에《젊은 베루테루의 슬픔》으로 소개되었으나 해방 후에는 '베루테루'는 독일어에 더 가까운 발음인 '베르터'로 고쳐졌지만, 아직도《젊은 베르터의 슬픔》으로 이해 및 인용되고 있다. 이것은 괴테의 이 편지소설을 연애소설로 해석하고 주인공 베르터가 약혼자가 있는 아가씨 로테를 사랑한, 이룰 수 없는 슬픈 이야기로만 이해한 증좌이며, 19세기 말 내지는 20세기 초 이래의 동아시아인들의 독문학 작품 이해의 한계성을 보여주고 있기도 하다.

우선, 작품 제목에 나오는 'Die Leiden'을 우리말로 정확히 옮겨 보자면, '괴로움들', '갖가지 고통', '고뇌' 등의 의미를 띤다. 단순히 이러한 의미상의 이유로 이 작품의 제목을 《젊은 베르터의 괴로움》이라고 번역하겠다면, 거기에도 문제가 아주 없지도 않다. 즉, 그것이 아무리 '괴로움'이라는 의미라 하더라도 주인공이 실연을 하고 이루지 못할 사랑에 절망한 나머지 스스로 자신의 목숨을 끊었다면, 이 작품의 제목을 《젊은 베르터의 슬픔》이라고 부르더라도 그게 뭐 크게 문제시 될 것은 없을 것이기 때문이다.

문제는 베르터 청년이라는 인물이 단순히 실연 때문에 자살한 것인지, '애정의 문제' 이외에 또 다른 괴로움이 더 있었는지, 만약 있었다면 그것이 어느 정도였던지를 면밀히 한번 살펴보는 작업이 중요할 것이다.

이 해설에서는 이 문제에 중점을 두고 무엇보다도 작품 자체를 보다 세밀하게 들여다보면서 우리가 이 작품의 제목을 어떻게 옮겨야 할 것인지에 대한 궁극적 결론을 도출해 보기로 하겠다.

2. 자연, 어린이, 그리고 하층민에 대한 사랑

널리 알려진 사실이지만, 괴테는 슈트라스부르크대학에서 법학 공부를 마친 뒤에, 일단 귀가하여 그의 고향 도시인 프랑크푸르트에서 아버지의 도움을 받아 변호사 개업을 하고 있었다. 하지만 아들이 변호사로서의 일에 전력투구를 하지 않고 문학청년들과의 교우에 주력하는 모습을 본 아버지는 1772년에 그 당시 신성로마제국의 제국재판소가 있던 소도시 베츨라르(Wetzlar)로 아들을 보내어 아들이 보다 큰물에서 법률가로서의 본격적 실습을 거치도록 주선한다.

실제로 괴테는 1772년 5월 25일에 이곳 제국재판소의 실습생 명부에 등록한 기록을 남기지만, 베츨라르에서 괴테가 법률가로서 활동한 다른 기록들은 전무하다. 아마도 괴테는 1772년 5월 중순부터 9월까지 약 5개월이 되는 이 베츨라르 체류 기간 동안에 법률가로서의 실습에는 별 뜻이 없었고 이 도시 교외의 마을들과 그 주위의 수려한 자연 경관을 감상하면서 풍경을 스케치하거나 인근 마을들의 댄스파티에 참가하고 근처 농가들을 방문하는 등 자유로운 취미 및 휴식 활동을 했던 것으로 추측된다.

괴테가 이 무렵 어느 댄스파티로 가다가 샤를로테 부프를 만난 것은 작품 속에서 베르터 청년이 로테를 만난 것과 거의 일치하고 있다.

베르터 청년은 그의 친구 베르너에게 보내는 1771년 5월 4일자 편지에서 다음과 같이 쓰고 있다.

아무튼 나는 여기서 아주 잘 있다. 이 낙원과도 같은 지역에서는 고독이 내 마음에 소중한 위안이다. 그리고 이 젊음의 계절이 자주 몸서리치는 내 가슴을 따뜻함으로 가득 채워 주고 있다. 나무 한 그루, 생울타리 하나가 모두 활짝 핀 꽃들을 묶어놓은 꽃다발 같다. 그리고 방향(芳香)의 바다에서 이리저리 노닐며 그 속에서 자신이 필요한 모든 자양분을 발견하는 쌍무늬딱정벌레라도 되고 싶은 기분이다.

도시 자체는 유쾌하다 할 수 없지만, 그 대신 도시 주변의 자연은 이루 표현할 수 없이 아름답다.

위의 글을 보면 베르터가 새로 정착한 도시 "주변의 자연"에 대단히 심취하고 있음을 알 수 있다. 연이은 5월 10일 자 편지에서도 베르터는 자연에 감탄하고 자연에 귀의하는 모습을 보여주고 있다.

안개가 내 주위의 정다운 골짜기에서 피어오르고 높이 뜬 태양의 광선은 내가 깃들어 있는 숲의 어둠을 투과하지 못하고 수관(樹冠)들 위에 머물고 있을 뿐, 단지 몇몇 광선들만이 숲의 내밀한 성소(聖所) 안으로까지 슬며시 스며들고 있다. 나는 조그만 폭포수 옆 풀숲에 누워 있는데, 근처 땅에서 자라고 있는 수많은 풀들이 내 눈에 들어오네. 그래서 나는 풀줄기들 사이의 작은 세계에서 꼼지락거리고 있는 수많은 벌레들과 모기들의 헤아릴 수 없이 많고 이루 다 궁구할 수 없는 형체들을 내 가슴에 더욱 가깝게 느낀다. 이때 나는 당신의 형상을 본떠 우리를 창조하셨다는 전능자의 현존을 체감하고, 영원히 기뻐하시는 중에 우리를 유영(遊泳)하게 해 주시고 이런 상태를 지탱하게 해 주시며 우리 모두를 사랑하시는 그분의 숨결을 실감한다.

여기서 베르터 청년이 느끼고 있는 '자연'은 18세기 상반기

독일 사회의 주류 사상이라 할 계몽주의의 지나치게 경직된 규칙과 당시 융통성 없는 신분 사회의 각종 의전(儀典)에 대한 반발로서 이해되기도 한다. 사람들 사이에서의 자연스러운 감정의 소통과 격식과 의전에 얽매이지 않은 자유로운 인간관계를 갈구하는 자유분방한 베르터 청년은 풀숲의 "작은 세계에서 꼼지락거리고 있는 수많은 벌레들과 모기들"한테까지도 친근감을 느낄 수 있으며, 법률을 익혀 장차 군주의 '추밀고문관'이나 '공사'가 되었으면 하는 그의 집안의 소망과는 상관없이 자신의 가슴을 뜨겁게 만드는 인간적인 감정에 충실하게 살고자 한다.

이런 뜨거운 가슴의 소유자인 베르터 청년은 청순한 아가씨 로테가 동생들에게 빵을 나누어 주고 있는 아름다운 장면에 감탄하게 되고, 같은 날 무도회장에서 천둥과 번개 그리고 소나기가 걷힌 바깥 풍경을 내다보면서 로테가 "클롭슈톡!"(괴테보다 한 세대 앞선 자유분방한 시인의 이름) 하고 외치자 그녀가 그 순간 느낀 자연 감정을 마음속 깊이 공유하면서, 그들 두 청춘 남녀는 서로가 서로에게 끌리게 된다.

베르터는 로테에게 이미 약혼자가 있다는 사실을 듣고서도 로테의 집을 자주 방문하면서 그녀의 동생들과도 친밀해진다. 비단 로테의 동생들뿐만 아니라, 인근 동네의 어린이들한테도 베르터의 호감은 각별하다.

> 어린이들은 무언가를 욕구하는데 그들은 왜 그런지 알지 못한다. 이 사실에 대해서는 모든 학식 높은 선생들과 궁정 초빙 학자들의 의견이

일치하고 있다. 그러나 어른들도 어린이들과 마찬가지로 이 지상에서 이리저리 비틀거리고 있고 어린이들과 마찬가지로 그들이 어디서 와서 어디로 가고 있는지 모르며, 참된 목적에 따라 행동하지 못하고, 어린이들과 똑같이 비스킷이나 케이크나 자작나무 회초리를 통해 지배를 받고 있다. 이런 사실을 아무도 기꺼이 믿고 싶지 않을 거야. 그런데 내 생각으로는 이것은 누구나 느낄 수 있는 명백한 사실이다.

지금 나의 이 말을 듣자 자네가 내게 말하고 싶어 할 것을 난 잘 알아. 그래서 내 자네에게 기꺼이 고백하겠다. 즉, 어린이들과 마찬가지로 하루하루를 맞이하며 살 수 있는 사람들이 가장 행복한 사람들이라는 사실 말이야! 어린이들은 인형들을 이리저리 끌고 다니며 그 옷을 벗겼다가 입혔다가 하고 엄마가 설탕 뿌린 버터 빵을 넣어 둔 서랍 주위를 굉장한 관심을 갖고 맴돌다가 그들이 노리던 것을 마침내 잽싸게 잡아채고서는 빰이 터지도록 먹고는 "더 줘!"하고 소리친다 — 이것이 행복한 피조물들이야. (1771년 5월 22일 자 편지 중에서)

친애하는 빌헬름, 정말이지 이 지상에서 아이들이 내 마음에 가장 가깝다네. 아이들을 관찰하면서 나는 그 꼬마들한테서 언젠가 그 자신들이 절실하게 필요로 하게 될 모든 능력과 모든 힘의 싹을 본다. 그 고집에서 미래의 확고하고 굳건한 성격을 볼 수 있고, 그 버릇없는 장난기에서 이 세상의 갖가지 위험을 뛰어넘을 수 있는 훌륭한 유머와 경쾌성을 예견할 수 있다. 모든 것이 전혀 타락하지 않고 고스란히 살아있는 전체로서의 인간을 예견한단 말이야! 이럴 때면 언제나, 언제나 나는 인류의 스승이신 분의 저 금쪽같은 말씀을 반복하게 된다 — "너희가 이들 중 하나와 같이 되지 아니하면!" (1771년 6월 29일 자 편지 중에서)

어린이에 대한 이런 무조건적인 사랑 이외에도 베르터는 하층민들을 배려하는 따뜻한 마음씨를 지니고 있다.

> 나는 우리 인간이 동등하지 않으며 또 동등할 수도 없다는 것을 잘 알고 있네. 그러나 나는, 존경을 받으려면 이른바 천민을 멀리할 필요가 있다고 믿는 자는 질 것이 두려워서 적 앞에서 자신을 숨기는 비겁한 인간과 꼭 마찬가지로 비난받아 마땅하다고 생각해.
>
> 얼마 전에 나는 우물가로 내려가던 중에 어떤 젊은 하녀를 보게 되었다. 그녀는 물동이를 맨 아래 계단 위에 내려놓은 채 자기를 도와 물동이를 머리 위에 얹어 줄 친구가 왔으면 하고 주위를 둘러보고 있더군. 나는 계단을 내려가서 그녀를 바라보았다. — "아가씨, 도와 드릴까요?" 하고 내가 말했다. — 그녀는 얼굴이 점점 빨갛게 물들어 갔다. — "아, 아니에요, 나리!" 하고 그녀가 말했다. — "여러 말 마시게!" 내가 말했다. — 그녀가 똬리를 바른 자리에 올려놓더군. 그래서 나는 그녀를 도와주었다. 그녀는 고맙다는 말을 하고나서 계단을 올라갔다. (1771년 5월 15일 자 편지 중에서)

베르터는 — 또는 시인 괴테는 — 자유시 프랑크푸르트의 부유한 시민계급 출신이었지만, 옷차림과 행동거지로 보아서는 귀족처럼 보였기 때문에, 여기서 물 길으러 온 아가씨에게 '나리'로 지칭되고 있다. 우리는 여기서 베르터가 당시 독일 사회의 신분 위계에 따른 질서를 별로 가리지 않고 어린이들과 하층민들에게도 아무런 편견 없이 인간적인 배려와 애정을 베풀고 있는 순정한 청년임을 관찰하게 된다.

3. 인습을 떠난 자연법적 사랑과 그 한계

이렇게 순정한 청년이 모든 사회의 인습을 떠나 그야 말로 자연의 이치와 순리에 따라, 즉 자연법적으로, 한 아가씨를 사랑하게 되는 것이다.

사람은 정말 어린아이와 같아! 힐끗 한번 바라봐주는 눈길을 탐하다니! 난 영락없는 어린아이야! — 우리는 발하임으로 갔다. 여자들이 마차를 타고 바깥바람을 쐬고 싶다고 했던 것이다. 그래서 우리가 산책하는 동안 내가 믿기로는 로테의 검은 두 눈동자 속에서…… 난 바보야! 이런 나를 용서해 주게. 자네도 그걸 봐야 하는데! 그 눈동자 말이야! — 내 문장이 이렇게 불완전한 것은 졸음에 못 이겨 내 두 눈이 자꾸만 감겨서 그렇다. 여자들이 마차에 올라탔는데, 거기 마차 주위에 청년 W와 젤슈타트, 아우드란과 내가 서 있었다. 그러자 여자들이 마차 문을 사이에 두고 남자들과 대화를 나누었는데, 하긴 남자들이 상당히 경쾌하고 촐싹거리는 분위기였어. — 나는 로테의 눈동자를 찾고 있었는데, 아, 그 눈동자들은 이 남자, 저 남자를 향하고 있었어. 그러나 나, 나, 나에게는 향하지 않고 있었다. 아주 전적으로 그것만을 기다리다가 단념하고 풀이 죽어 거기 서 있는 나에게는 향하지 않는 거야! — 내 심장은 그녀에게 작별 인사를 수없이 쏟아내고 있었지만, 그녀는 나를 보고 있지 않았어! 마차가 우리 옆으로 지나갔다. 그리고 내 눈에 눈물이 맺혔다. 나는 그녀의 뒷모습을 바라보다가 그녀의 머리장식이 마차 문밖으로 삐져나오는 것을 보았다. 아, 나를 바라보기 위해 그녀가 몸을 돌린 것인가? — 여보게! 이런 불확실성 속에서 나는 이리저리 흔들린다네. 내 위안은 아마도 그녀가 내 쪽으로 돌아보았을 것이란 생각이지! 아마도 돌아보았을 거야! — 잘 자게! 오, 난 정말 어린아이라네. (1771년 7월 8일 자 편지 전문)

이렇게 베르터는 정말 어린아이와도 같이 로테가 자신에게 한번 힐끗 눈길만이라도 주기를 간절히 바라게 된 것이다. 이제 베르터 청년의 뜨거운 사랑의 여름이 온 것이다.

베르터라고 해서 인간사회의 인습을 모르고 오직 사랑에만 빠져 있었던 것은 아니었다. 빌헬름에게 쓴 그의 다음과 같은 편지를 읽어 보기로 하자.

자네가 말하는 것은 내가 로테에 대해 희망이 있든지, 아니면 희망이 없다는 것 아닌가! 좋다. 전자일 경우 그녀를 다그쳐서 내 소망을 남김없이 충족시키도록 하고, 후자일 경우에는 용기를 내어 모든 힘을 소모시키고 있는 처참한 감정을 떨쳐버리라는 소리지. — 훌륭한 친구여, 맞는 말이다! 그렇지만 너무 쉽게 한 말이기도 하다.

서서히 진행되는 어떤 병에 걸려 생명이 저지할 수 없이 점차 꺼져가는 어느 불행한 사람에게 자네는 단검으로 그 고통을 단번에 끝내라고 요구할 수 있겠는가? 그리고 환자의 모든 힘을 소모시키고 있는 그 질병은 환자한테서 고통으로부터 스스로를 해방시킬 수 있는 용기마저도 동시에 빼앗아 버리지 않을까?

하기야 자네도 — 주저하고 무서워하면서 자신의 목숨을 거는 것보다 차라리 한쪽 팔을 잘라내는 것을 선호하지 않을 사람이 누가 있을까, 라는 비슷한 비유를 들이대면서 — 내게 응답할 수 있을 것 같기도 하네. — 난 정말 모르겠네! — 그리고 우리 둘이 이렇게 비유를 써 가면서 서로 물고 뜯지 말기로 하세. 이것으로 충분해 — 그래, 빌헬름,

> 나에게도 이따금 벌떡 차고 일어나 이 모든 것을 다 떨쳐버리고 싶은 용기의 순간이 있긴 하다네. 그런데 — 대체 어디로 가야 할지 알기만 한다면 — 내 기꺼이 그리로 갈 텐데! (1971년 8월 8일 자 편지 중에서)

로테의 약혼자 알베르트가 왔지만, 그의 성실하고도 신사적인 태도로 인하여, 베르터는 그다지 큰 상처를 받지 않고 로테를 계속 만날 수 있었다.

> 내가 지금 바보만 아니라면, 나는 아주 훌륭하고 아주 행복한 삶을 영위할 수도 있을 것이다. 지금 내가 처해 있는 것처럼 이렇게 아름다운 여건들이 한 인간의 영혼을 기쁘게 해 줄 수 있게끔 잘 조화를 이루고 있기도 쉽지 않은 것이다. 아, 우리의 마음만이 자신의 행복을 스스로 만들어 간다는 것은 틀림없는 말이다. — 이 호의적인 가정의 일원이 되어 있고 노(老) 대행관한테는 아들처럼 사랑을 받고 있으며 꼬마들한테도 아버지처럼 사랑을 받고 있는 데다 로테의 사랑까지 받고 있다! — 게다가 올곧은 알베르트는 그 어떤 무례한 심술을 보이면서 내 행복을 방해하지 않을 뿐만 아니라, 나를 진심 어린 우정으로써 감싸 주고 있다. 그에게 나는 이 세상에서 로테 다음으로 사랑스러운 존재이다! — 빌헬름이여, 우리가 둘이서 산책하는 도중에 로테에 관해서 서로 이야기를 나누면서 서로의 말을 들어보는 것은 큰 기쁨일세. 이 세상에서 이런 삼각관계를 두고 우스꽝스럽게들 이야기하는데, 이보다 당치 않은 헛소리가 없다는 생각이야. 그럼에도 불구하고 이 관계로 인하여 내 눈에 자주 눈물이 고이곤 한다. (1971년 8월 10일 자 편지 중에서)

하지만 알베르트의 친절과 우정에도 불구하고 베르터 청년의 무조건적 사랑은 필연적으로 절망의 벽에 부딪힐 수밖에 없다.

> 괴로운 꿈으로부터 희미하게 정신을 차리는 아침마다 나는 헛되이 그녀를 향해 두 팔을 뻗는다. 밤마다 침대 위에서도 나는 그녀를 찾아보지만 허사다. 행복하고도 순진무구한 꿈에 속아서 나는 초원 위에서 그녀 곁에 앉아 그녀의 손을 잡고 그녀에게 수많은 키스를 퍼붓고 있는 것으로 느꼈던 것이다. 아, 그런 다음 아직도 잠이 덜 깬 도취경 속에서 나는 그녀를 향해 손을 더듬는다. 그러다가 잠이 깨면 — 내 짓눌린 가슴으로부터 한 줄기 눈물이 쏟아진다. 이에 나는 암울한 미래를 향해 절망의 울음을 운다. (1771년 8월 21일 자 편지 전문)

베르터 자신도 이런 절망으로부터 어떤 돌파구를 찾기 마련인데, 벌써 몇 주 전부터 고향 도시에서 어머니가 D라는 소도시에 있는 공사관에서의 일자리를 얻어 놓고 그쪽으로 가기를 권유하고 있던 중이었기 때문에, 마침내 그는 용기를 내어 로테의 곁을 떠날 결심을 한다. 자기의 결심을 로테에게는 말하지 않은 채 베르터는 알베르트와의 합의하에 셋이서 로테를 마지막으로 만난다.

> "달빛 아래를 산책할 때면 난 언제나 돌아가신 분들 생각이 나요. 언제나 그래요. 언제나 죽음과 미래에 대한 생각에 잠기게 돼요. 우리도 그리로 가겠지요!" 하고 그녀는 아주 장엄한 감정이 실린 목소리로 계속 말했다. "그런데, 베르터 씨, 거기서도 우리 다시 만나게 될까요? 다시

알아볼 수 있을까요? 당신 예감은 어때요? 어떻게 생각하세요?"

"로테!" 하고 나는 그녀에게 한 손을 내밀면서 두 눈에 눈물을 가득 머금고서 말했다. "우리는 다시 만나게 될 겁니다! 이승에서도 저승에서도 다시 만나게 될 것입니다!" — 나는 더 이상 말을 계속할 수 없었다. — 빌헬름이여, 이 내 가슴에 그 불안한 이별을 품고 있는 그 순간에 그녀가 하필이면 내게 이런 질문을 해야만 했을까! (1771년 9월 10일 자 편지 중에서)

로테는 저승에서의 재회 가능성을 물었지만, 베르터는 자신도 모르게 "이승에서도 저승에서도 다시 만나게 될" 것이라는 의미심장한 말을 입 밖에 내게 된다. 아닌 게 아니라, 나중에 베르터는, 그가 더 이상 갈 곳이 없어지자, 다시 로테 곁으로 되돌아왔다가 스스로 목숨을 끊게 된다.

4. 사회적 국외자로서의 베르터 청년

베르터 청년은 왜, 어찌하여, 더 이상 갈 곳이 없어졌을까?

로테를 떠나 D시에서 새로운 출발을 하려던 베르터는 우선 자신의 상관인 공사(公使)와 운명적 불화를 겪게 되는데, 사회적 인습과 계몽주의적 형식에 꽉 얽매어 있던 공사와 자유분방하고 감격적인 성격의 소유자인 베르터 청년은 성격상, 그리고 업무상 필연적으로 충돌과 불화를 겪게 되어 있었던 것이다. 이것은 독일 문학사적으로 볼 때에는 초기 계몽주의의 경직된 규율성과 '폭풍우와 돌진'(Sturm und Drang) 시대의 천재적 감정 분출이 어쩔 수 없이 서로 충돌한 지점으로도 이해될 수 있다.

공사가 내게 많은 짜증을 불러일으키고 있는데, 이것을 나는 미리 예견했다. 그는 세상에 존재할 수 있는 가장 정확한 바보이다. 일을 한 걸음 한 걸음씩만 진척시키면서 말 많은 아줌마처럼 꾀까다롭기만 하다. 자기 자신에게 결코 만족할 수 없는 인간이다. 그래서 아무도 그에게서 감사하는 마음을 받아내지 못한다. 나는 일을 날렵하게 해치우기를 좋아하고, 그런 다음에는 그 상태로 그냥 놓아둔다. 그 때문에 그가 내게 서류를 돌려주면서 이렇게 말할 빌미가 되곤 한다. "잘 되었어. 그러나 한번 훑어보시게. 언제나 더 나은 어휘, 보다 산뜻한 접속사나 전치사를 발견하게 되지." — 이럴 때마다 나는 화가 나서 미칠 지경이다. '그리고'라든지 무슨 사소한 접속사 하나라도 빠트려서는 안 된다. 나도 모르게 자주 쓰게 되는 도치법(倒置法)만 보면 그는 아주 질색을 한다. 그의 복문(複文)을 관행적 어조로 술술 외워서 — 교회에서 찬송가를 부를 때에 오르간 반주를 해 주듯 — 서류를 꾸며 놓지 않으면, 그는 문맥을 전혀 이해하지 못한다. 이런 인간과 관계를 해야 한다는 것은 괴로운 일이다.

C백작의 친절한 신뢰만이 그래도 내 마음을 손상시키지 않고 유지시켜 주고 있는 유일한 위안이다. 최근에 그는 나한테 아주 솔직히, 내 상관인 공사가 일을 너무 느리게, 그리고 너무 소심하게 처리하는 것이 매우 불만이라고 말했다. "그렇게 사람들은 자기 자신한테는 물론이고 남들한테도 어려움을 불러온단 말일세" 하고 그가 말했다. "하지만 그럴 때에는 산을 넘어가야 하는 여행자처럼 체념할 줄 알아야 하

지. 하기야 산이 없다면 길이 훨씬 더 편하고 짧을 거야. 그러나 산이 이미 거기에 있다면, 어차피 그 산을 넘어가야 할 것 아닌가!" (1771년 12월 24일 자 편지 중에서)

이곳에서 서로 눈치를 보며 살아가고 있는 가증스러운 인간들 사이에서 겉은 근사하게 보이지만 실은 비참하고 권태롭게 살아야 하는 것이다! 단지 서로 감시하고 조심할 뿐인 이 인간들 사이에는 남보다 한 발자국이라도 앞서 가려는 출세욕만 판을 치고, 참으로 가련하고 꼴불견이라 할 온갖 집착들이 아주 발가벗은 채 노출되고 있다. (1771년 12월 24일 자 편지 중에서)

나를 가장 화나게 하는 것은 이 치명적인 시민 신분이다. 사실 나도 한 시민으로서 신분의 격차가 필요하고 그것이 나 자신에게도 많은 이익을 주고 있다는 것을 잘 알고 있다. 하지만 제발 이 신분 격차라는 것이 내가 이 지상에서 약간의 기쁨, 한 줄기 행복의 섬광을 즐기는 데에 방해가 되지는 말았으면 싶다. 근자에 나는 산책을 하던 중에 B양이라는 귀족 아가씨를 알게 되었는데, 이 부자연스러운 삶 한가운데에서 아직도 많은 자연스러운 본성을 간직하고 있는 사랑스러운 여자다. (1771년 12월 24일 자 편지 중에서)

경직된 형식과 융통성 없는 인습에 얽매어 있는 상관 아래에서, 그리고 "서로 감시하고 조심할 뿐인" 동료들 사이에서 아무 집착이 없는 순수하고 자유로운 베르터 청년은 속박과 굴레를 느끼고 매우 권태롭고 부자연스러운 일상을 보낼 수밖에 없다. 그리고 그를 "가장 화나게 하는 것"은 "치명적인 시민 신분"이다.

귀족들 중에서도 그의 상관인 백작과 이 도시에서 새로 사귄 귀족 출신의 아가씨 B양만은 그래도 예외적 존재로서 베르터 청년의 순수성을 존중하고 그의 자유분방한 정신을 이해하는 편이다.

그런데, 이 두 귀족도 시민계급 출신인 베르터 청년을 두둔해 줄 수 없는 사건이 기어이 일어나고야 만다.

> 나는 불쾌한 일을 겪은 나머지 여기를 떠나야 할 것 같다. 분해서 이가 갈린다! 제기랄! 이 불쾌한 일은 보상될 수 없는 성질의 것이고, 이건 전적으로 어머니와 자네의 탓이네. 나에게 박차를 가하여 몰아대고 괴롭혀서 내가 원하지도 않는 직장으로 오도록 만들지 않았나. 결국 나는 지금 이 꼴을 당한 거야!
>
> [⋯⋯]
>
> C백작이 나를 애호하고 나를 특대한다는 것은 널리 알려진 사실이다. 그것을 나는 벌써 수십 번 이상 자네에게 말한 바 있다. 그런데 어제 나는 그의 저택에 식사 초대를 받았는데, 바로 이어서 저녁에 그 집에서 귀하신 신사 숙녀분들의 파티가 열리게 되어 있었다. 나는 그런 모임이 있을 줄은 전혀 생각을 못했으며, 우리 같은 하위직 공무원이 얼씬 거릴 장소가 아니라는 것을 조금도 눈치 채지 못하고 있었다. 아무튼 나는 백작댁에서 식사를 했고 식사 후에 우리는 널찍한 홀 안을 이리저리 거닐었다. [⋯⋯] 그러는 중에 파티 시간이 점점 다가오고 있었다. 원, 정말이지, 난 아무 짐작도 못하고 있었다. 그때 지극히 근엄한 S부인이 그녀의 부군과 잘 부화된 거위 새끼 같은 딸을 대동하고 등장했다. 그 딸은 젖가슴이 평평했고 예쁜 코르셋을 하고 있었다. 그들은 내 옆을 지나가면서 대대로 물려받아온 높은 귀족 특유의 눈초리와 콧구멍을 보여주고 있었다. 나는 이런 족속을 진심으로 역겹게 생각하기

때문에 막 작별을 고하려고 했는데 다만 다른 사람들과의 쓸데없는 잡담으로부터 백작이 해방되기를 기다리고 있을 따름이었다. 바로 그때 내가 잘 아는 그 B양이 들어섰다. 그녀를 볼 때면 언제나 내 가슴이 약간 트이는 것 같았기 때문에 나는 그 자리에 머물기로 하고 그녀가 앉은 의자 뒤로 가서 섰다. 그런데 잠시 후에야 비로소 나는 그녀가 나와 말을 할 때 여느 때보다 그 솔직한 태도가 덜했고 약간 당황해 하는 기색조차 엿보이고 있다는 사실을 알아차리게 되었다. 그 사실이 확연하게 내 눈에 띄었다. '이 아가씨도 모든 다른 귀족 나부랭이들과 다름이 없단 말인가?' 하고 나는 생각했다. 그래서 나는 모욕을 받은 기분이 되어 그 자리를 떠나고 싶었다. 하지만 나는 그녀가 그러는 이유를 이해할 수 있기를 바랐기 때문에, 그녀의 그런 행동을 믿을 수가 없었기 때문에, 또 그녀로부터 한마디라도 좋은 말을 듣기를 희망했기 때문에, 혹은 그 외에 또 무슨 다른 이유 때문인지는 몰라도, 거기에 머물고 있었다. [......] 마침내 백작이 나를 향해 다가오더니 나를 어느 창문가로 데려가는 것이었다. — "당신도 우리네의 이상한 신분 상황을 잘 아실 테지만" 하고 그가 말했다. "내가 눈치 채기에는 여기 모인 사람들은 당신이 이 자리에 있는 것을 못마땅해 하고 있는 것 같아요. 나야 전혀 그렇지 않지만!"

[......]

"불쾌한 일을 겪었다지?" — "내가?" 하고 나는 물었다. — "백작이 자네를 파티에서 나가라고 했다던데?" — "그런 파티라면 관심 없어!" 하고 내가 말했다. "바깥바람 쐬는 것이 좋기만 하던데!" — "자네가 그걸 대수롭잖게 생각하고 있으니 다행이네" 하고 그가 말했다. "다만 내가 불쾌하게 생각하는 것은 그 소문이 벌써 도처에 쫙 퍼졌다는 거야." — 그때 비로소 그 일이 나를 화나게 만들기 시작했다. '식당에 들어와서 나를 바라보는 모든 사람들이 모두 그 때문에 나를 빤히 쳐다

본 모양이구나' 하고 나는 생각했다. 그 생각에 나는 그만 피가 부글부글 끓어오르는 것 같았다. (1772년 3월 15일 자 편지 중에서)

시민계급 출신의 베르터 청년이 귀족들의 파티에서 쫓겨난 이 사건은 — 그를 인간적으로 존중하고 사랑하던 C백작과 B양도 그를 도와줄 수 없는 가운데에 — 그의 자존심에 치명적인 상처를 입히고 말았다.

"아, 베르터 씨!" 하고 그녀가 진심 어린 어조로 말했다. "저의 마음을 잘 아시면서 저의 혼란스러웠던 행동을 어떻게 그렇게 해석하실 수가 있어요? 제가 홀 안으로 들어서던 그 순간부터 당신 때문에 얼마나 괴로워했던지! 저는 그 모든 것을 예상할 수 있었어요. 그래서 그것을 혀끝 위에다 놓고 당신에게 말할까 말까 수십 번이나 망설였답니다. S부인이나 T부인이 당신과 함께 어울리느니 차라리 그들의 남편들과 함께 그 자리를 떠날 것이라는 것도 저는 알고 있었습니다. 그리고 저는 백작님이 그들의 기분을 상하게 해서는 곤란해진다는 것도 알고 있었고요. — 그리고 지금은 그 난리까지!" — "무슨 말씀이지요?" 하고 내가 되물으면서 나의 놀란 마음을 숨겼다. 왜냐하면 그저께 아델린이 내게 말했던 모든 내용이 이 순간 마치 펄펄 끓는 물처럼 내 혈관을 통해 마구 휘돌고 있었기 때문이었다. — "그 때문에 저도 이미 속상한 일을 겪어야 했답니다!" 하고 그 귀여운 아가씨가 말했는데, 그녀의 두 눈에 눈물이 가득 고였다. — 나는 더 이상 자제력을 잃고 그만 그녀의 발치에 몸을 던져 쓰러지고 싶었다. — "무슨 말씀인지 설명해 주십시오!" 하고 나는 부르짖었다. — 눈물이 그녀의 두 뺨 위로 흘러내리고 있었다. 나는 정신이 나가 있었다. 그녀는 눈물을 숨기려고 하지도 않으면서 그것을 닦았다. — "내 아주머니는 당신도 아시잖아요" 하고 그녀가 말을 시작했다. "아주머니가 그 자리에 계셨어요. 그리고, 아, 아주머니가 어떤 눈빛으로 그 광경을 바라보셨는지! 베르터 씨, 저는 어제 저녁 내내 그리고 오늘 아침까지도 내가 당신과 교제하는 데에 대한 아주머니의 설교를 견뎌내지 않으면 안 되었어요. 그리고 당신을 깎아내리고 당신을 모욕하는 말을 듣지 않을 수 없었어요. 그런데도 나는 당신을 반도 채 변호할 수 없었고 또 변호해서는 안 되었답니다." (1772년 3월 16일 자 편지 중에서)

B양의 이 고백은 당시 시민계급에 대한 귀족들의 편협한 태도와 절대 양보할 수 없는 결혼관을 잘 드러내어 보여주고 있으며, 이에 대한 베르터 청년의 다음과 같은 편지 대목 또한 이해할 만하다.

나는 마음과 몸이 모두 박살이 난 기분이었고 분한 생각이 아직도 가셔지지 않는다. 나는 어느 누군가가 나를 비난해서 내가 검으로 그의 몸을 푹 찌를 수 있기를 원한다. 피라도 보면 내 기분이 좀 나아질 것 같다. 아, 나는 내몰려 헐떡이는 이 내 심장에 숨통을 트기 위해 수십 번이나 칼을 집어 들곤 했다. 사람들은 어떤 고귀한 혈통의 말에 대해 얘기를 하는데, 무섭게 화를 돋우고 마구 몰아치면 말은 자기 숨통을 트기 위해 본능적으로 자신의 혈관을 물어뜯는다지. 내가 자주 그렇다. 나는 영원한 자유를 얻기 위해 내 혈관을 열어젖히고 싶다. (1772년 3월 16일 자 편지 중에서)

베르터 청년의 이 편지 대목은 이 작품 전체를 통틀어 가장 중요한 대목으로서, 왜 베르터 청년이 자기 혈관을 열어젖혀 죽고 싶었는지를 단적으로 말해 주고 있는데, 그것은 그가 시민계급 출신이라는 이유만으로 귀족들의 세계로부터 국외자로 쫓겨나고, 그가 군주와 귀족 중심의 이 사회 안으로 편입될 아무런 전망도 없다는 절망적 상황을 확인시켜 주는 대목이기 때문이다.

물론 베르터 청년은 자신의 혈관을 열어젖히고 죽는 것이 아니라 나중에 권총 자살을 한다. 그렇다고 해서 그의 자살을 단순히 실연, 또는 이루어 질 수 없는 사랑 때문에 자살한 것이라고 볼 수만은 없는 이유를 시인 괴테는 바로 이 대목에서 명백하게 설명해 놓고 있는 것이다.

5. 맺는 말:《젊은 베르터의 괴로움》

이 편지 소설이 1774년 — 그것은 프랑스에서 시민계급이 대혁명(1789)을 일으키기 15년 전이었다 — 에 발표되자 독일은 물론 온 유럽에 큰 반향이 일어났고, 파란색 연미복에 노란색 조끼, 가죽 반바지, 목이 밖으로 젖혀지는 장화, 회색의 둥근 펠트 모자 등 이른바 '베르터식 복장'이 유럽에 대유행을 한 것은 비단 로테와 베르터의 순수한 사랑에 대한 경배만은 아니었고, 당시 정치적 참정권이 없이 군주와 귀족의 전횡에 억눌려 살지 않으면 안 되었던 독일 및 유럽 전체의 제3계급의 묵시적 찬동의 표시였던 것으로 해석된다. 이 소설이 당시 유럽 시민계급의 정치의

식에 일종의 '도화선'과 같은 충격을 주었다는 사실은 괴테 자신도 나중에 그의 자서전《시와 진실》에서 언급한 바 있다.

여기서 우리는 베르터 청년이 '슬퍼했는가, 혹은 괴로워했는가?'라는 첫머리의 질문으로 다시 되돌아오게 되었다. 물론 베르터는 수도 없이 많은 '절망의 울음'을 울었기 때문에 슬퍼했다고도 볼 수 있다. 그러나 그는 분명 당시 계몽주의 사회의 경직된 인습과 율법에 괴로워했고 탈출구 없는 시민계급의 질곡에도 괴로워했다. "자기 숨통을 트기 위해 본능적으로 자신의 혈관을 물어뜯는" 고귀한 혈통의 말처럼, 베르터도 분노와 괴로움에 못 이겨 자기 혈관을 열어젖히고 싶어 하기도 했다. 그렇다고 해서《젊은 베르터의 슬픔》이란 제목이 아주 틀린 번역이라고 말하려는 것은 아니다. 하지만 베르터 청년의 이 '분노'와 '괴로움'을 굳이 '슬픔'의 테두리 안에 가두고자 고집할 것은 아니지 않을까 싶다. 그것은 이 소설의 유럽 사회사적 발언을 모두 덮어두고 이 소설을 애써 연애 소설로만 이해하겠다는 편협한 주장이 될 수도 있다. 독일어의 'Die Leiden'이 '온갖 괴로움들'이란 일차적 의미를 지니고 있다 보니, 역시《젊은 베르터의 괴로움》이란 번역이 보다 더 타당하다 하지 않을 수 없는 것이다.

이런 점에서 서울대 임홍배 교수의《젊은 베르터의 고뇌》(창비, 2012)와 연세대 김용민 교수의《젊은 베르터의 고뇌》(시공사, 2014)가 둘 다 '슬픔'보다는 '괴로움' 쪽을 선택한 것은 우연이 아니며, 매우 타당하다 하겠다.

이 글의 필자도 그의《한국 교양인을 위한 새 독일문학사》(세

창출판사, 2016)에서 이 작품을《젊은 베르터의 고뇌》로 소개한 바 있다. 그런데, 이 책을 번역하는 과정에서 다시 생각해 본 결과, '고뇌'를 '괴로움'으로 바꾸는 것이 다소 나을 것 같아 부득이 고치게 되었다. 첫째, '고뇌'했다고 하기에는 스물다섯 살의 베르터의 나이가 아직은 조금 젊은 게 아닐까 싶었고, 둘째, 오늘날 한국의 젊은이들을 독자로 상정할 때, 그들에게 '고뇌'가 비교적 어렵고 생소한 말이기 때문에 그냥 '괴로움'으로 옮기는 편이 낫겠다고 판단했기 때문이다.

6. 덧붙이는 말

이 해설문의 압축적 주제를 다소 벗어나는 감이 있지만, 이 편지소설의 번역 시에 대두되는 번역 문체에 대해 한 마디 언급해 두고 싶다.

그것은 다름이 아니라 편지를 쓰는 일인칭 주인공 베르터가 자신의 친구이며 편지의 수신자인 빌헬름에게 어떤 호칭을 쓰고, 말의 높임의 정도를 어떻게 해야 할 것인가 하는 문체상의 문제이다. 물론 이 경우에는 '자네'라든가 '……했네' 등 우리말에서 통상적인 친구간의 반말투를 사용하는 것이 일견 정답일 것으로 보이지만, 편지 중에서 다소 긴 독립된 이야기가 서술되고 있을 경우에도 계속해서 이런 반말투를 쓰는 것은 문체의 통일을 기하기 위해서는 맞을지 몰라도 현대의 젊은 독자들에게는 계속 읽어 내기가 생소하고 거북해질 수 있을 것 같다. 아무튼 전체 편지들을 모두 이런 투로 일관되게 번역해서 내어놓는 것은 적어도 현대의 젊은 독자에게 다가가는 번역은 아닌 것 같다는 생각이 들었다. 그래서 서간문의 대종을 이루는 대화체적 요소를 다소 줄이고 가능한 한 서술체를 많이 도입하게 되었다.

번역 작품도 시대적 산물이기 때문에 시대가 변하면 어쩔 수 없이 번역도 변하지 않을 수 없다. 이런 점에서 이 번역도 변화해 가는 우리말에 순응하고 적응하고자 노력한 한 결과물에 지나지 않으며, 앞으로 새로운 시대에는 더 잘 다듬은 새 번역이 기대된다 하겠다.

끝으로 이 번역의 원문 텍스트로는 함부르크판 괴테전집 제6권(Johann Wolfgang von Goethes Werke: Hamburger Ausgabe in 14 Bänden, Bd. 6, München 1981)을 사용했음을 밝혀둔다.